Sena Jeter Naslund
Sherlock verliebt

Sena Jeter Naslund

Sherlock verliebt

Aus dem Amerikanischen von
Dorothée Beckhoff

Claassen

Copyright © 1997 Claassen Verlag, Hildesheim
Alle deutschen Rechte vorbehalten
Die Originalausgabe erschien 1993 unter dem Titel
»Sherlock in Love« bei David R. Godine, Boston
Copyright © 1993 by Sena Jeter Naslund
Satz und Druck: Gerstenberg Druck, Hildesheim
Gesetzt aus der Janson
Gedruckt auf chlorfrei gebleichtem, säurefreiem Papier
Printed in Germany
ISBN 3-546-00124-9

Für Karen J. Mann und für Flora

Inhalt

Die Gegenwart

DER SCHATTEN

Holmes war tot: um es gleich vorweg zu sagen. Seit seinem Tod waren beinahe zwei Jahre vergangen. Und ich, wer war ich, ohne Holmes? Er war mein bester Freund gewesen, jenes Zentrum, um das herum sich mein Leben als Geschichtenerzähler abgespielt hatte.

Manchmal, an trüben Dezembertagen wie diesem, wenn der Nebel über London so dick war, daß man kaum unterscheiden konnte, ob es Männer oder Frauen waren, die durch die Straßen eilten, glaubte ich ihn irgendwo in der Menge zu erkennen. Und wenn dieser Holmes im Halbdunkel an mir vorbeieilte, konnte ich nicht anders, ich trieb die müden Beine voran und vergaß die alte Verwundung aus Afghanistan, ich setzte alles daran, um die Silhouette vor mir zu überholen. Und dann, im hellen Lichtkegel einer Straßenlaterne, lüfteten sich die geheimnisvollen Nebelschleier, und vor mir stand vielleicht eine Frau mit Hakennase, in einem dieser banalen, modernen Mäntel, mit Stiefeln an den Füßen und mit unzähligen Weihnachtspaketen beladen.

Der Gedanke an Holmes fesselte meine Phantasie so sehr, daß ich den Entschluß faßte, zur Feder zu greifen. Ich wollte den Geist vertreiben, indem ich einfach wieder über ihn schrieb. Nicht ein einzelnes Abenteuer schwebte mir vor, sondern eine komplette Biographie. Zu Beginn des

Winters, am 21. Dezember 1922, erschien meine Anzeige in der *Times*:

> BIOGRAPHIE ÜBER SHERLOCK HOLMES GEPLANT. DER CHRONIST BITTET UM MÜNDLICHE UND SCHRIFTLICHE ZEUGNISSE, DIE DIESE PERSON BETREFFEN. KONTAKT: JOHN WATSON M.D., 221B BAKER STREET.

Ich hoffte, daß ich noch einen genügend klaren Kopf für diese Aufgabe besaß. Umnebelt von Trauer und Einsamkeit (die letzte Mrs. Watson war schon Jahre vor Holmes gestorben) war meine Erinnerung getrübt. Selbst die verschiedenen Abenteuer, die ich niedergeschrieben hatte, kamen mir nun vor wie ein einziges Durcheinander von Plätzen und Menschen, von denen viele längst gestorben waren.

Da ich den Tag nicht allein und ruhelos in der Baker Street verbringen wollte, blieb ich im Britischen Museum, bis es dunkelte. Als ich nach Hause eilte, trieb ein schrecklicher Wind Nebelfetzen vor sich her und ließ meine Arme unter dem Paletot dünn und ungeschützt erscheinen. Der Winterwind heulte, als beklage er seine Einsamkeit und seinen Überdruß an dieser Welt.

Ein großer Hund tänzelte so plötzlich aus einem Hauseingang heraus, daß ich zurückschreckte und unwillkürlich jenen geisterhaften Hund vor Augen hatte, der die letzten Baskervilles heimsuchte, bis Holmes und ich in einer trüben Nacht wie dieser seiner unrühmlichen Karriere ein Ende machten. Auf den zweiten Blick schien mir dieses Tier jedoch von freundlicherer Natur zu sein, ich sprach es an und versuchte, trotz der dicken Lederhandschuhe mit den Fingern zu schnipsen. »Hier, alter Knabe«, sagte ich. Sein Atem und der meine verschmolzen zu dichten Nebelschwa-

den, die wie Ballone um unsere Köpfe waberten. Eine Tür öffnete sich, und es erschien das Gesicht eines Mannes mit brennend roten Haaren. »Sie werden mir den Hund doch wohl nicht klauen, oder?« grummelte er.

Verlegen eilte ich davon und kämpfte mich gegen den heftigen Wind in Richtung des Baker Street-Apartments voran. Ich wollte die großen Fälle der Vergangenheit einfach noch einmal nachlesen und sehnte mich nach der Wärme unserer vertrauten Umgebung. Kurz nach dem Tod der letzten Mrs. Watson hatte Holmes seine Bienenzucht unten in Sussex aufgegeben und mir nahegelegt, in die Baker Street zurückzukehren.

Der Schein einer Lampe, die ich für mich selbst hatte brennen lassen, drang durch die hohen Rundbogenfenster. Und dort, auf der anderen Seite der heruntergezogenen Jalousie huschte Sherlock Holmes' Schatten in Pellerinenmantel und der typischen Mütze vorüber.

»Holmes«, rief ich, »Holmes!« und fühlte mich eher glücklich als erschreckt, denn dort oben schien er zu stehen, sein Schatten war deutlich im Fenster zu erkennen. Schon einmal hatte ich ihn für tot gehalten, damals bei den Reichenbachfällen, und er war zurückgekehrt. Der Schatten hielt inne und hob etwas in die Höhe – die Violine! Als er sie unters Kinn nahm, stürmte ich zur Tür.

Ich steckte den Schlüssel ins Schloß, den falschen, und dann noch einen, diesmal den richtigen. Ich riß die Tür auf, stürmte durch die Halle und die Treppen hinauf. »Holmes«, schrie ich und fühlte mich ebenso leichtfüßig wie damals, als ich durch die feindlichen Linien in Afghanistan gejagt war, nur, daß ich heute meinen Atem wie ein heiseres Krächzen hörte.

Im Laufen vernahm ich die brüchige Stimme von Mrs. Hudson, die nun erblindet und an den Rollstuhl gefesselt

war. »Er ist es«, rief sie. Natürlich glaubte ich, sie meine den großen Detektiv. »Er ist es!«

Ihre Worte trieben mich weiter voran. Ich warf mich durch die Tür, in der sicheren Erwartung, Holmes im Schein der Lampe stehen zu sehen. Doch die Lampe erhellte nur ein leeres Zimmer. Nichts deutete auf Holmes' Anwesenheit hin. Der Geigenkasten lag wie gewöhnlich auf dem Tisch neben der Lampe.

Ich gebe zu, ich sank in den Lehnstuhl neben dem Kamin und weinte. Die wilde Jagd die Treppe hinauf pochte schwindelerregend gegen meine Schläfen.

Mary, unser Hausmädchen, erschien in der Tür und beklagte sich: »Mrs. Hudson is ziemlich beleidigt, gnädiger Herr. Sie wartet darauf, daß Se sich entschuldigen, weil Se doch nich bei ihr angehalten haben, um 'Tach zu sagen. Sie erkennt Se am Schritt, wissen Se, gnädiger Herr.«

»Oh, ja. Ich komme gleich runter«, antwortete ich lustlos. Natürlich waren es meine eigenen energischen Schritte gewesen, die die alte Dame so triumphierend bemerkt hatte. Doch, ach, was für ein Unterschied zwischen mir, dem armseligen praktischen Arzt und dem großartigen kühlen Intellektuellen, der diese Räume einstmals bewohnt hatte. Mit einer Handbewegung bedeutete ich dem Mädchen, daß sie gehen konnte.

Nun, so sagte ich zu mir, die Dinge laufen aus dem Ruder. Daß man des Nachts in einem Schatten oder auch zwei fälschlicherweise jemanden zu erkennen glaubt, das kann jedem passieren, doch das darf nicht so weit gehen, daß man die Treppe hinaufhetzt, auf der Jagd nach einem Wesen, das nur in der eigenen Phantasie existiert hat. Bei einem Mann in meinem hohen Alter konnte das jederzeit einen Herzanfall zur Folge haben. Ich rief mir ins Gedächtnis, wie meine Pumpe gearbeitet hatte. Eigentlich ganz prächtig, nach

allem, was ich ihr zugemutet hatte. Vielleicht nicht die schlechteste Art, sich in Form zu halten.

Da ich schwitzte, riß ich den Mantel auf und ging langsam zum Kaminsims. Ich nahm den persischen Hausschuh, in dem Holmes seinen Tabak aufzubewahren pflegte. Tatsächlich hatte auch ich mir nun angewöhnt, dort einen kleinen Vorrat zu deponieren. Ich vergrub meine Nase in der Spitze des Schuhs, um den vertrauten Geruch zu atmen.

Der Schatten hatte sich doch bewegt! Er hatte die Geige unters Kinn genommen; ich hatte den angewinkelten Arm gesehen, am Ellenbogen abgeknickt hatte er das Instrument gehalten.

»Holmes?« fragte ich laut. Schweigen. Und lauter: »Holmes?« Doch der Geist ließ sich nicht zurückrufen. Ich fühlte mich wie ein Kind in einem Klassenzimmer, das alle Mitschüler längst verlassen haben.

Wie Holmes beim Fall des vermeintlich übernatürlichen Hundes gesagt hatte, dürfen wir nicht in der anderen Welt nach Erklärungen suchen, solange wir diejenigen in der unseren noch nicht erschöpfend beleuchtet haben. Wahrscheinlich hatte irgendein Möbelstück den verräterischen Schatten auf die Fensterjalousie geworfen. Doch als ich mich umsah, konnte ich kein Möbel entdecken, das einen Holmes ähnlichen Schatten warf. Alles war wie immer.

Auf bloße Vermutungen sollte man sich nie stützen. Nur das zählt, was man mit eigenen Augen sieht. Seitdem ich das Zimmer betreten hatte, war die Lampe unberührt geblieben. Falls ich nun auf die Straße gehen würde, müßte ich eigentlich den Schatten erneut beobachten können. Bei dem Gedanken an die vielen Stufen, die es hinunter- und wieder hinaufzusteigen galt, stöhnte ich unwillkürlich auf. Doch sollte ich Holmes jemals im Jenseits begegnen, so wollte ich keineswegs, daß er mich mit einem seiner spötti-

schen Blicke bedenkt. *Nun, Watson, eine simple Treppe*, würde er dann vielleicht sagen, *hielt Sie davon ab, die Wahrheit zu finden?* Nein, und nochmals nein.

In Erinnerung an das schneidend kalte Wetter draußen knöpfte ich meinen Mantel wieder zu. Lustlos ging ich zum mittleren der drei Fenster und schob den Vorhang beiseite. Vielleicht war die Nacht ja gar nicht so dunkel, so kalt und von Nebelschwaden durchzogen, wie ich es gerade erlebt hatte. Doch dort – auf der gegenüberliegenden Straßenseite lehnte etwas gegen eine Mauer! Ich war wie gelähmt. Die Figur bewegte sich, und dann erkannte ich, daß es nur eine ganz in Rot gekleidete Frau war. Die Frau in Rot – über eine solche Frau hatte ich vor langer Zeit einmal eine Geschichte geschrieben. Konnte ich mich noch an ihren Namen erinnern? Ja – Irene Adler. Völlig unerheblich, schimpfte ich mit mir. Geh hinunter auf die Straße und sieh nach, welcher Hutständer sich in diesem Raum anmaßt, deinem verblichenen Freund ähnlich zu sehen.

In langsamen Schritten überquerte ich den abgetretenen Teppich. Früher einmal hatte er ein üppiges Muster aus dunkelroten Blumen gehabt. Nun waren an vielen Stellen einzig die graubraunen Jutefäden übriggeblieben. Wenn ich zurück war, hatte ich mir einen Brandy verdient.

Leise stieg ich ins Erdgeschoß hinab, schlich erfolgreich an Mrs. Hudsons Tür vorbei nach draußen. Unten suchte ich genau die Stelle, wo ich vor kurzem gestanden hatte, und blickte nach oben. Dort war kein Schatten. Nur das hell erleuchtete Fenster. Ich wartete einige Minuten ab, doch als auch dann keine Veränderung eintrat, ging ich langsam wieder hinein. Und wieder schärfte ich mir ein, den Vorfall einfach zu vergessen.

Diesmal unternahm ich keinen Versuch, unbemerkt an Mrs. Hudsons Tür vorbeizuschleichen, doch weder sie

noch Mary riefen mir zu, hereinzukommen. Vielleicht war es tatsächlich etwas schäbig von mir, diese beiden zweifellos einsamen Damen nicht zu begrüßen. Mrs. Hudson hielt wahrscheinlich ein kleines Nickerchen, andernfalls hätte sie Mary sicherlich zugerufen, daß sie meine Schritte hören könne. Ich klopfte höflich.

Mary öffnete die Tür; Mrs. Hudson schlief keineswegs. Sie saß neben einem winzigkleinen Tannenbaum, der im Glanz ebenso kleiner Wachskerzen erstrahlte.

»Ein fröhliches Weihnachtsfest wünsche ich, Mrs. Hudson«, sagte ich und versuchte, leutselig zu klingen. »Wenn Sie nur Ihren Baum sehen könnten. Er ist wirklich wunderschön.«

»Ich fühle es, Dr. Watson. Ich fühle die Wärme.«

»Und se hat auch noch Glöckchen, gnädiger Herr«, warf Mary ein. »'Tschuldigung, ich hör' was in der Halle.«

Mrs. Hudson winkte mich zu sich heran. Als ich nahe genug neben ihr war, flüsterte sie: »Hören Sie«, und nahm eine der drei kleinen, bauchigen Glocken, die neben dem Tannenbaum auf dem Mahagonitisch standen. Sie hielt sie ganz nah an ihr Ohr und läutete sie: ein entzückendes Dingdong, das mir aus irgendeinem Grund die Tränen in die Augen trieb.

»Ich fürchte, ich muß wieder nach oben«, sagte ich. »Ich bin entsetzlich erschöpft.«

Mary kehrte zurück: »Ham Se nach mir geläutet?«

»Wer war dort draußen, Mary?« Mrs. Hudson neigte ihr Gesicht mit den blinden Augen zur Seite.

»Nur der Wind«, antwortete Mary leicht verwirrt.

»Ach übrigens, Dr. Watson, wir haben Post für Sie«, erklärte mir Mrs. Hudson. »Mary, gib Dr. Watson den Brief.«

Mary trippelte zum Buffet und holte einen schmalen, gelbfarbenen Umschlag heraus.

Ich gab Mary ein Trinkgeld, wünschte auch ihr ein frohes Fest und verabschiedete mich. Die Kerzen flatterten wie kleine Vögel auf den Zweigen.

Ich zog mich schwerfällig die Stufen hinauf. Als ich das Wohnzimmer betrat, zog mich der Geigenkasten magisch an. Ich ließ die glänzenden Schlösser schnappen. Kolophoniumstaub war immer noch auf dem Holz des Griffbretts zu sehen. Ich nahm die Geige in die Hand. Welch ein elegantes Stück? Mit wieviel Freude hatte Holmes darauf gespielt! Das violette Plüschfutter des Kastens war mit einer Anzahl kleiner Taschen für Reservesaiten, Kolophonium und ein Staubtuch versehen. Als ich das Staubtuch anhob, fand ich ein Stück Papier darunter – eine Notiz. Am unteren Ende war es leicht fransig, als wäre es irgendwo herausgerissen worden. Ich las:

Lieber Holmes, *12. Juni 1886*

Falls Sie mir nach Berg nachgereist sind, werden diese Zeilen ausreichen, Ihnen Lebwohl zu sagen. Ich fühle, daß ich ebenso verdammt bin wie der König selbst, und um die Wahrheit zu sagen, ich wünsche mir beinahe zu sterben.
Ich wünsche mir so sehr, daß Sie die Stradivari bekommen, die ich in London gekauft habe. Ich habe sie an die unten notierte Adresse geschickt.
Ihnen und Dr. Watson wünsche ich eben jenes glückliche Leben, das mir nicht erlaubt war, mit Ihnen zu teilen.
V. Sigerson

Ein ziemlich unverschämter Bursche, dieser Victor Sigerson. Wie hatte er sich wohl ein gemeinsames Leben mit Holmes und mir vorgestellt?

Ja, ich erinnerte mich an Sigerson. Ein ziemlich guter

Geiger. Und er hatte Holmes seine Geige hinterlassen. Ich vermutete, daß Holmes deshalb den Namen Sigerson gelegentlich, wenn er in Kneipen spielte, erwähnte. Sein Name war mit einem unserer alten Fälle verknüpft. Mittlerweile war auch Sigerson tot. In meinen Unterlagen mußte sich einiges über ihn finden lassen. Eines der Abenteuer, die noch unveröffentlicht waren.

Sigerson. Der Klang dieses Namens stimmte mich traurig. Ich schenkte mir einen Brandy ein und überlegte: Was hatte Holmes von diesem Kerl gehalten? Ein ziemlich wertvolles Geschenk – eine Stradivari. Wir mußten etwas sehr Außergewöhnliches für ihn getan haben. Erinnern konnte ich mich jedoch an nichts. Sollte mir der Name bei der Vorbereitung der Holmes-Biographie begegnen, so würde ich ihn genauer untersuchen.

Warum nicht schon jetzt beginnen? Geradewegs ging ich zum Bücherregal. Zuunterst standen die großen Bücher, in die Holmes seine Eintragungen gemacht hatte. Ein jedes war auf dem Buckramrücken von seiner Hand feinsäuberlich beschriftet. Ich zog den Band S heraus und blätterte bis Si und dann bis Sig.

Doch genau da war eine Lücke.

Ich drehte die Gaslampe höher und nahm das Vergrößerungsglas. Irgend jemand hatte, vermutlich mit einem scharfen Rasiermesser, mehrere Seiten herausgetrennt. Dadurch war der ganze Buchrücken aus den Fugen geraten, und die Seiten vor und nach den herausgetrennten saßen locker wie ein paar alte Zähne.

Wann konnte das passiert sein? Hatte Holmes die Seiten persönlich herausgeschnitten? Was konnte er dort über Sigerson geschrieben haben?

Oder war jemand in der Wohnung gewesen? Wieder stand mir Holmes Schatten vor Augen, mir schauderte. Der

Londoner Nebel schien mein Realitätsempfinden zu trüben. Gewiß, bei Holmes Schatten hatte es sich lediglich um eine Projektion gehandelt, und dennoch, irgend jemand hatte irgendwann die Seiten aus diesem Buch herausgetrennt.

Ich holte mein Maßband und maß die Seiten des Buches genau aus. Auf diese Weise konnte ich, falls mir die fehlenden Seiten irgendwo begegnen sollten, mit Hilfe der Meßdaten feststellen, ob sie auch tatsächlich paßten. Erkenntnis kann sich nicht auf bloße Ähnlichkeit verlassen, das müssen sogar Bibliophile zugeben.

Ich langte nach meinem Brandy und dachte, ziemlich unmotiviert: *Nimm an, du stirbst heute Nacht!* Ein unglaublicher Gedanke! Warum sollte es ausgerechnet heute und nicht irgendeine andere Nacht passieren? Falls ich diese Welt tatsächlich verlassen sollte, so gäbe es dafür keinen geeigneteren Hafen als Holmes' Bett. Von dort aus könnte mein Schiff getrost seine letzte Fahrt antreten , wie man so schön sagt.

Also nahm ich mein Nachthemd, ging in Holmes' Zimmer und machte mich für die Nacht fertig. Dann schlug ich die Decke des Bettes zurück, in dem seit zwei Jahren niemand mehr genächtigt hatte.

Mir fröstelte am Kopf, und ich tastete unter dem Kopfkissen nach Holmes' Nachtmütze. Einige Sekunden lang berührten meine Fingerspitzen nichts als das weiche, kühle Leinen. Meine Finger drangen tiefer in diese eisige Umgebung und stießen endlich auf die angenehme Beschaffenheit des Flannels. Rasch setzte ich die Mütze auf und schlief beinahe augenblicklich ein.

Als ich erwachte, war ich sehr erstaunt, einen kleinen Baum mit flackernden Lichtern quer durch das dunkle Schlafzimmer auf mich zukommen zu sehen. Ein überirdi-

sches Strahlen ging von ihm aus, sanft und weich. Nichts Beängstigendes, sondern wunderbar fremdartig. Und dann entdeckte ich, daß der Baum Füße hatte, die in altmodischen Knöpfstiefeln steckten – Damenstiefel –, und das, was wie ein Baum aussah, waren in Wirklichkeit die Ausmaße eines weiten, grünen Schürzenkleides, rundherum mit kleinen Taschen versehen, in denen jeweils eine Kerze steckte. Und, wirklich und wahrhaftig, der Weihnachtsbaum war niemand anders als Mrs. Hudson, die dort mit glänzenden Augen stand, als wäre sie nicht verkrüppelt und blind.

»Denken Sie an Ihre Post«, sagte sie in ihrer normalen Stimme.

Ich sprang aus dem Bett. Neben dem halb vollen Glas brannte noch die Kerze, die ich angezündet hatte. Was war das für eine Erscheinung gewesen? Ein Traum, sagte ich mir, was denn sonst?

Tatsächlich hatte ich den Brief noch nicht geöffnet. Wenn ich in diesem Tempo weitermachte, würde die Biographie nur im Schneckengang vorankommen. Ich nahm die Kerze und leuchtete mir den Weg ins Wohnzimmer.

Als ich das Gaslicht aufdrehte, sah ich den Brief, achtlos hingeworfen auf den mit Säureflecken überzogenen Kiefernholztisch, den Holmes in einer Ecke des Raumes für seine chemischen Experimente benutzt hatte

Ich riß den Umschlag auf. Von Holmes konnte der Brief nicht sein, sagte ich mir mit der nötigen Portion Selbstironie. Da ich meine Brille nicht finden konnte, nahm ich Holmes' Vergrößerungsglas. Wie oft hatte er damit auf dem Fußboden gelegen und nach Fußabdrücken gesucht. Was für eine groteske Situation, war dabei immer mein Gedanke. Der Brief lautete:

Dr. Watson,

Hüten Sie sich vor dem Geist von Sherlock Holmes. Treffen Sie Vorkehrungen, mit denen Sie Ihr Leben schützen können.
Ich wiederhole: Passen Sie auf, daß Ihnen nichts zustößt!
Sichern Sie Ihre Wohnung, oder Sie werden das Neue Jahr nicht mehr erleben.
Annoncieren Sie in der Times, daß Sie Ihr Vorhaben aufgegeben haben.

Ein Freund
(der es gut mit Ihnen meint)

Ganz allmählich wich mein Erstaunen einem ziemlichen Befremden. Was war das? Eine Drohung? Eine Warnung? Die Biographie würde mich geistig herausfordern und meinem Leben wieder einen Sinn geben.

Wer konnte sich als Freund bezeichnen und gleichzeitig seinen Namen verschweigen? Solche »Beschützer« brauchte ich nicht. Wahrscheinlich irgendein kleiner Ganove, den Holmes zur Strecke gebracht hatte. Vielleicht war er inzwischen rehabilitiert und wollte seinen Namen um keinen Preis in der Biographie entdecken.

Ich warf den Brief ins Feuer und beobachtete, wie sich die Ecken schwärzten, zusammenrollten und dann in Flammen aufgingen. Ich kehrte ins Bett zurück.

Während ich mit ziemlich kalten Füßen eindöste, glaubte ich, den sanften Klang einer Silberglocke zu hören. Er schien ganz nah, fast an meinem Ohr. Nur zwei sanfte, zitternde Klänge. Paß auf, *paß auf dich auf.*

BESUCH AUS DER VERGANGENHEIT

Ich hätte Sherlock Holmes' Geist vergessen, wäre ich nicht von einer zweiten Erscheinung heimgesucht worden.

In der folgenden Nacht, in der Baker Street war es bereits stockdunkel, rüttelte eine Windböe so wütend an meinem Fenster, daß das Glas klirrte. Ich sah hinaus und beobachtete, wie eine Zeitung durch die düstere Straße trieb. Das Papier vollführte fantastische Saltos und Drehungen, manchmal flatterte es sogar bis auf Türhöhe. In einem der Hauseingänge stand eine alte Frau, an deren Rockzipfel ein Straßenhund hing. Ein eigentümlicher Anblick. Die Promenadenmischung schien keineswegs bösartig, eher umsichtig – gerade so, als sorge sie sich um diese Frau und wolle sie mit sich ziehen. Ihr Kleid war lang, altmodisch und etwas schäbig. Während ich sie beobachtete, hob die Frau ihr Gesicht in Richtung meines Fensters. Als sie mich sah, riß sie sich von dem Hund los und schlurfte die Straße hinunter.

Der Hund trottete bereitwillig hinter ihr her, doch ab und an umkreiste er sie, um sie, wie es schien, zur Umkehr zu bewegen. Der Anblick dieser einsamen alten Frau in der Kälte da draußen war mir zuwider; in der vergangenen Nacht hatte eine Dame ganz in Rot auf der gegenüberliegenden Seite gestanden. Heute wehte der Wind den dun-

e Beine dieser Frau, und ihr Hund zog den
um hatte *mein Anblick* sie aus dem Schutz
ertrieben?

eine Ecke gebogen und aus meinem
nwunden waren, sah ich, wie ein weiterer
– ein einzelner Mann – in mein Blickfeld kam. Er
g einen Überzieher und eine Melone, fast identisch mit meinem Lieblingsstück, die er wegen des heftigen Winds mit der Hand festhalten mußte. Etwas, das aussah wie ein dicker Schal, umflatterte ihn wie der Schwanz eines Drachens. Mit großen Schritten kämpfte er sich mir entgegen, gleichzeitig schaute er auf meiner Seite der Straße nach den Hausnummern. Er ging wie ein Mann, der den ganzen Tag schon auf den Beinen gewesen war. Wie oft hatten Holmes und ich in Augenblicken der Muße hier oben am Fenster gestanden und die Vorübergehenden beobachtet! Häufig hatte Holmes eine Person aufgrund ihres eiligen oder ängstlichen Gebarens oder wegen der Art, wie sie die Hausnummer mit einer Adresskarte verglich, als künftigen Klienten identifiziert.

Mein Nachtschwärmer sah zu mir herauf und schreckte hoch, als habe er ein Gespenst gesehen. Er eilte zur Tür, und dann hörte ich ihn auch schon unten klingeln. Mary erschien und fragte, ob ich noch zu dieser späten Stunde einen Besucher empfangen würde.

Hastig bürstete ich den Besuchersessel sauber. Ich griff mir die nächstbeste Pfeife, zündete sie an und ließ mich in Holmes' Sessel nieder. Ein Abgesandter aus dem Jenseits würde sich ganz gewiß nicht so unverblümt präsentieren.

Als der Mann eintrat, schätzte ich ihn auf ungefähr Mitte vierzig, er war groß, das hatte ich bereits an seiner Schrittlänge bemerkt. Sein Gesicht war ziemlich gezeichnet, und doch haftete ihm etwas Unbeschwertes an. Er

mußte wohl eine ziemliche Weile bei dem Wetter draußen gewesen sein oder aber er schleppte eine Menge Sorgen mit sich herum oder beides.

»Dr. Watson«, sagte er zur Begrüßung und streckte mir die Hand entgegen. »Erkennen Sie mich?«

Er lachte, das meckernde Lachen eines Straßenjungen, was bei einem so zurückhaltenden Menschen erstaunte. »Ich bin Jack Wiggins.«

»Und was bringt Sie zu mir, Jack Wiggins?« Der Name sagte mir nichts.

»Den ganzen Tag lang habe ich nach jemandem gesucht. Der Zufall hat mich in die Baker Street gebracht, und als ich am Haus 221 B hochblickte, sah ich Sie, Sir, am Fenster stehen. Kein Wunder, daß Sie mich nicht mehr erkennen, Chef.« Ganz überraschend fiel er in Dialekt. »Ich war'n Knirps von zwölf, als ich's letzte Mal hier in diesem Zimmer stand.«

»Was Sie nicht sagen. Hatten wir denn Kinder unter unseren Klienten? Ich erinnere mich wirklich nicht.«

»Nicht als Klient, Dr. Watson.« Er drückte sich jetzt wieder gewählter aus. »Als Verbündeter. Mr. Holmes hatte mich zu einem Mitarbeiter gemacht.«

»Herr des Himmels, einer unserer Helfer von der Straße!« stieß ich hervor und streckte ihm meine Hand zum nochmaligen Begrüßen entgegen.

»Der Anführer. Ich erstattete damals direkt an Holmes Bericht. Erinnern Sie sich an die Verfolgungsjagd am Fluß und den Schatz der Agra?«

»Oh, ja. Im ›Zeichen der Vier‹ habe ich alles darüber geschrieben. Den Fall werde ich nie vergessen. Auf der Suche nach dem nicht vorhandenen Schatz habe ich einen wirklichen gefunden – Miss Morstan. Möge sie in Frieden ruhen. Meine wunderbare zweite Frau.«

»Das habe ich nicht gewußt, Sir«, antwortete er.

»Und was hat das Leben aus Ihnen gemacht?« fragte ich. Es war ganz offensichtlich, daß er seine Gassenjungenzeit hinter sich gelassen hatte. Ich bot ihm ein Glas Port an.

»Können Sie es erraten, Dr. Watson?« Er lächelte mich offen an.

»Nein«, antwortete ich. »Holmes könnte es, doch ich sehe in Ihnen nichts als einen ehrlichen Mann und einen guten dazu, wenn ich meinem Gefühl trauen darf. Und einen, der sich in dieser Welt aus eigener Kraft hochgearbeitet hat.«

»Ich danke Ihnen. Das letztere stimmt allerdings nicht so ganz. In Wirklichkeit war Mr. Holmes mir bei meinem Aufstieg behilflich.«

»Tatsächlich?« Niemals war mir an Holmes ein Hang zur Nächstenliebe aufgefallen.

»Ja. Und wahrscheinlich hätte ich nie herausgefunden, daß es Mr. Holmes *war*, der mich auf eine Schule schickte und meinen Weg nach oben ebnete, hätte ich nicht einige von Holmes' eigenen Methoden angewandt, um es herauszufinden.«

»Das klingt amüsant.« Ich nahm die Pfeife aus meinem Mund und sagte: »Holmes ist nun beinahe zwei Jahre tot. Erst gestern habe ich mich daran gesetzt, seine Biographie zu schreiben. Was haben das Leben und Holmes aus Ihnen gemacht, mein Junge? Das würde ein faszinierendes Kapitel für meine Biographie abgeben.«

»Sherlock Holmes hat einen großen Einfluß auf mich ausgeübt«, begann er. »Und Sie nicht weniger.«

»Ich?« Voller Interesse lehnte ich mich vor.

»Holmes stellte Sie immer als eine Art Vorbild hin und sagte: ›Er ist ein guter, zuverlässiger Mann. Und bedenke seinen Beruf, mein junger Freund.‹«

»Sie sind Arzt geworden?«

»Ja. Aber einer von einer besonderen Sorte, wissen Sie. Ein Berater. Ich bin beratender Psychiater am St. Giles Hospital.

Wie Mr. Holmes bei Scotland Yard zähle ich nicht zu den Angestellten. Zu mir werden die ganz speziellen Fälle gebracht. Fälle, deren Krankheitsbilder, deren innerste Geheimnisse, Perversionen und unterdrückte Wünsche meine Kollegen vor ein Rätsel gestellt haben.«

»Lassen Sie mich Ihnen meine Glückwünsche aussprechen, dafür, daß Sie eine so aufregende und anstrengende Karriere angestrebt haben.«

»Fürwahr, das ist sie, mein lieber Dr. Watson. Eine, die häufig böse Überraschungen und kummervolle Rückschläge bereithält.«

»Alle Ärzte erleben ihre Niederlagen«, erinnerte ich ihn vorsichtig. »Selbst der große Detektiv mußte das einige wenige Male erleben.«

Ich hätte ihm eine von Holmes Niederlagen nennen können: Irene Adler, die mir erst in der vergangenen Nacht wieder in den Sinn gekommen war, nachdem ich sie jahrzehntelang erfolgreich in meiner Erinnerung vergraben hatte. Mit welcher Verachtung hatte Holmes sie »das Weibsbild« genannt, was damit zusammenhing, daß sie viele Jahre zuvor seiner Falle entgangen war und sich zum Kontinent durchgeschlagen hatte. In »Ein Skandal in Böhmen« habe ich diese Ereignisse festgehalten.

Wiggins fuhr fort: »Den ganzen Tag, bis in die Nacht hinein, habe ich mit der Verfolgung einer entflohenen Patientin verbracht.«

»Entflohen!« rief ich. »Wie interessant.«

»Sie ist eine außergewöhnliche Person. Ich habe bisher selten jemanden getroffen, der so intelligent war. Sie ist er-

staunlich geschickt im Umgang mit Schlössern. Solange sie hinter Gittern war, hat sie es immer verstanden, sich einen Weg in die Freiheit zu suchen. Mit bloßer Willenskraft.«

»Und sie kehrt zurück?«

»Ja. In der Vergangenheit ist sie nach ihren Ausbrüchen immer zurückgekehrt. Wenn es ihr paßte.« Wiggins streckte seine Füße zum Feuer hin. »Sie ist jetzt um so vieles älter, und die Kälte ist wirklich gemein, da hatte ich den Eindruck, ich müßte sie finden. Denn ich muß leider zugeben: sie ist mir entwischt.«

Meine Gedanken wanderten zu der Biographie zurück. »Haben Sie irgendwelche Briefe von Holmes?«

»Von Zeit zu Zeit hat Holmes mir geschrieben. Ich habe die Briefe alle aufgehoben.«

»Darf ich sie vielleicht sehen? Für die Biographie?«

Wiggins schwieg. Ich wußte, was in ihm vorging. Er zögerte, die bis dato unbekannte Seite in Holmes' Charakter zu offenbaren. »Dr. Watson, ich würde Ihnen gern helfen, doch diese Angelegenheit erfordert einige Überlegung.« Wiggins sah sich im Zimmer um. Sein Blick wanderte an mir hoch und runter, als wolle er meine Situation genauestens abschätzen. »Könnten Sie morgen zum St. Giles kommen, um dort die Unterhaltung mit mir fortzusetzen?«

»Gewiß.«

»Vielleicht sind Sie ja an dem ein oder anderen Patienten interessiert und an Toby, meinem Hund. Er unterstützt mich bei meiner Arbeit.«

»Toby? Der Spürhund?«

Wiggins lachte. »Er ist nicht wie der Toby, den Sie früher hatten. Toby hat keine gute Nase. Mein Toby hilft mir, zu den Patienten Kontakt aufzunehmen; er ist ein Führhund. Manche reagieren freundlich auf ein Tier, aber mit Menschen in Kontakt zu treten, fällt ihnen schwer.«

»Wiggins«, stieß ich hervor, »kurz bevor Sie kamen, habe ich eine alte Frau mit einem Hund draußen auf der Straße gesehen.«

»War es ein Mischling mit einem weißen, buschigen Schwanz?«

»Genau!«

»In welche Richtung sind sie gegangen?«

»Nach Norden, die Baker Street hinunter und an der Ecke nach links.«

Wiggins griff sich seinen Mantel und rannte aus der Wohnung. Im Hinauslaufen rief er mir zu: »Morgen zehn Uhr im St. Giles!«

Obwohl er jetzt weg war, fühlte ich mich in meinem leeren Zimmer weniger einsam, denn ein alter Bekannter hatte mich besucht. Ich stand am Fenster und beobachtete, wie seine dunkle Silhouette unten in der Straße verschwand. Seine Melone saß wieder fest auf dem Kopf, mit energischem Schritt lief er weiter.

Er ist ein guter, zuverlässiger Mann, hatte Holmes dem Jungen gesagt. Holmes hatte mich einem aufgeweckten, aber bindungslosen Gassenjungen als Vorbild hingestellt. Und dieser Junge hatte sich prächtig entwickelt. Das war nicht zu leugnen, auch wenn die Snobs ihn nicht in ihrem Mitarbeiterstab haben wollten.

Ich goß mir ein Gläschen Brandy ein und setzte mich auf meinen Platz neben dem Feuer. Der Wind brüllte und heulte im Kamin wie ein Kind, das nach der Mutter schrie.

Bald war es Zeit, schlafen zu gehen. Ich nahm die Kerze und begab mich noch einmal in Holmes' ehemalige Kammer. Und wieder fühlte ich die Feuchtigkeit der eiskalten Laken, als ich ins Bett kroch. Ich studierte das Muster der geblümten Tapeten, dunkle Rankenornamente, und in meinem Halbschlaf wurden diese Ornamente zu Figuren und

begannen wie draußen die Nebelschwaden durcheinanderzuwirbeln. Alle Figuren waren Abbilder dessen, was Holmes und ich in unserer Jugend gewesen waren. Mir war, als säßen wir einander in einem Zug gegenüber und führen vorüber an einer vom Wind gebeutelten Landschaft, irgendwohin aufs Land, wo man Holmes benötigte. Ich konnte das Klappern der großen Stahlräder hören, wie sie über die Schienen rasten.

Irgendwann glaubte ich, das Klappern käme aus meinem eigenen Schlafzimmer, und dann hörte ich Geräusche im Wohnzimmer. Ich wälzte und drehte mich und schlief noch nicht, als die Uhr Mitternacht schlug.

Um ein Uhr war mir, als höre ich den leisen Klang einer anderen Glocke. Und dann sah ich, wie das Zimmer um mich herum von strahlendem Licht erfüllt war. Halb schlafend, halb wachend rechnete ich damit, daß mich der leuchtende Tannenbaum von tags zuvor ein weiteres Mal heimsuchen würde. Doch diesmal war das Licht oval wie der Rahmen eines Porträts geformt. Zunächst war der Schimmer nur schwach, nahm aber an Intensität zu, bis es rundum glitzerte und in meinen Augen schmerzte. Über dem Teppich kreiste etwas glänzend und schimmernd in der Luft.

Und dann drang eine Stimme aus dem Licht hervor. Es war die vertraute Stimme meines alten Freundes, der in tiefem Ernst sagte: »Schauen Sie noch einmal nach, Watson. Sehen Sie noch einmal nach den Büchern.«

Als ich das Wohnzimmer betrat, war die Eingangstür nur angelehnt! Kalte Luft aus der Halle drang ungehindert herein. In meiner nächsten klaren Erinnerung stehe ich vor der Anrichte und leuchte mit einer Kerze über die dort liegenden Bücher. Da – ein neues Buch! Aufgeschlagen unter V! Irgend jemand hatte aus Holmes' Aufzeichnungen den

Band mit dem Buchstaben V herausgegriffen. *Violine?* Nun, dieser Eintrag war herausgetrennt worden! V, Violine!

Mein Kopf drehte sich, ich ließ mich in den Besuchersessel fallen. Diese Tat war ganz frisch. Ich selbst hatte den V-Band nicht auf der Anrichte liegen gelassen. Um ehrlich zu sein, in diesem Augenblick dachte ich an den gelbbraunen Brief und seine Warnung. Allzu schnell hatte ich sie in den Wind geschlagen.

Was konnte ich tun, um meine Wohnung zu schützen? Erst einmal schob ich den einen Sessel vor die Tür zur Halle und dann auch den anderen. Zurück in Holmes' Schlafzimmer versperrte ich die Tür mit dem schweren Waschtisch.

Der Schatten, den ich im Fenster gesehen hatte, hatte mit Schwung ein Instrument in der Hand geführt. Einen Moment lang schien ich wieder unten auf der Straße zu stehen und zu den drei Rundbogenfenstern hinaufzublicken, wo ich Holmes' Silhouette und die vertraute Geste erkannte, mit der er die Geige zum Kinn hob. Jedoch in Mütze und Mantel. Ein Produkt meiner Phantasie.

Erwiesenermaßen *war* jemand, trotz der verschlossenen Tür, in der Wohnung gewesen – jemand, der ein Rasiermesser bei sich trug. Wenn Holmes' Erscheinung mich nicht geweckt hätte, wäre ich dann das hilflose Opfer dieses Eindringlings geworden?

Als ich beim Portier des St. Giles vorstellig wurde, verschafften mir mein Ausweis des Royal College of Physicians und die Erwähnung von Dr. Wiggins ohne Umstände Zugang zu der berühmten Pflegeanstalt für geistig Kranke. Durch die mit einigen farbigen Dreiecken durchsetzte Glaskuppel des Oberlichts fielen die Strahlen der Wintersonne. Prächtige Farbflecken waren hier und dort auf dem sonnenbeschienenen Boden verteilt. Wie es bei solchen Orten des öfteren der Fall ist, schien auch dieses Haus klinisch rein, ohne tatsächlich sauber zu sein. Nichts von dem Glanz, der das Gütesiegel privater Sauberkeit ist. Und ich nehme an, Sie verzeihen mir, wenn ich berichte, daß selbst im Vorraum dieser besondere Geruch hing, der mich an meine Zeit am St. Christoph erinnerte. Ammoniak – der scharfe Geruch von Urin. Kein sehr angenehmer Duft, doch in einem öffentlichen Krankenhaus kaum zu verhindern oder zu beseitigen.

In der Eingangshalle war es vollkommen still. So still, daß ich hören konnte, wie Hundepfoten auf dem Marmorboden kratzend näherkamen. Und augenblicklich erschien eben jene Promenadenmischung, die ich vom Fenster aus beobachtet hatte, gemeinsam mit Dr. Wiggins, der ihr auf den Fersen folgte. In seinem gestärkten Kittel sah er wie der weiseste und fähigste Mann in ganz London aus.

»Ihr Hund ist zurück, wie ich sehe.« Ich streichelte ihm über den Kopf. Es war ein außergewöhnlich freundliches Tier, das mich mit beinahe gütigen Augen ansah.

»Und die Patientin ist ebenfalls zurückgekehrt.« Er hakte mich unter. »Vielleicht sollte ich Sie ein wenig rumführen, bevor wir uns unterhalten.«

Wir begaben uns ins Innere des Krankenhauses, wo wir an der Kreuzung zwischen zwei Fluren anhalten mußten, als ein ganzer Trupp Männer, die laut Wiggins aus der Kapelle kamen, an uns vorbeizog. Es war wirklich traurig zu sehen, wie so viele verschiedene Männer, die alle psychisch krank waren, sich unsicher mit schwankenden Schritten eigentümlich voranarbeiteten. Einige der Männer warfen dem Doktor und mir böse Blicke zu, und ein besonders kräftiger Bursche fuchtelte mit seinen Händen vor meinem Gesicht herum. Ich schaute in Hunderte von Augenpaaren, in denen ich Leid um Leid entdeckte. Die Gesichtshaut der meisten war entweder feuerrot oder fahl oder schuppig, und das Haar, wenn es nicht gänzlich ungekämmt war, schien von einer unruhigen Hand bearbeitet.

Dann öffnete sich eine weitere Tür, und heraus strömte eine ähnliche Prozession von Frauen, für einen Bewunderer alles Weiblichen ein noch erschütternderer Anblick. Ihre Augen, manche in dem schmerzlichsten Blau, waren mitleiderregend traurig. Einige der Gesichter waren zu Masken erstarrt. Andere gingen mit geschlossenen Augen, während sie unzusammenhängende Sätze vor sich hin murmelten. Die Zahl der Frauen schien der der Männer zu entsprechen, doch der Klang ihrer Schritte, das Klappern der Absätze auf dem Boden, war vielschichtiger, wie das Geräusch des Regens, wenn er auf unterschiedliche Gegenstände trommelt.

Plötzlich stürzte aus der Menge eine alte Frau auf mich

zu. Sie sah sehr rüstig und kräftig aus und baute sich direkt vor mir auf. Wiggins' Hand schloß sich fester um meinen Arm. Mit irrem Blick starrte mich die Frau an und sagte: »Sie sind also in Afghanistan gewesen!«

Bei diesen Worten wurde mir schwindelig, und ich fiel in Ohnmacht.

Als ich meine Augen wieder öffnete, sah ich beide Gesichter über mich gebeugt. Das faltige Gesicht der alten Frau verschwamm immer wieder vor mir, doch jedes Mal, wenn ich es wirklich sah, erschien es mir in all seiner Verrücktheit dennoch seltsam intelligent.

»Madame«, stammelte ich, »wer sind Sie?«

»Nannerl«, gab sie zur Antwort. Sie stand auf und trat zurück. »Nannerl«, wiederholte sie, während sie über die Schulter blickte. Ein Name, den sie wie ein Hund hervorknurrte.

In diesem Augenblick wurde sie von Helfern weggeführt, und Wiggins half mir wieder auf die Füße. »Wir wollen in mein Büro gehen«, sagte er. Er stützte mich, während wir den Korridor hinuntergingen. Die Patienten beobachteten mich mit erwachender Aufmerksamkeit, als wäre ich einer von ihnen.

»Wer ist sie? Ich glaube, sie haßt mich.«

»Nannerl ist die Patientin, die vergangene Nacht ausgerissen war.«

Als wir das Büro erreicht hatten, das Wiggins für seine Untersuchungen benutzte, setzte er mich in einen großen Sessel. Aus einem Fach in seinem Schreibtisch zauberte er eine Flasche Sherry und goß mir einen anständigen Schluck ein.

»Sie war auf der Straße vor meiner Wohnung, zusammen mit dem Hund.«

»Ja, ich glaube, sie war da. Nun, John«, fuhr er fort, »erzählen Sie mir, was Sie an der Begrüßung der Frau so erregt hat.«

»Wie ich sehe, haben Sie meine Arbeiten nicht gelesen.«

»Kommen Sie, seien Sie nicht kindisch.« Er lehnte sich über den Schreibtisch und legte seine Hand auf ein ledergebundenes Buch mit Goldprägung. »Ich habe Ihre Arbeiten sehr stilvoll bewahrt. Ich *habe* sie wieder und wieder gelesen. Also seien Sie ein guter Junge, und erklären Sie es mir einfach. Was hat es mit ihrer Begrüßung auf sich?«

»Sie ist eine sehr kluge Person, Ihre Patientin. Sie gab wortwörtlich das wieder, was Holmes zunächst an mir beobachtet hat. Kaum hatte uns der junge Stamford einander vorgestellt, als Holmes bemerkte, daß ich gerade vom Militärdienst in Afghanistan zurückgekehrt war. Er schloß es einfach aus meinem bloßen Anblick. Bei ihr jedoch war die Sache anders. Es ist Jahrzehnte her, daß ich aus Afghanistan kam. Sie wollte mich aufregen, und das ist ihr auf bewundernswerte Art gelungen.«

Wiggins saß ganz ruhig da, doch seine Augen hatten plötzlich einen seltsamen Glanz. »Und welchen Grund sollte sie haben, Sie aufzuregen?« fragte er schließlich. Eine Frage, auf die ich keine Antwort wußte.

Dann ging er an seinen Schrank und holte eine Akte hervor. Das Etikett trug die Aufschrift: *Familienname unbekannt – Patientin A.*

»Hier sind einige der Namen, die unsere Patientin in den letzten Jahren benutzt hat. Immer nur Vornamen – Dorothy, Fanny, Augusta, Nannerl. Wir wissen so wenig über sie«, fuhr er fort. »Schon bald nachdem sie eingeliefert war, brach in der Dokumentenkammer ein Feuer aus. Nur wenige Akten wurden dadurch zerstört, aber ihre war darunter. Morgen wird sie Ihnen vielleicht einen neuen

Namen nennen, oder sie wird ihren jetzigen noch Jahre behalten.«

»Die Diagnose?«

»Hier die Liste der Ärzte, die sie in den vergangenen Jahren behandelt haben und deren Diagnosen – Amnesie, Hysterie, Paranoia und schließlich Schizophrenie.«

»Und wie lautet Ihre Diagnose?«

»So: ›Geistige Erkrankung von unbestimmter Ursache. Kann nicht eindeutig diagnostiziert werden.‹ Sie scheint vor allem eine Bewohnerin dieses Hauses zu sein. Es wird erzählt, daß Nannerl sich vor mehr als dreißig Jahren selbst hier eingewiesen hat – sie hat sich freiwillig in die Obhut des St. Giles begeben.« Wiggins blickte von der Akte hoch und fügte hinzu: »Sie haßt Toby, obwohl er ergeben an ihr hängt. Beschwert sich oft über sein Bellen. Fast ein G, obgleich ein wenig außerhalb der Tonleiter, habe ich sie sagen hören.«

»Vergangene Nacht war der Hund sehr um sie besorgt«, erzählte ich.

»Seit zwei Tagen war sie außergewöhnlich erregt und verwirrt.«

Plötzlich erschien eine Schwester mit einem gelbbraunen Brief in der Hand. »Sir«, sagte sie, »dies hier ist gerade für Sie abgegeben worden. Von einer älteren, ganz in Rot gekleideten Dame.«

Sobald die Schwester uns verlassen hatte, riß Wiggins den Umschlag auf und las. Zunächst blickte er sehr ernst, dann begann er zu lachen.

»Sehen Sie sich das an«, sagte er, »und machen Sie sich auf etwas gefaßt.« Er reichte mir die gelbliche Karte; Handschrift und Tinte stimmten mit dem Brief an mich überein. Dort stand:

Sehr geehrter Herr Dr. Wiggins,
Vermeiden Sie jeden Beitrag zur Sherlock Holmes-Biographie. Vereiteln Sie das ganze Unternehmen.
Mrs. John H. Watson

»Was für eine Unverschämtheit!« echauffierte ich mich. Wer war diese anmaßende Frau in Rot? »Wissen Sie, Mrs. Watson ist längst tot. Was hat das zu bedeuten?«

»Ich weiß es nicht.«

»Ich habe eine Warnung auf dem gleichen Briefpapier in derselben Handschrift erhalten. Diese Nachrichten sind anscheinend das Ergebnis meiner öffentlichen Ankündigung, eine umfassende Biographie über Sherlock Holmes schreiben zu wollen.«

»Irgendwelche alten Feinde vielleicht?« überlegte Wiggins.

»Möglich«, antwortete ich. »Lassen Sie mich Nannerl befragen. Die beiden Frauen könnten doch in Verbindung miteinander stehen.«

Dr. Wiggins begann in seinem Büro auf und ab zu wandern. Schließlich sagte er: »Verzeihen Sie, John. Ich kann das nicht erlauben. Sie sind aufgebracht. Als Reaktion darauf wird auch sie aufgebracht werden. Dies ist wirklich nicht der geeignete Augenblick, Nachforschungen anzustellen.«

»Und wie haben Sie sich bezüglich der Briefe entschieden, die Holmes Ihnen geschickt hat?« Ich bedauerte den ungeduldigen Unterton in meiner Frage.

Wiggins ließ sich mit seiner Antwort Zeit: »Ich habe das Gefühl, ich muß die Privatsphäre meines Wohltäters schützen.«

»Sie sind durch diesen Brief ins Schwanken geraten, nicht wahr?«

»Überhaupt nicht. Ich hatte mich schon vorher dazu entschlossen.«

Enttäuschung umhüllte mich wie der Nebel draußen auf der Straße. Ich schwieg einige Zeit, um mir die nächsten Schritte zu überlegen. Schließlich fragte ich: »Werden Sie mir wenigstens an einem anderen Tag erlauben, Nannerl zu sehen?«

Obwohl Wiggins zunächst zögerte, willigte er letztendlich ein, wenn auch widerwillig.

»Morgen?« beharrte ich und stand auf. »Darf ich morgen wiederkommen?«

»Sehr gern«, nickte er. »Da Sie es so sehr wünschen.«

Als er den Knauf drehte und mir die Tür aus seinem Büro öffnen wollte, fühlte er einen Widerstand. Wiggins lehnte sich mit der Schulter gegen das Türblatt, das nachgab und auf dem Boden blutige Streifen hinterließ. Hinter der Tür lag der leblose Körper des kleinen Toby. Seine Kehle war durchtrennt. Der Einschnitt war lang und sauber.

Wiggins ließ sich erschüttert neben dem Hund nieder. Zärtlich streichelte er den Kopf des Tieres und stammelte: »Toby, oh, Toby!«

Tobys Züge waren zu einer grotesken Grimasse verzerrt. Vorsichtig trug Wiggins die Hundeleiche in sein Büro.

»Warum?« fragte er mich.

Wir starrten einander an. Ich dachte an Nannerl, verlor aber kein Wort darüber. Nur eine Stunde zuvor war der kleine Kerl quicklebendig gewesen, bereit, seinem Herrn überallhin zu folgen.

»Kommen Sie.« Wiggins nahm meinen Arm. »Ich will Sie zum Portal bringen.«

Als er mich aus seinem Büro brachte, mußten wir einen großen Schritt über die verschmierte Blutlache machen.

Auch wenn mich die Kutsche durch mit Ilex und Gold-

girlanden geschmückte Straßen führte, war meine Stimmung alles andere als festlich. Konnte Nannerl, eine eher zerbrechlich wirkende, alte Frau, so grausam sein und ein unschuldiges Tier hinmetzeln? War dasselbe Rasiermesser dazu benutzt worden, die Seiten aus meinen Berichten herauszutrennen?

Warum benutzte die Dame in Rot so plump vertraulich meinen Namen? – *Mrs. John H. Watson*, man stelle sich vor!

ANGRIFF

Kaum war ich zu Hause in der Baker Street 221B angekommen, erreichte mich eine Einladung von Wiggins. Er bat mich, ihn zu einer Aufführung des *Messias* in der St. Paul's Kathedrale zu begleiten, da seine Verlobte, eine Miss Lucinda, dort singen werde. Ich freute mich, daß er, auch wenn er mich bei der Biographie nicht unterstützen wollte, nichtsdestotrotz einen freundschaftlichen Umgang mit mir wünschte.

Als der Abend hereinbrach, kam auch der dichte Nebel zurück, und die Kutsche zerteilte unzählige graue Schleier auf unserem Weg zur St. Paul's. In meinem Bemühen, unterhaltsam zu sein, erzählte ich meinem Gastgeber, daß es nur so aussieht, als würden die sechzig Fuß hohen Säulen im Innern der Kathedrale die Kuppel tragen.

»Sherlock Holmes hat, als Handwerker verkleidet, herausgefunden, daß die Säulen in Wirklichkeit absolut frei stehen. Sie enden ungefähr einen Zoll unterhalb der Decke.«

Ich beeilte mich zu bekräftigen, daß diese Entdeckung gänzlich mit den Plänen von Cristopher Wren übereinstimmte. Als der Bauausschuß auf tragenden Säulen bestand, war Wren gezwungen gewesen, ihm wenigstens scheinbar nachzugeben. Holmes hatte eine Kopie der Originalpläne studiert und richtig geschlossen, daß es für Wren

gegen seine Würde als Architekt ging, sich dem vorsichtigen Ausschuß zu unterwerfen. Als Arbeiter zur Deckenreinigung gesucht wurden, hatte Holmes sich gemeldet.

Als ich mit meiner Geschichte fertig war, zeigte Wiggins auf die undeutlichen, im Nebel vorübereilenden Schatten vor dem Fenster.

»Als wären sie alle unwirklich«, murmelte er.

Endlich tauchte die massige Kathedrale vor uns auf. Gelbliches Licht drang aus den Portalen, und der Schein vieler Kutschen und Autos umkreiste die Kirche wie ein riesiger Lichterkranz. Zu zweit, zu dritt und manchmal in Gruppen zu acht oder zehn Personen wurden die Zuschauer in das Innere geschleust. Ich freute mich, ein Teil dieser Menge zu sein und an einer Weihnachtsaufführung teilzunehmen.

»Dr. Watson!« drang eine ernste Stimme aus dem Nebel zu mir herüber.

Ich drehte mich um, und mein Blick fiel auf die massige Gestalt von Mycroft, Sherlocks Bruder!

»Auf ein Wort!« Mycroft war alt, aber immer noch ein Riese. Seine Gesichtszüge jedoch waren heruntergesackt wie der Talg einer ausgebrannten Kerze. »Sie waren so unklug«, begann er ohne den Austausch weiterer Höflichkeiten, »in der Zeitung Ihre Absicht zu erklären, die Biographie meines Bruders zu schreiben. Nun, ich verbiete es Ihnen.« Mit diesen Worten drehte er sich abrupt um, machte sich eilig davon und verschwand in der Kirche.

Ich war vollkommen verblüfft, Mycroft zu treffen. Natürlich hatte ich daran gedacht, auch diese Spur zu verfolgen und mit ihm einen Gesprächstermin zu vereinbaren. Im Innern meines Herzens jedoch wußte ich, daß Mycroft so stumm und unbeweglich wie ein Felsblock sein würde.

»Sehen Sie, mein lieber Dr. Watson«, flüsterte Wiggins,

»ich bin nicht der einzige, der die blanken Seiten in Holmes' Leben unbeschrieben lassen will.«

Wir waren zeitig genug, um Plätze in der Nähe des Altars zu bekommen, einen kleinen Plausch zu halten und die flackernden Kerzen und den Blumenschmuck der Kirche bewundern zu können. Wiggins erklärte mir, Lucinda sei eine außergewöhnliche Sängerin und würde häufig für einen guten Zweck auftreten.

Ich glaube, niemals zuvor habe ich den *Messias* oder irgendein anderes Musikstück so genossen. Die Aufführung war ganz in der reinen Klarheit des Barock gehalten; der silberne Klang der Trompete mutete mich himmlisch und zugleich irdisch an.

Als Lucinda zu singen begann, beugte sich Wiggins plötzlich vor. Sie *war* eine Sängerin mit einer besonders herrlichen Stimme, jedoch hohlwangig und für meinen Geschmack viel zu dünn. Mit großem Pathos sang sie das Solo für Alt – »He Shall Feed His Flock«.

Beim Klang ihrer wunderbaren Stimme kam ein Strahlen über Wiggins' Gesicht, wie ich es noch nie zuvor gesehen hatte. Dunkel erinnerte ich mich, Holmes vor langer Zeit einmal ähnlich verändert gesehen zu haben, als er einem Musikstück lauschte. Ein Geigensolo mußte es gewesen sein. Sigerson! Ja, es war Victor Sigerson gewesen, dessen Spiel Holmes damals, vor so vielen Jahren, so sehr bezaubert hatte.

Wiggins' Knöchel glänzten weiß – mit solcher Kraft umspannte er die Armlehnen seines Sessels. Lucinda hatte ein bewundernswertes Atemvolumen. Sie schien das gesamte Auditorium mit dem Lied über den Gütigen Schäfer zu bewegen.

Eine Person jedenfalls war von ihrem Gesang vollkommen fasziniert. Eine alte Dame in einem kirschroten, modi-

schen Kleid begann zu weinen. Was hatte die Schwester gesagt? *Eine alte, rotgekleidete Frau.* War dies die Frau, die den Brief hinterlassen hatte, in dem sie sich selbst als *Mrs. John H. Watson* bezeichnete?

Ich stieß Wiggins an und nickte in ihre Richtung. Sie drehte den Kopf, und trotz der riesigen Menschenmenge fiel ihr Blick auf uns. Augenblicklich sprang sie auf und drängte sich aus der Bankreihe.

Wie damals Holmes schrie Wiggins jetzt: »Das Spiel beginnt, Watson.« Gleichzeitig schnellten wir von unseren Sitzen hoch und stürmten zum Ausgang. Auf der Straße draußen vor der Kathedrale war nichts mehr von der Frau zu sehen.

Wiggins und ich jagten jeder in entgegengesetzter Richtung in den Nebel. Ich bildete mir ein, vor mir Schritte zu hören. Als wir ins Netz der Straßenlaternen gerieten, war ich ziemlich sicher, ihre zierliche, wie ein schillernder, davonflatternder Vogel wirkende Gestalt entdeckt zu haben.

»Dort, vor mir«, rief ich laut, in der Hoffnung, daß Wiggins in Hörweite sei und sie auch bemerkt hätte. Doch schon war sie wieder im Nebel verschwunden.

In dieser Nacht waren noch viele andere Fußgänger in den Straßen unterwegs. Ihre Schatten tauchten undeutlich aus dem Nebel auf, während ich mich weiterkämpfte. Dieser verschwommene Anblick ängstigte und beunruhigte mich. Straßenlaternen, Postkästen und Menschen – all diese Bilder stiegen vor mir empor, wie Treibgut in einem dunklen Kanal, dem ich, einem Boot gleich, ausweichen mußte.

Plötzlich zeichnete sich vor mir eine vertraute Gestalt ab – die gebeugten Schultern, die Statur und Haltung kannte ich. Ich hielt den Atem an, denn wieder einmal glaubte ich Sherlock Holmes zu sehen.

»Holmes!« entfuhr es mir.

Der Mann drehte sich mir zu. Mein Rufen hatte ihn erschreckt.

Er stürzte sich mit erhobenem Stock auf mich. »Vergessen Sie mich!« Im gleichen Augenblick bemerkte ich einen roten Wirbelwind, der aus dem Nebel hervorschoß und den Stock zurückzuhalten versuchte. Zu spät. Der Schaft traf mich an der Braue, und ich stürzte auf das Pflaster.

Als ich erwachte, tauchte Dr. Wiggins' Gesicht vor mir auf. Er kniete über mir und hielt meinen Kopf in seinen Händen.

»Holmes, der Geist von Sherlock Holmes«, murmelte ich. »Aber es war nicht Holmes.« Die Gestalt schien sich erneut über mich zu beugen, so daß ich zurückschrak und mein Kopf in Wiggins' Hände zurücksank.

»Ganz ruhig, mein Lieber«, redete Wiggins auf mich ein, »das war zuviel für einen Tag.«

»Kein Schatten dieses Mal, keine Violine, dafür ein Stock.« In meiner Erinnerung tauchte das Bild von Holmes auf, wie er vor Jahren mit erhobenem Stock dagestanden hatte, um eine Viper zu erschlagen. »›Das getupfte Band‹«, flüsterte ich.

Wiggins rief eine Kutsche herbei, und schon wenig später ratterten wir seiner Wohnung entgegen. Mein Kopf schmerzte zum Zerspringen.

Im angenehmen Licht seines Wohnzimmers stellte sich meine Wunde als harmlos heraus. Wiggins bereitete mir auf seinem Sofa ein Bett. Mein Schlaf war unruhig. Bruchstücke aus dem *Messias* – »Every valley shall be exalted« – geisterten in meinem Kopf herum. Immer und immer wieder sah ich in meinem Traum die Rundbogenfenster. »Warum wüten die Nationen auf so schreckliche Weise gegeneinander?« Und jedes Mal tauchte auch Holmes' Schat-

ten auf, die Geige spielbereit in der Hand; Geräusche wie das Piepsen von Mäusen dröhnten in meine Ohren. »Hallelujah! Hallelujah!« brüllte ein ganzer Chor von Sängern, die mit Stöcken über meinem Kopf hin und her fuchtelten.

Am Morgen, bei Erdbeerkompott und einer guten Tasse Earl Grey, erzählte ich Wiggins, daß ich Holmes' Aufzeichnungen nach einer Vebindung zu Nannerl durchgehen wollte. Wiggins wollte mich zur Baker Street begleiten. Während unsere Kutsche die letzten Weihnachtseinkäufer überholte, sah ich Schneeflocken in der kalten Luft glitzern.

Bei unserer Ankunft fanden wir Mrs. Hudson und Mary in heller Aufregung.

»Ein alter Mann, gnädiger Herr«, stammelte Mary. »Er war in Ihrem Zimmer. Er hat versucht, Ihre Bücher zu stehlen.«

»Ein alter Mann mit einer Hakennase, eingefallenen Wangen und mit einem karierten Mantel?« fragte ich.

»Jawohl, gnädiger Herr!«

»Interessierte sich diese Person für die handgeschriebenen Bücher? Die Heftkladden?« fragte ich weiter.

»Ja, so war's, gnädiger Herr«, antwortete Mary. »Ich hab'n an der Eingangstür aufgehalten.«

»Warum waren Sie nicht hier«, mischte sich Mrs. Hudson ein, »wenn Sie wußten, daß etwas passieren würde?«

»Ist ja gut«, beruhigte ich sie. »Wie mutig von Mary, den Dieb zu verjagen. Sehen Sie, es ist doch kein wirklicher Schaden entstanden.«

»Er hatte 'nen bösen Blick«, warf Mary ein. »Ich dachte, er würd' mich schlagen. Den Stock hatte er schon inner Hand.«

Ich blickte Wiggins vielsagend an.

Mrs. Hudson legte ihren Arm um Mary. »Kommen Sie, meine Liebe, kommen Sie, und legen Sie sich ein wenig hin. Es ist alles gut. Dr. Watson ist ja nun hier.«

Wiggins und ich sammelten die Bücher auf und trugen sie nach oben in meine Zimmer.

»Ich würde diese Berichte gern allein lesen«, sagte ich langsam.

»Und ich würde ganz gern erfahren, warum irgend jemand so verzweifelt darum kämpft, Holmes' Leben unter Verschluß zu halten.«

»Mir geht es ebenso.«

»Toby ist tot, Mary wurde bedroht, und Sie, Sie wurden überfallen.« Seine Besorgtheit schmeichelte mir. »Guten Gewissens kann ich Sie nicht verlassen«, fuhr er fort. »Stellen Sie sich vor, Sie nicken beim Lesen ein?«

»Oh, ich bezweifle, daß ich hierüber einschlafe. Aber ich verspreche Ihnen, meine Tür zu verbarrikadieren. Beinahe jeder kann lautlos ein Schloß öffnen, aber eine Barrikade aus Möbeln verursacht höllischen Lärm.«

Nachdem Wiggins weg war, nahm ich mir sogleich eines meiner eigenen, frühen Notizbücher aus dem Stapel. Offensichtlich würde ich selbst fehlende Teile zu dem Puzzle hinzufügen müssen. Vor allem anderen aber mußte ich das gesamte Material für die Biographie erneut lesen.

Holmes' Aufzeichnungen zum Buchstaben N fielen mir in die Hände. Nannerl aus dem St. Giles hatte Holmes' Begrüßungsworte für mich genau gekannt. War Holmes ihr jemals begegnet? Ich blätterte durch die Seiten auf der Suche nach *Nannerl* – einen solchen Eintrag gab es jedoch nicht. Ich kam zu NANCE und dann, am Ende einer linken Seite, begann ein neuer Eintrag: NEUSCHWANSTEIN. Und dann dies: Die Seiten auf der rechten Seite waren ebenso

wie die V-Seiten herausgetrennt worden! Was immer Holmes auch über NEUSCHWANSTEIN geschrieben haben mochte, es war verschwunden. »Bayerisches Schloß, von Ludwig II. erbaut …«, mit diesen Worten hatte er seinen Artikel eingeleitet.

Ich wanderte durchs Zimmer, um meine Nerven zu beruhigen und mich von meinen Schmerzen abzulenken. Am Fenster hielt ich inne. Die glänzenden, glimmernden Schneeflocken hatten sich in große, nasse Klumpen verwandelt. Der Himmel schien sie ununterbrochen über uns auszuschütten, so daß der Schnee sich bereits im Rinnstein sammelte und die Laternen bedeckte. Ich entstaubte mein altes marmoriertes Notizbuch. Es enthielt meine ersten schriftstellerischen Versuche. In diesem hier hatte ich mit dem Schreiben im Präsens experimentiert. Ich hatte kleine Aufsätze verfaßt – Beobachtungen –, bevor ich mich an die Chronik von Holmes' erfolgreicher Karriere als beratender Detektiv machte. Ich schlug das Notizbuch auf, und da kam mir ein glücklicher Zufall zu Hilfe. Einige der darin enthaltenen Seiten waren nämlich nur *halb herausgerissen*.

Ja, tatsächlich. Irgend jemand hatte zunächst versucht, die in Frage kommenden Seiten herauszureißen, sich dann aber, aus Furcht, entdeckt zu werden, entschlossen, die Bücher als Ganzes zu stehlen. Dies waren also die wenigen Seiten aus Holmes' und meiner Vergangenheit, die ich nicht hätte lesen sollen! So nebensächlich sie auch scheinen mochten, so enthielten sie dennoch den entscheidenden Hinweis, durch den sich die Verwirrung auflösen würde.

Obwohl das, was ich las, schon längst der Vergangenheit angehörte, erstand es vor meinem inneren Auge auf, als würde es sich heute ereignen.

Die Vergangenheit

SHERLOCK HOLMES UNTERSUCHT EINE VIOLINE

Im Jahre des Herrn 1886 sitzen Mr. Sherlock Holmes und ich hier in unserer Wohnung in der Baker Street. Es gibt Zeiten, da ist er ein wirklich rücksichtsloser Mitbewohner. So hat er vor wenigen Augenblicken die gesamte Wohnung dem übelriechenden Nebenprodukt eines seiner chemischen Experimente ausgesetzt, das, wie er mir versichert, zur Aufklärung eines Geheimnisses unbedingt notwendig ist. Glücklicherweise ist heute ein herrlicher Frühlingstag, und ich habe gerade die Fenster geöffnet. Doch was, wenn ich mit diesem Kerl den Winter über zusammengepfercht bin?

»Wollen Sie wissen, was ich gerade verbrannt habe?« fragt Holmes mich.

»Nicht im geringsten«, versichere ich ihm. Wenn wir das gemeinsame Wohnen auch weiterhin aufrechterhalten wollen, sollte ich besser kein übergebührliches Interesse für seine Arbeit entwickeln, und ich hoffe, daß auch er keine Neugierde für die meine zeigen wird.

»Und warum haben Sie sich dann, als Sie das Fenster öffnen gingen, den umständlichsten Weg durch das Zimmer gesucht, dicht am Kieferntisch vorbei, und warum haben Sie so getan, als wäre Ihr kleines Notizbuch zu Boden gefallen, so daß Sie ein wenig länger verweilen und leichter in den Becher schauen konnten?«

Hätten seine Augen nicht diesen Schalk verraten, wäre ich von seinen Übertreibungen gewiß ungeheuerlich verletzt gewesen.

»Gut beobachtet!« antworte ich gutgelaunt.

»Und richtig beobachtet«, beharrt er. »Ich verbrenne eine Lackprobe, die der Seitenwand einer Geige entnommen wurde, von der man behauptet, sie sei eine Antiquität.«

»Und warum machen Sie das?« frage ich.

Holmes schlendert zum Fenster und bittet mich, es ihm gleichzutun. Als ich näherkomme, höre ich etwas, das ich zunächst für den herrlichen Gesang eines Vogels halte. Durch das geöffnete Fenster kommen die Töne fröhlich zu uns herein. Dann erkenne ich, daß diese wie Mücken herumtanzenden Klänge sich zu einer Melodie fügen. Ich stehe neben Holmes, der voller Befriedigung hinausblickt.

»Die Arie des ›Vogelfängers‹«, erklärt er, »aus Mozarts *Die Zauberflöte*.« Holmes reckt sich und streckt seinen Hals weit über den Hemdkragen hinaus, grad so, als wäre *er* ein exotischer Vogel, ein Strauß vielleicht. »Ziemlich genau gepfiffen«, fügt er hinzu. »Nun raten Sie den Beruf dieses Herrn, der zu uns heraufkommt und dessen Fragen uns in Kürze zu dem Thema Lack zurückführen werden.«

»Besitzer einer Vogelzucht«, schlage ich vor.

»Weit gefehlt«, antwortet Holmes mit einiger Verachtung. »Achten Sie einmal auf seinen Kopf, wie er sich zu einer Seite neigt.«

Tatsächlich sieht der Mann aus, als habe er den schiefen Kopf eines Papageien zu lange betrachtet. Doch ich halte mich zurück. Sherlock Holmes mag es, mich zu der einen oder anderen Schlußfolgerung zu animieren, um sich anschließend, wenn ich falsch liege, darüber lustig zu machen.

»Selbstverständlich ist er Flötist. Und er pfeift den Part,

der heute gespielt wird. In der gestrigen Abendzeitung finden Sie eine Besprechung von George Bernard Shaw, einem Musikkritiker, der die Darbietung gerade dieses Parts ziemlich überschwenglich lobt. Doch hier kommt der Schurke.«

»Warum bezeichnen Sie ihn als Schurken?« frage ich ihn.

»Weil er ein Lügner ist«, entgegnet Mr. Holmes. »Er hat meine Dienste in Anspruch genommen, aber er erzählt mir nicht die ganze Wahrheit.«

Ich höre ein rhythmisches Klopfen an der Eingangstür, worauf eine Pause von gerade soviel Sekunden folgt, wie sie der Flötist benötigt, um Mrs. Hudson, unserer Vermieterin, zu erklären, er wolle meinen Mitbewohner sprechen. Während der Besucher die Treppe hinaufsteigt, ist das laute und überschwengliche Pfeiffen erneut zu hören.

»Hören Sie nur«, bemerkt Sherlock Holmes, »wie er übertreibt. Er möchte selbstbewußt und lässig erscheinen.«

Und in der Tat hat das Pfeifen nun eine unangenehme und durchdringende Lautstärke erreicht. Als Holmes die Tür öffnet, lehnt der junge Dandy für einen kurzen Moment im Türrahmen und beendet sein Lied, bevor er zu sprechen beginnt. Er nimmt seinen Hut vom Kopf und versucht ihn auf der Fingerspitze zu drehen, doch er fliegt ihm davon und landet auf der Anrichte, direkt auf einem Teller mit frischem Toast.

»So, so, mein Lieber«, kommentiert Holmes, »kommen Sie herein.« Er nimmt den Hut, wirbelt ihn durch die Luft, fängt ihn auf und wirft ihn mit einem Dreher wieder unserem Gast zu. Und – der Hut landet tatsächlich auf dessen Kopf.

»Du meine Güte«, entfährt es diesem, mit waschechtem deutschen Akzent.

Holmes stellt mich dem Burschen vor: Hans Bachaus. Mir fällt auf, wie sich Mr. Holmes' Oberlippe ein wenig verzieht. Mr. Bachaus ist hervorragend gekleidet, um den Hals einen lavendelfarbenen Schal und im Knopfloch ein Fliedersträußchen. Der Fliedergeruch schlägt mir kräftig entgegen, und ich beschließe, Holmes mit seinem Gast allein zu lassen, um selbst bei einem kleinen Spaziergang durch den Hyde Park die Frühlingsluft zu genießen. Ich kündige mein Vorhaben an, doch Holmes beharrt darauf, mitzukommen.

»In wenigen Augenblicken werde ich Sie begleiten«, versichert er mir, »wenn Sie so lange warten können, bis ich Mr. Bachaus meinen Bericht gegeben habe.«

Obwohl ich in Wahrheit lieber allein gehen möchte, weil ich das dringende Bedürfnis habe, eine Zeitlang ohne Holmes' Gesellschaft zu sein, kann ich seinen so höflich vorgetragenen Wunsch nicht ablehnen.

»Ich darf Sie beglückwünschen«, fährt Holmes an unseren Gast gewandt fort, »für die hervorragende Kritik, die das Orchester als Antwort auf seine gestrige Aufführung bekommen hat. Wären die Sänger nur ebenso gut wie die Instrumentalisten gewesen, dann hätte Mr. Shaw zweifellos nicht behauptet, daß Ihre Truppe besser in die schottischen Highlands als nach London gehöre.«

»Mein Fehler war das gewiß nicht«, antwortet der Flötist ungerührt. »Mein Auftritt war ›tadellos‹. ›Mitreißend‹«, fügt er hinzu, wobei er, sehr zu meinem Erstaunen, eine kleine Pirouette vollführt. »Und was ist mit der Geige, Herr Holmes? Soll ich meinem Freund sagen, daß es sich um eine echte Guarnerius handelt, ihm zum Kauf raten – ohne weiter zu zögern?«

»Was für ein Musiker ist Ihr Freund , wie gut ist er?« fragt Holmes zurück.

»Er ist beinahe ebenso perfekt wie ich«, antwortet der deutsche Dandy, betrachtet seine Fingernägel und poliert sie mit dem Ärmel seiner Jacke.

»Und kann er auch so ausgezeichnet lügen?« fragt Holmes in liebenswürdigem Tonfall.

»Ach!« braust der Flötist auf. »Wenn Sie mich beleidigen wollen, werde ich augenblicklich gehen.«

»Wie Sie wünschen«, entgegnet Holmes ruhig. »Ich werde meine Ergebnisse an das Orchester der Oper München schicken, zu Händen von Hans Bachaus. Der geschätzte Musiker wird natürlich erstaunt sein, hat er doch niemals einen Schritt über meine Schwelle getan. Ich bin gespannt, ob er herausfinden wird, daß Sie, Mr. Karl Klaus, ein drittklassiger Flötist, sich seinen Namen geborgt haben und hier in London etwas von dem ebenfalls geborgten Ruhm genießen.«

Die Unterlippe des Flötisten beginnt zu zittern.

»Sie haben mein Geheimnis gelüftet«, stammelt er. Nichts mehr von dem großspurigen, jungen Draufgänger von vorhin.

»Den Grund für Ihre Lüge habe ich allerdings nicht entdeckt«, erklärt Holmes. »Für Sie würde ich den Lack ebenso schnell untersuchen wie für den echten Mr. Bachaus.«

»Es ist nicht meine Schuld«, entgegnet Klaus. »Mein Freund bestand darauf, nur Sie allein wären in der Lage, den Test durchzuführen, und er beharrte ebenso hartnäckig darauf, daß ich unter falschem Namen auftrete. Ich dachte, es würde keinen Schaden anrichten, wenn ich mich als Bachaus ausgebe. Ich spiele nämlich wirklich Flöte. Wie haben Sie alles herausgefunden?«

»Gestern, als Sie zum ersten Mal kamen und heute, als Ihnen beim Pfeifen ein Fehler unterlief.«

»Unmöglich!« langsam kehrt seine arrogante Haltung zurück.

»Nicht in der Tonlage. Nein, Ihr absolutes Gehör hat Ihnen keinen Streich gespielt. Aber der Rhythmus. Er war ein wenig ungenau. Sie haben das Ende des Satzes ein bißchen überdehnt. Bachaus wäre dieser Fehler niemals unterlaufen. Jedenfalls nicht, ohne daß es Mr. Shaw eine Bemerkung wert gewesen wäre. Dies ist nämlich ein Fehler von der Sorte, der unweigerlich Shaws Spott auf sich zieht. Und er spottete nicht; daher war dieser Fehler während der Aufführung nicht aufgetreten. Sie dagegen wiederholen ihn ständig; deshalb können Sie nicht Bachaus sein.«

»Aber wie haben Sie meinen wahren Namen herausgefunden?«

»Sie haben ihn mir verraten. Er steht auf dem Innenband Ihres Huts, den Sie freundlicherweise auf den Toast geworfen haben.«

»Alle Achtung«, den Einwurf kann ich mir nicht verkneifen. »Was für einen scharfen Blick Sie haben, Holmes.«

»Kinderkram, mein lieber Watson. Und wie lautet der Name Ihres Freundes?«

»Sigerson«, gibt der blamierte Karl Klaus zur Antwort. »Bitte fragen Sie nicht weiter. Ich schwöre, ich sage nun nichts mehr über Victor.«

Meiner Meinung nach wird sich Klaus nicht umstimmen lassen, und Holmes scheint offensichtlich ebenso zu denken, denn er wechselt das Thema. »Nein, sie ist nicht echt. Die Geige ist keine Guarnerius.«

»Zu schade«, entfährt es Klaus. »Victor hat sie sehr ins Herz geschlossen.«

»Vielleicht sollte er sie dann trotzdem kaufen«, schlägt Holmes vor, »wenn ihm der Klang gefällt. ›Namen sind nichts als Schall und Rauch‹.«

»Er weiß gern um den Ursprung der Dinge. Diese Nachricht wird ihm die Lust an der Geige verderben«, erklärt Klaus.

»Nun, ich habe ziemlich viel Zeit mit Ihnen vertrödelt«, sagt Holmes unerwartet abrupt. »Mein Freund hier wartet ungeduldig auf seinen Spaziergang im Hyde Park. Und Ihnen, Karl Klaus, bleibt jetzt nichts, als Ihr armseliges Ich aus diesen Räumlichkeiten zu entfernen. Hüten Sie sich davor, jemals wieder um meinen Rat nachzufragen. Nein, ich nehme Ihr Geld nicht an. Kurz gesagt, ich will Sie nicht wiedersehen. Und seien Sie so freundlich und pfeifen Sie nicht mehr unter meinem Fenster.«

Holmes klingt etwas wichtigtuerisch, doch so schafft er es, daß der betrügerische Geigenhändler keinen Augenblick länger bleibt. Kaum ist er aus dem Zimmer, krümmt sich Holmes vor – fast lautlosem – Lachen.

»Dieser junge Mann ist von solch herausragender Dummheit, daß ich wirklich davon überzeugt bin, Watson, Sie sind in der Lage, meinen nächsten Schritt auf das Genaueste vorauszusagen.«

Darüber bin ich sehr erstaunt.

»Ist er schon um die Ecke?« fragt Holmes.

Ich stecke meinen Kopf nach draußen in die linde Luft und beobachte, wie seine langen, scherengleichen Beine den Dandy außer Sichtweite tragen.

»Schnell, Watson«, drängt Holmes. »Es ist längst nicht so, daß ich von dem jungen Kerl nichts mehr wissen will, im Gegenteil, meine Neugierde ist geweckt. Wir werden ihm folgen und mehr über Sigerson und die übrigen Mitglieder des Münchner Opernorchesters herausfinden.«

Und schon machen wir uns auf den Weg – *nicht* in Richtung Hyde Park, wie Holmes Klaus hat glauben machen wollen, sondern dicht auf dessen Fersen. Welch eine Wohl-

tat, an der frischen Luft zu sein! Die Sonne scheint warm. Dort an der Straßenecke steht ein mit frischen Blumen beladener Wagen. Narzissen warten in Kaltwasserbehältern auf die Kunden, der Duft von Hyazinthen und Flieder durchdringt die Luft. Der Frühling hat zeitig Einzug gehalten, die Eingangstüren vieler Geschäfte und die Fenster in den darüberliegenden Geschossen sind weit geöffnet. Gelegentlich ist zu hören, wie die Menschen sich ihre Freude über den Sonnenschein und die Wärme in vergnügten Worten zurufen.

»Warum machen Sie sich über diesen Fall überhaupt noch Gedanken?« frage ich Holmes. »Er ist nicht mehr Ihr Klient, und Sie wollten noch nicht einmal, daß er Sie bezahlt.«

»Nur aus Prinzip«, antwortet Holmes gutgelaunt. »Es ist Frühling, und die laue Luft hat meinen Appetit nach Antworten vergrößert, damit ich selbst das kleinste Rätsel lösen kann, das sich vor mir auftut.«

Nun gut, während die meisten jungen Männer großes Interesse an Geselligkeit haben, liebendgerne zum Tanzen gehen und während der warmen Jahreszeit draußen im Grünen essen, ist Holmes leider an nichts anderem als der Entschleierung irgendwelcher dummer und unlogischer Mysterien interessiert. Er geht mit raschen Schritten und ist offensichtlich in ausgezeichneter Stimmung.

»Übrigens«, fährt er fort, »falls Sigerson die Geige, deren Lack ich gerade eben untersucht habe, nicht kaufen will, dann werde ich selbst ein Angebot machen.«

»Tatsächlich, Holmes, aber Sie haben doch schon eine Geige.«

»Ja, aber ich besitze keine Stradivari.«

»Eine Stradivari?«

Holmes lacht vor Freude laut auf, und es ist kaum zu

glauben, er hüpft beinahe von der Bordsteinkante auf den Portland Place. »Ja«, sagt er voller Schadenfreude. »Unser Freund war durch die Aufdeckung seines kleinen Lügengebäudes dermaßen beunruhigt, daß er versäumt hat, mich nach den Ergebnissen der Untersuchung der Lackasche und der chemischen Analyse zu fragen.«

Nun beginne ich zu verstehen, warum Holmes kein Honorar von seinem Klienten annehmen wollte. Er ist in solchen Dingen äußerst penibel.

»Ich hätte es ihm gesagt«, fährt er fort, »wenn er mich gefragt hätte. Doch auch Sie haben bemerkt, daß er nur danach fragte, ob die Geige eine Guarnerius sei, oder etwa nicht? Ich habe ihm wahrheitsgemäß geantwortet: sie ist keine Guarnerius. Und hätte er weiter gefragt, würde ich ihm die ganze Wahrheit gesagt haben: was sie wirklich *ist*.«

»Natürlich, er konnte sich kaum vorstellen, daß Sie dazu in der Lage sein könnten«, entgegne ich. Holmes' Überheblichkeit kann manchmal ziemlich ärgerlich sein.

»Es ist doch nicht meine Schuld, wenn *er* es vorzieht, mich zu unterschätzen.« Aus der geöffneten Tür einer Konditorei dringt ein verführerischer Duft zu uns herüber.

»Und warum wollte er, daß Sie den Lack untersuchen?«.

»Er war sich unsicher darüber, was er besitzt. Wie würde er reagiert haben, wenn ich ›Amati‹ geantwortet hätte?« fragt Holmes.

»Der Deutsche hätte einen Freudentanz vollführt.«

»Und was würde er gemacht haben, wenn ich ›Stradivari‹ gesagt hätte?«

»Das klingt wie ein Märchen. Sind Sie wirklich sicher, Holmes?«

Wir gehen die Regent hinunter, bis unser Deutscher hinter dem Piccadilly Circus stehen bleibt, um ein Schau-

fenster voller Sommerhandschuhe zu betrachten. Inzwischen verweilen wir vor einem Herrenausstatter.

Holmes reibt sich voller Vergnügen die Hände. »Die Chemie kann uns nicht täuschen«, bemerkt er und wirft mir einen sehr wissenden Blick zu. »Was uns die Wissenschaft erklärt, hat der Mann, der die Geige kaufen will, durch das absolute Gehör erfahren – der Fähigkeit des Künstlers, die feinsten Unterscheidungen in der Tonqualität zu treffen. Ich würde zu gern mit diesem Ohr Bekanntschaft machen.«

»Wirklich, Holmes?«

Karl Klaus verschwindet in einem kleinen Hotel in der Bond Street direkt gegenüber der Royal Opera. Die Fenster des Hotels sind alle geöffnet. Noch während wir ungefähr einen Block entfernt sind, können wir aus einem der oberen Fenster hören, wie jemand Geige spielt. Die Musik übt eine höchst ungewöhnliche Wirkung auf Mr. Holmes aus. Bis jetzt ist er von nichts anderem als Spürsinn und dem Drang, voranzukommen erfüllt gewesen. Er war berauscht von seinem Können und folgte bereitwillig der Spur eines eher unbedeutenden, kleinen Schurken. Plötzlich ändert sich sein selbstbewußter Schritt: erst schleicht er geräuschlos, dann wechselt er auf die Zehenspitzen. Er bedeutet mir, ich solle es ihm gleichtun. Sein Gesicht hat einen ehrfürchtigen Ausdruck angenommen: er bewegt sich vorsichtig, den Kopf leicht schräg gehalten, um besser hören zu können. Seine Augen werden glasig.

»Was ist das?« frage ich. (Mein Sinn für Musik ist ziemlich unterentwickelt.)

»Still«, bringt er mich zum Schweigen.

Als wir das Hotel erreichen, hält er unter dem Fenster an, aus dem die Musik ertönt, und lehnt sich gegen die Steinmauer. Es ist alles sehr kompliziert.

Holmes wird leichenblaß.

»Sollen wir Klaus in das Gebäude folgen?« frage ich.

Gedankenverloren schüttelt Holmes den Kopf. Es ist ganz offensichtlich, daß in ihm etwas viel Wichtigeres den Gedanken an Karl Klaus verdrängt hat. Erst als das Spiel endet, murmelt Holmes, mehr zu sich selbst als zu mir: »Hinreißend!«

Sein Blick wird wieder konzentrierter. »Schnell, Watson«, drängt er, »Sie müssen hineingehen und direkt nach Klaus fragen. Sagen Sie ihm, Sie wollen die Geige kaufen; sagen Sie ihm, ich bin ein Flegel, für dessen Verhalten Sie sich schämen, doch vor allem, finden Sie heraus, wer das Zimmer zur Frontseite am Ende des ersten Stocks bewohnt.«

»Mein lieber Holmes, fühlen Sie sich wirklich gut? Wollen Sie tatsächlich, daß ich diesen Auftrag für Sie erledige?«

Er sieht mir in die Augen und spricht beinahe flehentlich: »Ich weiß, ich habe kein Recht, Sie darum zu bitten. Ich habe unsere Wohnung mit chemischen Dämpfen vergiftet; ich habe Ihre Absicht, spazierenzugehen, mißbraucht; ich habe mit kaum zu ertragender Arroganz über gewisse Dinge gesprochen. Doch um unserer beginnenden Freundschaft willen bitte ich Sie, mir diesen Gefallen zu tun.«

Nun, einer so herzlichen Bitte kann niemand widerstehen, besonders dann, wenn Sie von einem Mann wie Holmes kommt, der sich in Gesprächen gewöhnlich trocken und ironisch gibt.

Ich betrete das Hotel – ein wenig ansehnlicher Ort. In seiner heruntergekommenen Schäbigkeit ist es ein Platz, an dem man eher ein weniger berühmtes Orchester erwarten würde. Ich gehe zum Portier und frage nach der Zimmer-

nummer von Mr. Karl Klaus. Auch dieses Zimmer liegt im ersten Stock, und ich begebe mich zur Treppe. Mehrere Orchestermitglieder drücken sich an mir vorbei. Ja, es ist sprichwörtlich so, denn sie tragen bauchige Instrumentenkästen, Baß, Posaune und ähnliches. Bei den meisten von ihnen handelt es sich um rotwangige Deutsche mittleren Alters mit einer Vorliebe für kräftige Schnauzbärte. Während ich den Gang hinuntergehe, höre ich, wie das aufregende Geigenspiel wieder aufgenommen wird. Tatsächlich bewohnt der Geiger das Zimmer neben Karl Klaus, an dessen Tür ich klopfe.

Als er mich erkennt, weicht er voller Schrecken zurück.

»Keine Erpressung«, wehrt er sich. »Ich werde nicht zahlen. Es zählt nicht zu meinen Gewohnheiten, unter falschem Namen Geigen zu verkaufen. Ich habe von alledem nichts gewußt.«

»Mein lieber Herr«, beruhige ich ihn, »seien Sie gewiß, daß meine Mission nicht das Geringste mit Erpressung zu tun hat.«

»Wirklich?« fragt er erleichtert, läßt mich aber auch jetzt noch nicht eintreten.

Ich erinnere mich an Holmes' Anweisungen und versuche mein Glück, so gut ich kann. »Sie müssen verstehen, daß Mr. Holmes' Meinung mit meinen Ansichten wenig zu tun hat.« Ich mache eine kleine Pause in der Hoffnung, hineingebeten zu werden. »Um es kurz zu sagen«, fahre ich fort, »ich glaube, ich selbst würde die Geige gern erwerben.«

»Warum?« fragt Klaus ein wenig verwirrt.

Einen Moment lang bin ich gezwungen, verlegen herumzustottern, doch dann sage ich: »Das ist meine Art, mich für den rüpelhaften Kerl zu entschuldigen, mit dem ich zusammenlebe.«

»Ach, mein Herr, jetzt verstehe ich«, entgegnet Klaus.

»Ich hatte bislang kein *l'image exactement* von Ihnen.« Er winkt mich herein und legt eine seiner Pranken auf meine Schulter. »Kommen Sie herein.«

»Ich kann nicht bleiben«, unterbreche ich ihn schroff und schüttle seine Hand ab. Ich werde nicht zulassen, daß Holmes mich noch einmal in eine solche Situation bringt. »Sagen Sie mir, was Sie für die Geige haben wollen, und ich schreibe Ihnen einen Scheck aus.«

»Wollen Sie sie nicht erst spielen?« fragt Klaus beleidigt.

»Ich spiele nicht«, antworte ich nervös, »ich sammle nur.«

»Ich weiß nicht, ob Sigerson dem zustimmt«, sagt er spitz. Er ist wütend über meine Zurückweisung.

»Ist das Sigerson, nebenan?« frage ich.

»Ja, er ist es«, antwortet Klaus.

Ich bin ziemlich erleichtert, auf so einfache Weise einen Teil von Holmes' Auftrag erledigt zu haben.

»Und spielt er gerade die fragliche Geige?« füge ich hinzu.

»Nein«, gibt Klaus zurück. »Ist das der Klang, für den Sie sich interessieren.«

»Nein, nein«, versichere ich ihm. »Der Klang interessiert mich nicht.«

»Was zieht Sie denn an dieser Geige an?« spöttelt er.

»Der Lack«, platze ich heraus.

»Der Lack?«

»Das heißt nur, wenn er von der gleichen Farbe wie die Probe in Holmes' Reagenzglas ist. Eine wunderbare Farbe. Wie Honig, eine zuckersüße Farbe.«

»Zuckersüß?« ruft er aus und lacht ziemlich herablassend. Er nimmt die Geige aus dem Kasten und hält sie hoch. »Gefällt Ihnen diese Farbe?«

»Hinreißend!« bekräftige ich so überzeugend wie möglich. »Ich will Ihnen einen Scheck schreiben.«

»Ich habe Sigerson den Vortritt gegeben. *Guten Tag!* Ich kenne ja Ihre Adresse und benachrichtige Sie, falls die Geige auf den Markt kommt. Natürlich können Sie jetzt schon eine Option kaufen, falls Sie möchten.«

Bevor ich mir selbst darüber klar bin, fülle ich einen Scheck über £ 5 aus und steige ohne Geige die Treppe hinab.

Draußen hat Holmes seinen Beobachtungsposten in das Portal des Opernhauses auf der gegenüberliegenden Seite verlegt, wo er vorgibt, Zeitung zu lesen, um sich so vor den Blicken der anderen zu schützen. Komischerweise ist er weniger am Besitz der Stradivari interessiert, als an der Identität des Musikers, der sein Können weiterhin unter Beweis stellt.

»Nun, wer ist das?« fragt er voller Neugier. Nicht eine Silbe des Danks kommt über seine Lippen.

»Sigerson«, antworte ich kurz angebunden.

»Sigerson! Dann spielt er zweifellos bereits auf der Stradivari, und das erklärt auch die außergewöhnliche Süße ihres Klangs.«

»Dem ist nicht so«, gebe ich zurück. Manchmal ist der Detektiv zu schnell in seinen Schlußfolgerungen.

»Nein?« fragt er verwundert. »Wie muß sein Spiel denn erst auf einer Stradivari klingen? Watson, ich würde mein Leben dafür geben, um einmal so spielen zu können.«

»Wirklich, Holmes? Ist das nicht eine etwas übertriebene Reaktion auf das Gefiedel eines Geigers von der Münchner Oper?«

»Der Name des Orchesters hat für mich wenig Bedeutung. Dieser Mann wird ein Solist ersten Ranges sein. Das Genie treibt seine Knospen zuweilen in den Niederungen.«

Ich habe gehört, wie Holmes auf seiner Geige kratzt und bezweifle, ob er für ein solches Urteil überhaupt qualifiziert genug ist. Trotzdem muß auch ich zugeben, daß der unsichtbare Geiger eine ganz anständige Darbietung liefert – eine sehr viel bessere jedenfalls als Holmes. Er kratzt überhaupt nicht.

Holmes sinniert weiter: »Fast möchte ich ihn die Geige kaufen lassen. Er verdient sie viel mehr als ich. Und trotzdem, sein Spiel ist bereits erstklassig. Er wird kaum ein anderes Instrument brauchen als das, was er gerade spielt.«

Ich will von Klaus' ungeheurem Benehmen berichten, doch Holmes zwingt mich zu schweigen. Das kann warten, meint er. Er streckt seinen Kopf in Richtung des besagten Fensters und lauscht mit ehrfürchtiger Aufmerksamkeit, während er wiederum so tut, als lese er Zeitung. Holmes reicht mir einen Teil zur Lektüre herüber. Es steht viel Langweiliges darin, zum Beispiel, daß die Suffragetten planen, vor eben diesem Opernhaus Streikposten zu beziehen.

Mehrere deutsche Musiker überqueren die Straße vor dem Hotel und betreten die Eingangshalle der Oper; offensichtlich gehen sie zu einer Probe, denn keiner ist für eine Aufführung gekleidet. Holmes schenkt ihnen wenig Beachtung, doch ich fürchte, daß es seinen Kaufabsichten wenig nützen wird, wenn Klaus uns hier sieht, deshalb beobachte ich das Hotel mit großer Aufmerksamkeit.

Anscheinend rundet Sigerson seine Probe mit einem Crescendo ab, das mir schon immer für das Geigenspiel unpassend vorkam. Holmes starrt zu dem Fenster hinauf, und seine Augen glitzern vor Begeisterung.

»Nun, Watson«, sagt er, vom Zauber befreit und voller neuer Energie.

Rasch erkläre ich ihm, daß ich, beziehungsweise er, die

Geige nicht kaufen kann, solange Sigerson noch daran interessiert ist.

»Sehr wahrscheinlich«, unterbricht Holmes mich, »wird Klaus mit dieser Frage an Sigerson, unmittelbar nachdem er die ›Charconne‹ beendet hatte, herangetreten sein. Ich werde schnell ins Café hinüberspringen, und wenn Klaus das Hotel verläßt, können Sie ihn darauf ansprechen. Bieten Sie, soviel Sie müssen. Ich werde Ihnen alles zurückzahlen.«

Der Plan kann gerade noch rechtzeitig greifen. Mehr und mehr Orchestermitglieder drängen in die Halle. Ich frage mich, welcher von ihnen Sigerson ist, denn ich sehe fünfzehn bis zwanzig Männer mit Geigenkästen in der Hand, deshalb ist jedes Raten zwecklos. Als ich Klaus entdecke, halte ich ihn an. Er gibt sich äußerst distanziert und erklärt brüsk, die Geige sei gerade an Sigerson verkauft worden.

Irgendwie kann ich mich nicht beherrschen und frage spitz: »Ich nehme an, Sie haben ihm gesagt, daß es keine Guarnerius ist?«

»Ich habe ihm die Wahrheit gesagt – daß es sich um eine Geige von großem Wert handelt und der Partner des berühmten Detektivs Sherlock Holmes bereit sei, sie sofort zu kaufen.«

»Was macht Sie so sicher, daß ich nicht persönlich zu Sigerson gehe und ihm die Wahrheit sage?«

»Sie haben mir Ihr Wort als Gentleman gegeben, daß Sie keine Erpressung im Sinn hatten. Ich nahm an, Sie würden sich aus Sachen, die Sie nichts angehen, heraushalten. Aber vielleicht sind Sie ja auch so ein Rüpel wie Ihr Freund, der sich in alles einmischt.«

Am liebsten würde ich diese unverschämte Kanaille mit ihrem eigenen malvenfarbenen Schal erdrosseln, doch statt

dessen drehe ich mich auf dem Absatz um und begebe mich zu Holmes in das Café.

Dieser macht aus seiner Enttäuschung, die Geige nicht bekommen zu haben, kein Hehl und wirft sich vor, Klaus nicht schon in der Baker Street ein großzügiges Angebot gemacht zu haben. Ich versuche ihn auf andere Gedanken zu bringen, indem ich auf einem Spaziergang im St. James Park bestehe. Dort kaufe ich ein Sträußchen frühe Rosen und Flieder und überlege, welcher der jungen Damen aus meinem Bekanntenkreis ich es am liebsten überreichen möchte.

Fröhlich quietschen die seit sechs Monaten kaum benutzten Kinderwagen auf den Wegen. Meinen Freund läßt diese zutiefst menschliche Musik völlig ungerührt. Auch der blaue Himmel und die Segelboote der kleinen Jungen auf dem Teich heben seine Stimmung nicht.

Als wir wieder zu Hause in der Baker Street ankommen, teilt uns Mrs. Hudson mit, für Holmes sei eine Nachricht abgegeben worden.

»Was ist das?« fragt Holmes erstaunt und wedelt mit dem Brief in der Luft herum. »Französisches Briefpapier und eine deutsche Handschrift.« Er reißt den Umschlag auf: darin liegt ein Brief nebst einem Scheck.

Als er den Brief gelesen hat, läßt sich Holmes gedankenverloren in seinem Sessel nieder und reicht ihn mir weiter:

Mein lieber Mr. Holmes,
Bitte gestatten Sie mir die Begleichung der Kosten für die Untersuchung des Lacks. Ich fürchte, daß diese auf die eine oder andere Weise nicht ordnungsgemäß beglichen wurden. Die Tatsache, daß Sie versucht haben, über Ihren Agenten, Dr. Watson, die Geige zu erwerben, sagt mir, sie ist von

größerem Wert als erwartet. Auf diese Weise haben Sie mir einen zweifachen Dienst erwiesen.

Hochachtungsvoll
Victor Sigerson

P.S. Glauben Sie ja nicht, daß unser gemeinsamer Freund Klaus mir etwa Ihr Ergebnis, die Geige sei keine Guarnerius, mitgeteilt oder einen Hinweis auf ihren noch größeren Wert gemacht hätte.

»Ein ziemlich kluger Kopf, dieser Victor Sigerson«, sinniert Holmes. »Und ein Künstler bis in die Fingerspitzen.«

»Was für eine Unverschämtheit«, ärgere ich mich. »Ich finde es ziemlich schäbig, zu einem Kriecher abgestempelt zu werden.«

»Kommen Sie, Watson, Sie waren genausowenig ein Kriecher wie ich«, beruhigt mich Holmes gutgelaunt.

Ich bin erstaunt, keinen Groll in seinem Blick zu entdecken. Statt dessen nichts als wachsende, begeisterte Bewunderung.

»Ich würde Victor Sigerson gern kennenlernen«, fährt Holmes fort. »Ach, nur zu gern würde ich Unterricht, Geigenunterricht, von ihm persönlich erhalten.«

»Und dieser spöttische Brief?«

»Es gibt da etwas sehr Spielerisches in seinem Charakter.« Holmes klopft die Fingerspitzen gegeneinander. »Ich habe das schon in seiner Musik bemerkt. Vielleicht ist dieser Brief in Wirklichkeit so etwas wie eine spielerische Herausforderung.«

»Was denkt er, werden wir als nächstes tun?«

»Wahrscheinlich ahnt er, daß ich seine Bekanntschaft machen möchte. Und genau das werde ich auch tun.«

»Sind Sie sich sicher, Holmes? Warum sich damit belasten?«

»Weil er ein wunderbarer Künstler ist. Er wird irgendwann wieder abreisen – vielleicht ist dies eine der seltenen Gelegenheiten, von jemandem Unterricht zu erhalten, dessen Name eines Tages in aller Munde sein wird, wie Paganini oder Tartini. Und er hat einen ungewöhnlichen Verstand – damit wird es gleichzeitig auch amüsant werden. Ja, ich werde ihn um Unterricht bitten.«

SNOOKER

Holmes sitzt in seinem bequemen Lehnstuhl am Kamin und preßt seine langen Finger gegeneinander.

»Wie wollen Sie das bewerkstelligen?« frage ich.

Holmes steht auf und wandert vor der leeren Feuerstelle auf und ab. Dann wendet er sich zum Fenster und starrt in die Baker Street hinaus.

»Zunächst denke ich, werden Sie und ich auf eine kleine Erkundungstour gehen. Ich möchte ihn erst einmal in seiner natürlichen Umgebung beobachten.«

»Was sollten wir da wohl herausfinden?« frage ich weiter. » Und warum soll ich in die Sache hineingezogen werden?«

»Mir ist aufgefallen«, erklärt Holmes langatmig, »daß Sie angefangen haben, alles aufzuschreiben, was ich tue. Ebenso habe ich bemerkt, daß Sie die Geschichten von Edgar Allan Poe untersuchen. Sie kritzeln in Ihr marmoriertes Heft, wann immer Sie Gelegenheit dazu finden. Falls Sie tatsächlich etwas schreiben wollen – eine gewinnbringende, kleine Kriminalerzählung vielleicht – über die Arbeitsmethode eines beratenden Detektivs, das heißt über mich, dann müssen Sie auch bereit sein, die Fußarbeit zu tun. So wie ein Konzertgeiger Stunden um Stunden üben muß, sind auch Sie gefordert, Ihre Fähigkeit, die Gedankengänge des Detektivs und des Verbrechers zu entschlüsseln, immer wieder zu erproben.«

»Aber hier liegt doch kein Verbrechen vor«, werfe ich ein.

»Ja, aber ist es nicht trotzdem eigenartig, daß ein Mann von der Integrität eines Sigerson sich mit einem Hochstapler zusammentut, der in den Verkauf von irgendwelchen dubiosen Geigen verwickelt ist? Sie dürfen Ihr Augenmerk nicht nur auf die melodramatischsten Fälle richten.«

Manchmal ist Holmes übertrieben offen. Ich springe auf und fummle an dem persischen Hausschuh herum. Der Gedanke, daß ich ihn in meine Geschichte miteinbeziehe, schmeichelt seiner Eitelkeit. Zweifellos hofft er, auf diese Weise neue Klienten zu gewinnen. In der letzten Zeit sind, wie ich beobachten konnte, nur noch wenige bei Holmes erschienen.

»Nun gut, was wir als nächstes unternehmen werden«, fährt er begeistert fort, »ist erstens: Sigerson zu identifizieren und zweitens: ihm zu folgen.«

Holmes und ich sitzen zwei Stunden lang hinter Zeitungen verborgen in der Hotelhalle, bis endlich irgend jemand einen jungen Mann als Sigerson anspricht. Mir fällt auf, was für ein hochgewachsener, aristokratisch wirkender junger Herr dieser Sigerson ist, so ganz im Gegensatz zu den übrigen Orchestermitgliedern. Er ist schlank und trägt einen weichen Filzhut mit einer breiten Krempe, sehr romantisch, sehr Werther-mäßig. Unter diesem Hut ist nur wenig von seinem Gesicht erkennbar, nur seine Nase, gebogen wie die eines Habichts. Darauf glitzert eine silberne Brille mit rechteckigen Gläsern. Er trägt einen malvenfarbenen Schal, gewiß aus Sympathie für seinen Freund Klaus.

Wir folgen ihm, als er ein Tabakgeschäft betritt und einen Stumpen kauft. Da er uns vielleicht erkennen könnte, wenn er uns von Angesicht zu Angesicht gegenübersteht

(obwohl ich mir nicht sicher bin, inwieweit er mit unseren Gesichtszügen vertraut ist), sehen wir uns vor. Er steckt den Stumpen in die Jackentasche – sein Jackett hat die Farbe von Rotwein und ist aus Samt oder einem ähnlich weichen Stoff – und tritt in die Straße zurück.

Als nächstes begibt er sich in ein Gasthaus, The King's Spur, eine verrauchte Spelunke mit dem Bild einer lasziven Nackten über der Bar. Im vorderen Teil der Kneipe sitzt eine Reihe ziemlich rauher Gesellen vor Bierkrügen randvoll mit Guinness. Im hinteren Teil des Raumes dagegen haben sich einige nicht weniger widerwärtige Typen um hell erleuchtete Snooker-Tische versammelt. Unbeobachtet schlüpfen Holmes und ich vorn in eine Nische, während der junge Sigerson direkt auf einen Snooker-Tisch zusteuert.

Dort wählt er ein Queue aus dem Gestell, bearbeitet die Spitze mit Kreide und beginnt, allein zu spielen. Unauffällig rücken Holmes und ich näher, um ihn besser beobachten zu können. Schon auf den ersten Blick zeigt sich, daß Sigerson das Queue perfekt beherrscht. Selten habe ich ein so gelungenes Zusammenspiel von Auge und Hand gesehen, wie dann, wenn Sigerson die Bande anspielt. Seine Hand wird von dem hellen Licht über dem grünen Filztisch angestrahlt. Die Finger sind schlank und feingliedrig. Er trägt einen massiven Ring aus einem billigen Material – Messing, wie ich annehme. Diese Musikerhände eignen sich für den Schaft des Queues ebenso hervorragend wie für den schlanken Hals der Geige.

Holmes und ich haben uns Bier an den Tisch bringen lassen, und Holmes neigt sich tief über das Glas, um möglichst wenig aufzufallen. Dennoch kann er der Versuchung nicht widerstehen, Sigerson zu beobachten. Er läßt also möglichst flüchtige und gleichgültige Blicke in dessen Richtung schweifen.

»Einige der besten Musiker haben sich für Billard und andere Tischspiele erwärmt«, erzählt Holmes. »Mozart beispielsweise. Ich glaube, sie sehen in der Bewegung der Kugeln, in der Berechnung des Aufpralls, eine Analogie zur Struktur der Musik.«

Auf der linken Seite von Sigersons Hals ist ein dunkelroter, blutunterlaufener Fleck von der Größe eines Daumenabdrucks zu sehen. Als ich Holmes darauf hinweise, erklärt er mir, Geiger hätten häufig darunter zu leiden. Sigersons kräftige und dennoch zarte Kinnpartie sowie sein schlanker Hals sind, meiner Ansicht nach, für derartige Verletzungen besonders empfänglich.

In diesem Augenblick betritt Lestrade, ein junger Sergeant von Scotland Yard, das Etablissement. Er kommt direkt an unseren Tisch und lädt uns auf ein Glas Bitter ein.

Holmes erklärt ihm rasch, wir seien beruflich unterwegs – offensichtlich ganz im Gegensatz zu ihm – und müßten deshalb auf seine Gesellschaft verzichten.

»Falls Sie mir allerdings einen Gefallen erweisen möchten«, schlägt Holmes vor, »fordern Sie den jungen Mann zu einer Partie Snooker heraus. Mich interessiert, wie er mit einem Wettkampf umgehen kann.«

»Ich wüßte zwar nicht«, antwortet Lestrade, »daß ich Ihnen einen Gefallen schuldig wäre, doch habe ich im Augenblick sowieso nichts Besseres vor. Ich fordere ihn heraus, aber nur, wenn Sie bereit sind zu wetten.«

»Auf wen soll ich setzen?« fragt Holmes mit verschmitzt glänzenden Augen.

»Nun, natürlich auf ihn!« fordert Lestrade.

»Haben Sie ihn beim Üben beobachtet?« hakt Holmes nach.

»Nein, habe ich nicht, doch haben Sie mich schon jemals gesehen, wenn's ernst wird?«

»Sie meinen beim Spiel? Nein, leider nicht.«

»Dann«, folgert Lestrade, »haben wir beide eine faire Chance. Ehrlichkeitshalber sollte ich Ihnen sagen, daß es hier keinen Stammgast gibt, der gegen mich antreten würde.«

»Das heißt, Sie arbeiten regelmäßig hier?« fragt Holmes ironisch.

»Ich muß in der Nähe des Opernhauses sein. Heute abend werde ich bei den Verhaftungen behilflich sein. Sie wissen schon, die Frauen.«

»Die Frauen?« Holmes ist erstaunt.

»Na, die, die vor der Oper Streikposten beziehen. Sie halten das Publikum auf und belästigen die Leute mit ihren Unterschriftenlisten, auf denen sie das Wahlrecht fordern. Und als nächstes werden die Damen dann wohl den Bass auf der Bühne singen wollen.«

Holmes zuckt mit den Schultern. Das Tagesgeschehen interessiert ihn immer nur insoweit, wie es mit einem Verbrechen in Zusammenhang steht. Mit einem arroganten Kopfnicken stolziert Lestrade in Richtung der Snooker-Tische davon.

Nun finde ich Gelegenheit, Holmes von dem Zeitungsartikel über die Suffragetten zu berichten. »Sogar die Handlung der Oper kritisieren sie als frauenfeindlich.«

»Mozart hat sich nicht für Politik interessiert«, bemerkt Holmes spitz. »Die Königin der Nacht ist die Böse; Mozart war Freimaurer und glaubte an die freiheitliche Gemeinschaft der Menschen. Soweit es mich angeht, sind dies wirkliche Werte.«

Es bleibt nicht unbemerkt, daß Lestrade sich den Snooker-Tischen nähert. Offenbar haben die Stammgäste ihn schon öfter spielen sehen, so daß sie sich nun um ihn sammeln. Auch Holmes und ich stehen auf und gehen mit den Gläsern in der Hand weiter nach vorn.

Nach der gegenseitigen Vorstellung hören wir Sigerson sagen: »Ich möchte lieber allein spielen.« Er sieht Lestrade mit einem verachtenden Blick an. Seine Miene wirkt kühl, fast ein wenig aggresiv, und sein kräftiges Kinn spricht für Entschlossenheit. »Doch ich sehe, Sie werden von Ihren Anhängern begleitet, deshalb werde ich Ihnen das Vergnügen bereiten, gegen jemanden zu spielen, der vollkommen anders ist, als Sie es sind.«

Sehr zu meinem Erstaunen spricht er ein ausgezeichnetes Englisch.

»Nun, schließlich ist Victor ein englischer Name«, flüstert mir Holmes ins Ohr, »doch seine Kleidung und sein Benehmen sind ziemlich fremd.«

Sigersons Stimme klingt wenig angenehm, sie hat allerdings etwas sehr Selbstbewußtes. Vielleicht sogar eine Spur von Arroganz. Sigerson läßt seine flinken Finger im hellen Licht spielen, und es fällt auf, welch ein Gegensatz sie zu Lestrades fleischigen, behaarten Händen sind.

Die Kugeln werden für das Spiel in einem Dreieck zusammengelegt, und Sigerson beginnt, indem er sofort zwei rote einlocht. Im weiteren Spielverlauf erweisen sich beide Spieler als wirkliche Könner. Das bewundernde Gemurmel der Zuschauer vermengt sich mit dem leisen Klicken der Elfenbeinkugeln. Der schlanke junge Mann setzt eine Reihe von gelungenen Kombinationen. Obwohl ich selbst niemals Snooker gespielt habe, fällt mir die Schlichtheit seiner Spielweise auf.

Sigerson konzentriert sich so vollständig auf das Spiel, daß er von den Zuschauern keine Notiz nimmt. Selbst seinen Gegenspieler übersieht er. Für ihn scheint die gesamte Welt ausschließlich aus rollenden Kugeln, grünem Filz und Löchern zu bestehen. Das Queue wirkt wie sein verlängerter Arm.

Lestrade dagegen spielt für seine Zuschauer und nimmt jede Gunstbezeugung dankend an. Wie ich sehe, ist auch er von Victor Sigerson beeindruckt. Obwohl beim Snooker jeder Spieler so lange fortfahren darf, wie er fehlerlos bleibt, fühlen sich alle guten Spieler dazu gedrängt, möglichst elegant zu spielen.

An einer Stelle gelingt Lestrade beinahe ein Scratching, doch die Kugel springt wieder aus dem Loch.

»Nun«, flüstert mir Holmes zu, »dies scheint mir der für Sigerson geeignetste Augenblick für eine kleine Herausforderung zu sein.«

Und Holmes hat richtig geraten. Sigerson führt den gewagtesten Schlag des ganzen Spiels aus, er spielt zweimal die Bande an und punktet die schwarze Kugel. Die Menge applaudiert, und ein Typ pfeift sogar vor Begeisterung, doch Sigerson würdigt ihn keines Blickes.

»Er wird es sich mit den Zuschauern verderben«, murmelt Holmes, »dabei könnte er sie sich mit Leichtigkeit in die Tasche stecken, wenn er nur wollte.«

Ein großer, angetrunkener Matrose setzt zehn Pfund auf Sigerson. Doch niemand sonst will gegen Lestrade wetten.

Lestrade locht eine rote Kugel mit einem langen, eleganten Schuß ein und strahlt Sigerson selbstzufrieden an. Als ob *dies* seinen Gegner in die Schranken weisen würde. So einfach ist es wirklich nicht, denn erneut vollführt Sigerson ein sehr kompliziertes Banden-Manöver, mit dem er sechs Punkte macht.

Dieses Mal äußern die Umstehenden offen ihre Begeisterung für den zarten Sigerson. Als dieser jedoch auch jetzt noch keine Anstalten macht, ihre Gunst anzunehmen, kann man sprichwörtlich fühlen, wie die Stimmung umschlägt. Irgend jemand brüllt: »Mach ihn fertig, Lestrade.« Spott und höhnisches Gelächter stimmen ihm zu.

»Dies wird Lestrade zu Kopf steigen«, bemerkt Holmes, »aber Sigerson würde ihn auch dann schlagen, wenn gar keine Zuschauer hier wären.« Er macht eine kleine Pause, um seine Pfeife anzuzünden. »Mozart war ein hervorragender Spieler. Während er spielte, komponierte er.«

Wie gewöhnlich hat Holmes auch dieses Mal recht. Lestrade begeht den ersten Fehler in diesem Spiel, eine schlecht durchdachte Kombination, die in einem Sprung endet. Wenn ich aber annehme, daß Sigerson nun wieder zur traditionellen Spielweise zurückkehrt, um so seinen Vorsprung zu sichern, irre ich mich gewaltig. Sein nächster Schuß ist der bislang spektakulärste! Mit einem lauten Klicken prallen die Kugeln aufeinander, wobei zwei von ihnen zugleich einlochen.

»Er hat aufgehört, gegen Lestrade zu spielen«, beobachtet Holmes. »Nun spielt er gegen sich selbst. Und ab jetzt wird er bei jedem Spiel immer noch brillanter.«

Sigersons Strategie verleitet Lestrade, noch bevor er sein Selbstvertrauen wiedergewonnen hat, zu einer schwierigen Kombination. Der Erfolg läßt auf sich warten. Seine Kugeln rollen kurz vor dem Eckloch an der Bande aus. In diesem Augenblick bemerke ich, wie die Zuschauer einen Schritt näher an die Spieler heranrücken. Die Männer versuchen, den jungen Sigerson einzuschüchtern. Holmes und ich sehen einander mit wachsendem Unbehagen an.

»Sie dürfen seine Hände nicht verletzen, Watson!«

Selbst mir macht das Geräusch von krachenden Gelenken zu schaffen.

Einer der Männer rückt so dicht an Sigerson heran, daß dieser ihn nach Beendigung seines Spiels unweigerlich anrempelt und sich entschuldigen muß. Kurz darauf wiederholt sich dieses Spielchen. Ich frage mich, warum Sigerson sich nicht wehrt. Natürlich hat er erkannt, daß er nicht

zufällig angerempelt wird, und deshalb entschuldigt er sich auch nicht mehr. Voller Wut beobachten Holmes und ich, wie unsere Landsleute einen so talentierten Ausländer schikanieren.

»Polizeitaktik«, stößt Holmes erbost hervor, »so gehen sie gegen Streikende vor.« (Obwohl Holmes das politische Geschehen ignoriert, kennt er sich mit den Vorgehensweisen der Polizei bestens aus.)

Ich frage mich, wie viele von Lestrades Freunden auch beim Yard angestellt sind. »Ich kann kaum etwas dagegen tun«, erkläre ich.

»Sie könnten es zumindest versuchen, Watson. Schließlich wollen Sie sich doch nicht als Geigenschüler bei ihm bewerben. Gehen Sie einfach zu ihm und sagen Sie ihm, auch er habe Freunde hier.«

Ich dränge mich durch die Menge. Zu diesem Zeitpunkt liegt Sigerson zwei Punkte vor Lestrade, und es ist ganz offensichtlich, daß er gewinnen wird. Ich stoße die Umstehenden so heftig zur Seite, als wäre ich auf einem Basar in Afghanistan.

Dann trete ich näher an Sigerson heran und stelle mich hinter ihn. Er ist groß, jedoch zarter gebaut, als es aus der Ferne scheint.

Sein Benehmen fordert die Zuschauer heraus. Auf seinen Brauen glitzern feine Schweißperlen, und zum ersten Mal wirkt er ein wenig ängstlich. Aufrecht steht er an der Ecke des Spieltisches und versucht, möglichst lässig zu erscheinen. Bevor er seinen nächsten Stoß ausführen kann, flüstere ich flink in sein Ohr: »Sie haben Freunde hier.«

Er legt das Queue auf den Tisch, dreht sich um und sieht mich an. »Dr. Watson, vermute ich«, bemerkt er trocken, »bis vor kurzem noch im Dienst Ihrer Majestät.«

»Ganz recht«, will ich antworten, doch noch während ich

spreche, hält er seine Hand vor meinen Mund, wo, sehr zu meiner Verwunderung, eine rote Snookerkugel erscheint!

Augenblicklich bricht die Menge in schallendes Gelächter aus – hauptsächlich, so steht zu befürchten, wegen meines etwas dümmlich erstaunten Gesichtsausdrucks.

Um mich zur allgemeinen Erheiterung der Lächerlichkeit preiszugeben, habe ich mich nicht nach vorn gekämpft. Ich zucke mit den Schultern, doch kaum führe ich die Bewegung aus, legt Sigerson seine Fingerspitzen auf jede Schulter und zaubert zwei gelbe Kugeln hervor. Als ich wieder zu den andern stoßen will – Holmes ist ganz überraschend an meiner Seite! –, beginnt Sigerson zu jonglieren.

Zunächst steigen die beiden gelben Kugeln in die Luft, dann folgt die rote, und auf und nieder wirbelt er sie im Kreis. Voller Respekt treten die Zuschauer zurück.

»Hey, er ist so 'ne Art Zauberer«, ruft Lestrade aus. »Dann wundert mich nichts!«

Die Snookerkugeln fliegen höher und höher durch die qualmige Luft, schneller und schneller. Mit einer beinahe zu gefälligen Hüftbewegung öffnet Sigerson seine Jackentasche und fängt damit zwei der Kugeln auf. Dann dreht er sich blitzschnell herum und läßt die verbleibende in die andere Tasche gleiten.

Der Raum erzittert unter wildem Applaus.

»Was können Sie noch?« fragt Lestrade bewundernd.

»Was noch?« gibt Sigerson zurück. Seine Stimme hat einen leicht spöttischen Tonfall, obwohl er vorsichtig bemüht ist, das auf meine Kosten erworbene Wohlwollen nicht wieder zu gefährden. Er starrt wie hypnotisiert in das Licht an der Decke.

»Nun, meine Herren«, beginnt er mit einem vertraulich leisen Unterton. »Manchmal habe ich die Gabe, in die Vergangenheit zu sehen. Ich kann Ihnen Dinge aus Ihrem Le-

ben erzählen, die ich nur durch meine besonderen telepathischen Kräfte wissen kann.«

Er unterbricht sich und starrt in die Gesichter der Umstehenden. Sie sind von ihm abgerückt. Er steht ganz allein in dem runden Schein der Lampe, die anderen sind wie eine Herde dummer Kühe in Schach gehalten. Schon einmal hat er seine außergewöhnlichen Kräfte bewiesen, und sie wissen nicht, ob sie über diese absurde Behauptung lachen sollen.

»Soll ich es Ihnen beweisen?« fragt er sehr ernst und sehr ruhig.

Die allgemeine Stimmung paßt sich der seinen an. Die eben noch lauten Menschen werden ruhig, ja beinahe ergeben.

»Ich brauche einen Assistenten.« Der Scharlatan macht eine kleine, dramatische Pause. »Jemand, den niemand verdächtigt, alles mit mir vorher abgesprochen zu haben. Jemand, mit dem ich noch niemals zuvor geredet habe.«

Jeder sieht sich suchend im Raum um. Ich gehe zu meinem Platz zurück.

»Nein, niemand von Ihnen. Es sollte jemand aus diesem Raum sein, der während des Spiels nicht zu nahe bei mir gestanden hat.« Er reckt seinen Hals und stellt sich auf die Zehenspitzen, während er zu unserem Tisch hinüberschielt.

»Dr. Watson?« fragt Lestrade.

»Nein, mit ihm habe ich ja gesprochen – wie Sie alle gesehen haben«, entgegnet Sigerson. »Wie wäre es mit dem Herrn an seiner Seite?«

»Ich würde mich freuen, Ihnen behilflich zu sein«, antwortet Holmes mit großem Ernst.

»Bitte seien Sie zu diesen Leuten hier ehrlich – habe ich jemals zuvor mit Ihnen gesprochen?«

»Nein, wir haben niemals miteinander gesprochen.«

Die Zuhörer scheinen von Holmes' Aussage beeindruckt zu sein. Holmes muß viel daran liegen, Sigersons Spiel zu teilen, denn seine Worte sind *nur im engsten Sinn* ihrer Bedeutung richtig, da Sigerson ja schon in anderer Form mit Holmes kommuniziert hat.

Als Holmes sich durch die Menge nach vorn drängt, befiehlt ihm Sigerson: »Bleiben Sie stehen.« Dann schließt er melodramatisch die Augen. »Ich bitte Sie, von einem Teil der Anwesenden etwas zu nehmen, ohne daß ich es sehe. Konzentrieren Sie sich bitte auf jeden einzelnen Gegenstand. Sie werden die Objekte keinesfalls hochhalten, aber Sie werden durch sie mit mir in Verbindung treten. Anschließend geben Sie jedes Teil an seinen Besitzer zurück. Gemeinsam werden wir Dinge herausfinden, die jeden Anwesenden erstaunen und verwirren werden.«

Ich zweifle, daß irgendeine von Holmes' Schlußfolgerungen *mich* jemals verwirren könnte, doch ich frage mich, ob dieser Kerl tatsächlich Gedanken von Holmes empfangen kann? Lestrade weiß sicherlich, wer Holmes ist, bei den anderen bin ich mir da nicht so sicher; als er mich sah, hat Sigerson angenommen, Holmes könne nicht weit sein. Und weiterhin hat er vermutet, daß Holmes ihn nur zu gern unterstützen wird bei etwas, das für beide eine sehr amüsante Unternehmung sein könnte.

Sigerson stellt sich mit dem Rücken zur Menge, und irgend jemand verbindet ihm die Augen. Er bietet an, den Raum zu verlassen, doch alle geben sich mit seiner Zusicherung zufrieden, daß er nichts sehen kann.

Holmes fragt einen in der Nähe sitzenden Jungen, ob er ein Taschentuch bei sich trage. Der Junge nickt – ein bißchen erschreckt – und zieht ein verkrumpeltes, reichlich fleckiges Tuch aus seiner Gesäßtasche.

Als nächstes nimmt Holmes von einem älteren Herrn den Siegelring einer Freimaurerloge. Von mehreren anderen Leuten erhält er Briefe – ob sie nun privater oder geschäftlicher Natur sind, kann ich aus der Entfernung nicht sagen. Nachdem die Gegenstände gesammelt und auf unserem Tisch aufgehäuft sind, dreht sich Sigerson um, reißt sich die Binde von den Augen und sagt: »Zunächst einmal, ist es nicht so, daß Sie Sherlock Holmes heißen?«

»Das ist richtig«, gibt Holmes zur Antwort. Einige Zuschauer schnappen nach Luft.

»Mr. Holmes, meine Kräfte haben etwas von schwarzer Magie. Verstehen Sie mich? Sind Sie bereit, an der schwarzen Magie als ein Bindeglied für diese besonderen Kräfte teilzuhaben?«

»Ja«, bekräftigt Holmes, »und ich bin bereit zu beginnen. Ich werde einen Gegenstand hochhalten und dann auf die hier Anwesenden zeigen. Sie müssen mir sagen, wer der Besitzer ist.«

Er hebt das Taschentuch hoch und fragt, ob es dem älteren Herrn gehört. Sigerson verneint sofort. Holmes zeigt auf ein Mitglied des Yard. »Nein«, wiederholt Sigerson. Dann legt Holmes seine Hand auf die schwarzen Locken eines anderen Jugendlichen, und wiederum ist nur ein »Nein« von Sigerson zu hören. Endlich zeigt Holmes auf den wahren Besitzer – »Ist dieser richtig?« –, und Sigerson antwortet mit »Ja«.

Diese Prozedur wiederholt sich wieder und wieder, jedes Mal mit vollem Erfolg, bis alle Gegenstände zu ihren Besitzern zurückgekehrt sind. Die Menge ist begeistert und aufgeregt. Ich kann mir noch so sehr den Kopf zerbrechen über die Methode, derer sich die beiden bedienen – keine meiner Hypothesen scheint sich zu bewahrheiten. Manchmal gehört der Gegenstand der zweiten der gezeigten Per-

sonen, dann wieder erst der zehnten – dem Ganzen liegt kein erkennbares System zugrunde.

»Nun, Herr Sigerson«, sagt Holmes, »Sie haben Ihren Spaß gehabt, und ich habe Ihnen dabei geholfen. Jedem, der Augen und Ohren hat, müßte die ganze Angelegenheit eigentlich vollkommen klar sein, aber, da alle hier in diesem Zimmer nur sehen, ohne zu beobachten, hat niemand etwas verstanden. Stimmen Sie mir zu, daß der Trick recht offensichtlich ist?«

»Genauso ist es«, stimmt Sigerson sehr liebenswürdig zu.

»Doch«, fährt Holmes fort, »selbst Sie haben weniger an diesen Leuten beobachtet, als möglich ist. Zum Beispiel handelt es sich bei dem jungen Besitzer des Taschentuchs sicherlich um einen Druckplattenhersteller. Richtig?«

Der Bursche stottert: »Das ist ganz richtig, Sir.«

»Darüber hinaus«, so Holmes weiter, »haben Sie Ihre Stelle erst kürzlich angetreten. Ich würde mal sagen, vielleicht sogar erst vor drei Tagen.«

»Genau«, stimmt der Junge zu und sieht ziemlich unbehaglich drein.

»Der Platz, an dem Sie arbeiten, ist nahe eines nach Westen gehenden Fensters gelegen, und außerdem sind Sie ganz frisch in London.«

»Ja«, gibt er wiederum zur Antwort, diesmal faszinierter.

»Ihre Aussprache und Ihr wunderbarer Schal deuten darauf hin, daß Sie von den Hebriden kommen.«

»Das stimmt«, bekräftigt er strahlend. »Wie haben Sie das nur alles erraten?«

»Durch genaues Beobachten und nicht durch bloßes Sehen.«

Hier unterbricht Sigerson: »Wenn Sie diesen jungen

Mann als ehrlich einschätzen, Mr. Holmes, flüstern Sie ihm eines Ihrer eigenen Geheimnisse ins Ohr und schicken Sie ihn zu mir. Ich werde ihm dann eben dieses Geheimnis verraten.«

Einen Moment lang steht Holmes gedankenverloren da. Von dieser neuen Dreistigkeit ist er vollkommen überrascht.

»Sagen Sie ihm«, fährt Sigerson fort, »was Sie sich von mir wünschen. Ihre ganz persönliche Bitte.«

Augenblicklich beugt sich Holmes vor und flüstert dem jungen Drucker etwas ins Ohr.

»Meine Herren«, wendet sich Sigerson an die Menge, »glauben Sie auch wie Mr. Holmes, daß dies ein ehrlicher junger Mann ist, der uns die Wahrheit erzählen wird?«

Klugerweise wollen sich die Zuschauer nicht festlegen. Natürlich sage auch ich nichts. Dies scheint mir ein zu billiger Trick. Als der junge Kerl in den Lichtkegel am Snooker-Tisch tritt, flüstert Sigerson ihm etwas ins Ohr.

Der Junge erklärt voll Staunen: »Ja, das ist es. Er hat recht.«

Sigerson verbeugt sich in Holmes' Richtung. »Mein Herr, Sie werden bekommen, was Sie sich wünschen. Bitte kommen Sie morgen früh mit Dr. Watson und Ihrer Geige zu mir in mein Zimmer.«

Plötzlich erlischt das helle Licht über dem Snooker-Tisch, und das Spur liegt in vollkommener Dunkelheit. Lestrade entzündet sofort ein Streichholz. Die umstehenden Gesichter und Gestalten verharren reglos, wie Figuren auf einem Gemälde. Sigerson ist verschwunden. Wie durch einen Zauber.

»Das ist mehr als bloße Taschenspielerei«, entfährt es Holmes.

HOLMES NIMMT GEIGENUNTERRICHT

An diesem Frühlingsmorgen im Jahre des Herrn 1886 läuft Mr. Sherlock Holmes fröhlich wie ein Singvogel zwitschernd durch unsere Wohnung in der Baker Street. Wie außergwöhnlich! Daß dieser disziplinierte und so wenig gefühlsbetonte Gentleman sich dermaßen gehen läßt! Heute morgen wurde ich bereits von dem kratzenden Geräusch einer Geige geweckt. Selbst für meine ungeübten Ohren hat dieses Schrammeln einen neuen Akzent gewonnen, nichts mehr von der Melancholie und dem schrecklichen Zerren, das normalerweise sein Nachdenken über die Lösung eines grausamen oder faszinierenden Verbrechens begleitet. Heute spielt er doppelt so laut wie sonst. Für meine Ohren klingt es wie ein brutaler Überfall. Gerade eben hat er sich zu mir umgedreht und ausgerufen (nicht gefragt): »Watson, hat mein Spiel heute nicht einen ganz herrlich vollen Klang?«

Ich antworte nicht. Nach einem besonders heftigen Akkord hält er, mit dem Bogen auf den Saiten, inne und erklärt: »Was für ein Glück, daß Sigerson ausdrücklich um Ihre Gegenwart bei meinem Unterricht gebeten hat. Wenn Sie Ihr Notizbuch mitbringen, vielleicht könnten Sie seine Bemerkungen festhalten. So komme ich auch dann noch in den Genuß seines Unterrichts, wenn Sigerson schon längst London verlassen hat.«

Der Genuß am Frühstück ist ziemlich eingeschränkt, wenn man während des Essens den Fingerübungen eines Geigenschülers zuhören muß. Ich kämpfe mit meinen Eiern und grummle: »Mein Gott, wer ist bloß dieser Sigerson, daß er solch ein Feuer in Ihnen entzünden kann? Ist er vielleicht Saraste? Nein, er ist vollkommen unbekannt.«

Holmes steckt seine Geige unter den Arm. »Sie werfen mehr Fragen auf, als Sie denken, mein lieber Watson. Ja, Sie haben vollkommen recht. Er ist absolut unbekannt, und wer ist er?«

»Wie ungeheuer faszinierend«, bringe ich ärgerlich hervor.

»Das war nicht rhetorisch gemeint«, antwortet Holmes scharf. »Ich bin überzeugt, daß er jemand anderer ist, als er behauptet, so wie sein Freund Klaus eben auch nicht Bachaus ist.«

»Tatsächlich?« Ich bin erstaunt. »Warum glauben Sie, benutzt er diese Verschleierungstaktik?« Es ist eine so große Erleichterung, den Klang der Fiedel nicht hören zu müssen, daß ich entschlossen bin, Holmes so lange in ein Gespräch zu verwickeln, bis ich mein Frühstück beendet habe.

»Ihnen ist sicherlich die glänzende Brille auf Sigersons Nase aufgefallen?«

»Ja.«

»Warum will ein Mensch ohne Sehfehler, dessen Brillengläser so gewöhnlich sind wie eine gutgeputzte Glasscheibe, warum will ein solcher Mensch eine Brille tragen? Raten Sie, mein lieber Freund!«

»Seine Brillengläser sind nur aus Fensterglas! Wie ungewöhnlich. Die meisten Menschen ziehen es vor, ihr Antlitz von diesen optischen Hilfsmitteln zu verschonen.«

»Das ist vollkommen richtig.«

»Vielleicht möchte Sigerson anders oder auch nur sehr gebildet aussehen?« schlage ich vor.

»Genau. Auf jeden Fall wünscht er eine Veränderung seines Gesichts.«

»Zweifellos ist Ihnen sein billiger und ziemlich ordinärer Messingring aufgefallen.«

»In der Tat, und der malvenfarbene Schal – eine ungewöhnliche Farbe«, fügt Holmes hinzu.

»Dazu der weiche Hut und das romantische Samtjackett.«

»Mein lieber Watson«, erklärt Holmes, während er an einem mit spitzen Fingern gehaltenen Stück Toast knabbert, »was Sie beschrieben haben, klingt praktisch wie eine Verkleidung.«

»Und warum sollte er sich verkleiden? Uns ist es doch vollkommen egal, ob sein Name Sigerson oder Schmidt lautet.«

»Ja, warum?« Holmes dreht mit einem Schraubenzieher die Roßhaarbespannung seines Bogens straffer. »Vielleicht können Sie während meiner Geigenstunde die Zeit nutzen, um sich in seinem Zimmer umzusehen und alles auflisten, was Ihnen von Interesse erscheint. Ja?«

Dieser Vorschlag läßt den Morgen in einem weniger langweiligen Licht erscheinen.

»Etwas an ihm ist nicht gelogen«, fährt Holmes fort, »er ist ein Lehrer, auf den man stolz sein kann. Und ich würde liebend gern meinen guten Ruf als Scotland Yards letzter Strohhalm verwetten, daß er eines Tages ein Künstler von herausragendem Rang sein wird.«

»Falls er nicht lieber ein berühmter Snookerspieler oder Zauberer wird«, füge ich hinzu.

Holmes kichert: »Sie müssen verstehen, daß er sich in eine prekäre Situation gebracht hat, als er Lestrade vor den

Augen seiner Anhänger in die Ecke drängte. Sie wollten ihm helfen und haben es tatsächlich getan. Nur nicht so, wie Sie es eigentlich beabsichtigt hatten.« Holmes behandelt seinen Bogen mit Kolophonium. Das kratzt dermaßen, daß ich am ganzen Körper eine Gänsehaut spüre. »Jede Frage, wer die Snookerpartie gewonnen hatte, war damit vollkommen unwichtig.«

»Nett von Ihnen, daß Sie darauf verzichtet haben, Ihre Wette von Lestrade zu kassieren.« Ich muß meine Ohren mit den Händen schützen und die Augen schließen, so widerwärtig ist mir das trockene Quietschen der Roßhaare auf dem bernsteinfarbenen Stück Kolophonium.

Holmes tippt mit dem Bogen auf meine Schulter, als Zeichen, daß seine Aktion beendet ist. »Nicht sehr freundlich von mir«, gesteht er ein, »ich sollte mir eine andere Zeit dafür wählen.«

Nach meinem Frühstück gehen Holmes und ich zu Fuß zur Royal Opera. Welch ein außerordentlich schöner Frühlingsmorgen! Holmes bleibt davon vollkommen unberührt, er hat kein Gefühl für die Natur. Auch heute sind in ganz London die Fenster geöffnet. Die Luft ist mild. Am Blumenstand kaufe ich wieder einen Strauß, auch wenn der letzte nur der guten Mrs. Hudson zugute kam.

Als wir uns dem Hotel gegenüber der Oper nähern, hören wir erneut Geigenspiel aus dem Eckfenster im ersten Stock. Holmes hält an, um seine Erinnerung an den Klang zu schärfen. Dann stürmt er mit großen Schritten voran, offensichtlich zufrieden und voller Erwartung.

Als wir den Raum betreten, nimmt Sigerson an, die Blumen seien für ihn. Beinahe selbstverständlich streckt er seine Hand danach aus, als hätte er ein Blumengeschenk erwartet. Ich erkundige mich besorgt, ob etwas an seiner mit einem Schal verbundenen Kinnpartie nicht stimmt.

»Oh, ein ganz gemeiner Zahnschmerz«, erklärt er, »glücklicherweise jedoch auf der rechten Seite, so daß es beim Üben nicht stört.«

»Mit dieser Bandage kann man Sie kaum erkennen«, wirft Holmes beiläufig ein. Er legt seinen Geigenkasten auf das Bett und läßt die Schlösser aufschnappen.

Sigerson fragt Holmes, ob er seine Geige ausprobieren wolle, doch Holmes verneint. Zu diesem Zeitpunkt seiner Ausbildung hält er sich einer Stradivari nicht würdig. »Und außerdem«, fügt Holmes hinzu, »spiele ich auf einer mir bekannten Geige wahrscheinlich besser. Übrigens habe ich Dr. Watson gebeten, das, was Sie sagen werden, zu notieren.«

»Ich dachte«, wirft Sigerson ein, »Ihre herausragende Fähigkeit zur Konzentration würde zusätzliche Notizen überflüssig machen.« Das ist richtig, und ich wundere mich, warum ich Holmes diese Frage nicht schon längst gestellt habe.

»Humbug«, entgegnet Holmes. »Alle Menschen sind fehlbar; ich bin ein Mensch; deshalb bin ich fehlbar.«

Plötzlich muß Sigerson husten, doch es gelingt ihm, ein knallig blaurotes Taschentuch herauszuziehen, hinter dem er seinen Mund versteckt. Selten zuvor habe ich eine solch auffällige Farbgebung gesehen. Wenn ich die Augen schließe, meine ich jetzt noch, diese besonderen Schattierungen in Rot und Blau aufeinanderprallen zu sehen. Ich mache eine kurze Notiz über das farbenprächtige Taschentuch, das Sigerson so schnell entfaltet.

»Nun«, sagt Sigerson, »spielen Sie einfach ein Stück, das Sie mögen. Obwohl, bitte keinen Bach. Ich verabscheue es zutiefst, zuhören zu müssen, wie Amateure Bach spielen. Spielen Sie einen Walzer.«

Was für eine Unverschämtheit. Ich bin schockiert, daß

Holmes nichts erwidert. Nein, statt dessen steckt er die Geige unter das Kinn, und seine Augen nehmen jenen abwesenden Ausdruck an, der mit der tiefen Konzentration auf die eigenen Kräfte einhergeht.

Er präsentiert eine sehr tanzbare Version eines Walzers. Ich muß zugeben, daß er an der ihm gestellten Aufgabe wächst. Im Innern meines Schuhs schlage ich mit meinem Zeh den Takt.

Als Holmes geendet hat, lobt Sigerson: »Nicht schlecht. Sie zeigen Sensibilität für die musikalische Linienführung.«

Auf Holmes' Gesicht zeigt sich ein Anflug von Stolz.

»Bevor wir allerdings fortfahren, muß ich Sie noch etwas fragen«, sagt Sigerson. »Wir können weitermachen. Wir können an diesem Stück oder einem anderen, vielleicht etwas schwierigeren arbeiten, bevor das Orchester die Stadt verläßt …«

»Wohin werden Sie als nächstes reisen?« unterbricht Holmes.

»Nach Edinburgh«, antwortet Sigerson und wartet.

»Ich könnte ja für ein, zwei Unterrichtsstunden nach Edinburgh reisen«, schlägt Holmes sehr höflich vor.

»Sind Sie wirklich so interessiert? Dann ist die Alternative, die ich Ihnen vorschlagen wollte, die einzige logische Konsequenz, doch ich nehme Ihnen etwas vorweg, und es ist ganz besonders wichtig, daß Sie die Wahl haben.«

Während er auf ein Zeichen von Holmes wartet, blickt Sigerson ihn mit einem seltsam ernsten Gesicht an. Er macht sich zuviel aus dem Unterricht und der Geigenmusik. Die Stärke seines Gefühls ist schon beinahe pathologisch.

»Ja«, fährt Sigerson fort, »wir könnten einfach vom jetzigen Stand Ihrer Fertigkeiten ausgehen. Andererseits

könnten wir auch zurück zum Anfang gehen, die Art und Weise, wie Sie den Bogen halten, untersuchen, darüber sprechen, wie Sie die Haltung auf dem Fingerbrett verändern, Ihr Vibrato analysieren. Kurz und gut, das Musikalische für die Technik vernachlässigen. Trotzdem wird es natürlich letztendlich der Musik zugute kommen.«

Holmes antwortet freundlich: »Diese Entscheidung ist wahrhaftig nicht schwierig. Jeder halbwegs intelligente Mensch würde vorziehen, die Grundlagen perfekt zu lernen. Er könnte von Ihrem Vorschlag abgeschreckt sein, wenn ich Sie nicht spielen gehört hätte. Ich bin davon überzeugt,« – Holmes verbeugt sich leicht – »daß die Musik für Sie an erster Stelle steht. Sie können überhaupt nicht mechanisch spielen.«

»Ich fühle mich geschmeichelt«, sagt Sigerson und nimmt seine Geige. »Doch bevor wir zum Anfang zurückgehen, werde ich Ihnen einiges über den Walzer zeigen, den Sie mir und Dr. Watson gerade freundlicherweise vorgespielt haben.«

Sigerson spielt die erste Phrase des Walzers. Ich kann mir nicht helfen, aber ich habe das Gefühl, in seinen Händen wandelt sich das Stück. Wenn Holmes spielt, möchte ich tanzen; wenn Sigerson spielt, möchte ich fliegen können. Es klingt einfach herrlich.

»Bravo!« Holmes ist begeistert. »Diese Passage haben Sie ungefähr um das Zehnfache besser gespielt als ich.« Holmes ist wunderbarer Laune.

»Warum ist es besser?« fragt Sigerson.

»Genau das müssen Sie mir erklären«, antwortet Holmes.

»Dann passen Sie jetzt auf.« Er wendet sich mir zu. »Dr. Watson, für den Fall, das Unwahrscheinliche tritt ein und Mr. Holmes' Gedächtnis versagt, sollten Sie das fol-

gende ebenso notieren wie die Farben meines Taschentuchs.«

»Alle Achtung, woher wissen Sie, daß ich das niedergeschrieben habe?«

»Dazu gehört nicht viel Verstand«, antwortet Sigerson. »Ich hatte nicht ein notierenswertes Wort gesagt. Mein Niesen war bis dahin das dramatischste Ereignis, und unmittelbar danach schrieben Sie etwas in Ihr Notizbuch. Nun gut, ich bin mir durchaus darüber bewußt, daß die Farbgebung dieses Tuches unweigerlich Aufmerksamkeit erregt.«

»Bitte, fahren Sie mit meinem Unterricht fort«, unterbricht Holmes ihn höflich. »Ich weiß, daß Ihre Zeit sehr kostbar ist.«

Hierauf nimmt Sigerson wieder seine Geige und spielt genau zwei Noten, dann hält er inne, den Bogen über den Saiten. »Achten Sie darauf, wo sich mein Bogen befindet«, bittet er. »An dieser Stelle müssen Sie ihn anheben, wirklich anheben. Die Bewegung ist nur sehr gering und dennoch überaus wichtig.« Er wiederholt die beiden Noten und fordert Holmes dann auf, es ihm nachzumachen.

»Ganz gut«, lobt Sigerson, »aber noch zu verkrampft. Sie müssen Flügel haben. Es ist schon wahr, der Bogen steht nur zwei Zentimeter in der Luft, und trotzdem muß man das Gefühl haben, daß er tatsächlich frei schwebt.«

Holmes macht einen neuen Versuch.

»Ja, besser«, ermutigt Sigerson. »Doch die zweite Note schwebt nicht. Erst mit der zweiten bekommen Sie tatsächlich Flügel. Die beiden Noten dürfen nicht identisch klingen.«

Er zeigt es noch einmal, und in der Tat haben seine beiden Noten eine Qualität, die Holmes nicht erreicht. Wieder und wieder versucht Holmes, es ihm gleichzutun.

»Hören Sie auf Ihr Spiel«, erklärt ihm Sigerson. »Es wird besser werden.« Er wandert durch das Zimmer, während Holmes die beiden Noten viele Male wiederholt. Für meine Ohren klingt es mehr als monoton, doch plötzlich ruft Sigerson: »Besser, viel besser. Ihr Ohr ist ebenso gut wie Ihr Auge, Sir. Nun zu den nächsten beiden Noten der Phrase.«

Es stellt sich heraus, daß die neuen Noten tatsächlich mit denen identisch sind, die wir schon die ganze Zeit zu Gehör bekommen haben.

»Ja, ja«, äußert sich Sigerson zum ersten Mal etwas ungeduldig, »aber natürlich wiederholt man das Muster nicht *ohne* Variation. Wo würde uns das hinführen? Nirgendwohin. Musik steht niemals still. Und Walzer schon gar nicht. Ebensowenig wie ›Die Geschichten aus dem Wienerwald‹. Hören Sie genau hin.«

Und wieder spielt Sigerson die gesamte Phrase. Anschließend fragt er Holmes, was er gehört hat.

Ganz im Stil des phantasielosen Thomas Gradgrind erklärt Holmes: »Die Phrase besteht aus acht Noten, die in Zweiergruppen geordnet sind, wovon die ersten drei in der gleichen Abfolge wiederholt werden –«

»Doch«, unterbricht ihn Sigerson, »trotz der gleichen Abfolge wird jede Gruppe mit stärkerer Intensität gespielt, *nicht wahr*? Nur so bewegt sich die Melodie vorwärts, damit wir bereit sind, auch ein drittes Mal hin zu den beiden letzten Noten zu gehen. Spielen Sie nun die ersten sechs Noten, aber nicht die beiden letzten. Steigern Sie jedoch meine Erwartung auf diese beiden; deuten Sie an, daß Sie kommen werden.«

Holmes tut, wie ihm geheißen, und Sigerson macht ihm Mut. Der junge Mann ist ein unerbittlicher Lehrer, aber offensichtlich hat er in dem großen Detektiven einen selbst für kleinste Korrekturen empfänglichen Schüler gefunden.

Meinen Blumenstrauß hat Sigerson auf eine Kommode direkt neben ein geöffnetes Fläschen mit einer Medizin gegen Zahnschmerz gelegt. Die Luft ist erfüllt von dem Geruch nach Kampher und Gewürznelken.

Endlich haben sie das Zusammenspiel der acht Noten einem nahezu perfekten Zustand angenähert. Ich fühle mich schläfrig, immerhin hat das Unternehmen fünfundvierzig Minuten gedauert. Doch als Sigerson seine Geige nimmt und die Phrase aus acht Noten wiederum spielt, ist sie so frisch und neu wie Veilchenduft im Frühjahr.

Dann erlaubt Sigerson, daß Holmes die nächsten acht Noten spielt. Er erklärt ihm, alle sechzehn hätten zusammengenommen die Form eines kleinen Hügels. »Wie ein Haufen Baiser, müssen Sie sich vorstellen. Es bewegt sich nach oben und dann wieder hinab. Und das Ganze ist voller Luft. Was wäre ein Baiser ohne Luft?«

Dann spielt er beide Phrasen und tanzt dabei mit seiner Geige graziös durchs Zimmer. Ich bin von dieser Darbietung vollkommen überrascht, doch Holmes nimmt sie ohne mit der Wimper zu zucken hin.

»Möchten Sie es auch auf diese Weise versuchen?« fragt Sigerson.

»Das Geigenspielen ist schon mehr als genug, um meine Aufmerksamkeit zu fesseln«, gibt Holmes zur Antwort.

»Ach, versuchen Sie es doch, wir machen einfach ein paar Schritte gemeinsam.«

Holmes klemmt seine Geige unter das Kinn, und Sigerson stellt sich ihm gegenüber wie ein Tanzpartner auf. Auch er hat seine Geige spielbereit. Sigerson bewegt sich rückwärts, Holmes tanzt auf ihn zu. Sie machen nur einige Schritte, währenddessen Holmes verzweifelt versucht, den Faden zu finden, insgesamt aber doch sehr steif aussieht. Sigerson bricht ab. »Und jetzt spielen Sie.«

Eine ganze halbe Stunde haben sie der zweiten Phrase gewidmet und fünfzehn Minuten dem Zusammenspiel der beiden Phrasen.

Schließlich hebt Sigerson seine Hand an die geschwollene Wange und verzieht das Gesicht. Dann erklärt er die heutige Stunde für beendet. Er rät Holmes, das ganze Stück zu üben und die Idee der stetigen Vorwärtsbewegung auch auf den Rest anzuwenden. Am Ende lädt er uns ein, am nächsten Tag zur selben Stunde wiederzukommen.

Als wir nach Hause zurückgehen – ich ziemlich erschöpft und Holmes voller Energie –, frage ich ihn nach seiner jetzigen Meinung über Sigerson.

»Ein Mensch voller Intelligenz und Genie«, betont Holmes. »Würden Sie heute abend gern in die Oper gehen?«

Nun gut, Holmes sucht eine weitere Gelegenheit, um Sigersons Talent als Geiger des Münchner Opernorchesters bewundern zu können. »Ich lade Sie zum Abendessen bei Simpsons ein«, schlägt er vor.

Beinahe augenblicklich sehe ich vor mir, wie wir auf der Empore bei Simpsons sitzen. Ein Kellner schiebt den glitzernden Deckel des silbernen Speisewagens zurück und enthüllt einen Braten von außergewöhnlicher Zartheit. Und so kommt es, daß ich trotz meines von der Übungsstunde überanstrengten Kopfes einwillige, mich am Abend weiterer Musik auszusetzen.

»Und was haben Sie außer der Musik Interessantes beobachtet?« fragt Holmes.

»Bloß, daß er sich entschieden hat, in dem langweiligsten Hotelzimmer von ganz London zu wohnen. Ein Kleiderständer, ein Spiegel, ein kleiner Tisch mit zwei Sesseln, ein Bett, Tapeten mit wilden Rosen – nichts Extravagantes.«

»Die meisten Menschen lassen, wenn sie auf Reisen sind, dies und das herumliegen, nicht wahr? Ich meine Dinge, von denen man indirekt auf ihren Geschmack und ihre Gewohnheiten schließen kann.«

»Ich kann Ihnen versichern, all dies ist auf eine beinahe verdächtige Art und Weise nicht vorhanden. Eineinhalb Stunden lang hatte ich sprichwörtlich nichts anderes zu tun, als die langweiligen Möbel anzustarren.«

»Watson, Sie sind im wahrsten Sinne des Wortes unbezahlbar!« Holmes hält mitten auf der Straße an, um mir die Hand zu schütteln.

»Ich weiß tatsächlich nicht, worauf Sie hinauswollen«, gebe ich zu und vertraue dennoch auf die Ernsthaftigkeit seiner Worte.

»Sie sagten: ›auf eine beinahe verdächtige Art und Weise nicht vorhanden‹. Und dies ist eine zugleich gute und schlechte Beobachtung. Was sagt uns das in Wirklichkeit? Das gleiche, was uns die überflüssige Brille sagen will. Er läßt nichts unversucht, um so wenig wie möglich von sich preiszugeben.«

Ich frage: »Warum gibt er sich dann überhaupt mit uns ab?«

»Und wiederum, Watson, stellen Sie genau die richtige Frage.«

Wir nehmen unsere eilige Wanderung durch die Straßen wieder auf.

»Ich möchte nicht eingebildet erscheinen«, beginnt Holmes, »aber ich denke, er ist von mir ziemlich fasziniert. Nun, falls Sie Zeit haben, lassen Sie uns doch kurz ins King's Spur gehen und ein wenig herumfragen.«

Wir betreten die Kneipe, wo erst vor kurzem das außergewöhnliche Duell zwische Lestrade und Sigerson ausgetragen wurde. Holmes begrüßt den Kellner und tauscht mit

ihm ein paar freundliche Bemerkungen, wie schwierig es heutzutage ist, in London Fremde auszumachen, wenn sie europäischen Ursprungs sind. Dann fragt Holmes:

»Ich könnte mir vorstellen, daß sie kommen und gehen, wie alle anderen auch. Dieser Snooker-Spieler beispielsweise, er ist sicherlich schon einige Male vorher hier gewesen, vielleicht gemeinsam mit den Leuten von Yard, die sich über diesen oder jenen schwierigen Fall unterhalten haben. Und Sie haben es wahrscheinlich noch nicht einmal bemerkt.«

»Oh, nein«, wehrt der Kellner ab, »so ist das nicht, Mr. Holmes. Klar ist er hier gewesen. Hat aber nicht mit den anderen zusammengesessen. Sie haben ihn nicht beachtet, ich dagegen habe ihn beobachtet. Ich habe mir sein auffallendes Jackett angesehen und gleich gewußt, daß er Franzose ist. Nein, wenn Sie an einem Ort wie diesem arbeiten, fällt Ihnen so etwas auf.«

»Alle Achtung«, beglückwünscht ihn Holmes in schmeichelndem Tonfall. »Aber natürlich können Sie sich an den Inhalt des allgemeinen Gesprächs nicht mehr erinnern, oder?«

»Nun, bei den Männern vom Yard ist das einfach: entweder geht es um Snooker oder um Pferde oder um Verbrechen.«

»Ich könnte mir vorstellen, das kleine Problem mit der Identität des Ermordeten von Hammersmith ist auch zur Sprache gekommen.«

»Oh, ja, bei dem Fall ist es hier hoch her gegangen. Jeden Abend haben sie darüber gesprochen, bis Lestrade den Täter endlich festgenagelt hat.«

»Lestrade?« werfe ich etwas verärgert ein, doch Holmes drückt beruhigend meinen Arm. Denn es war niemand anders als Holmes persönlich, der den Totschlag aufgeklärt

hat. Nach ein paar freundlichen Worten an den Kellner verlassen wir das Lokal.

Wieder auf der Straße, lacht Holmes voller Freude auf.

»Erkennen Sie das Wesentliche, Watson? Was haben wir durch diese kleine Unterhaltung erfahren?«

»Daß Lestrade als ein herausragender Ermittler erscheinen will, als einer, der er nie war oder jemals sein wird.«

»Ja, sicherlich. Doch das ist hier nicht die Frage. *Sigerson* ist der Mann, um den es geht. Wir haben erfahren, daß er schon früher in der Kneipe war und dabei gewiß gehört hat, wie meisterlich dieser rätselhafte Fall gelöst wurde. Weil er selbst kein Dummkopf ist, hat er erkannt, daß nicht Lestrade, sondern jemand anderer den Schleier gelüftet haben mußte, wie Sie es als Schriftsteller vielleicht ausdrücken würden. Und dieser andere, so Sigersons Schlußfolgerung, konnte nur ich sein.«

Holmes strahlt voller Selbstzufriedenheit und fährt fort:

»Sie haben mich gefragt, wie jemand, der so sehr darum bemüht ist, unerkannt zu bleiben, sich mit uns abgibt? Meine Hypothese lautete, er ist fasziniert von mir. Unser kleiner Ausflug in die Kneipe scheint diese Annahme zu bestätigen. Er hat sich Geschichten über mein Können angehört.«

Dies alles scheint mir sehr weit hergeholt, was ich auch zum Ausdruck bringe.

»Von allen Menschen sollten Sie, Watson, am allerwenigsten die Neugier auf den weltbesten Privatdetektiv als weit hergeholt bezeichnen!«

Ich versichere ihm, daß mein Interesse an seiner Arbeit nichts mit dem des Geigers gemein hat.

»Wahrscheinlich nicht«, räumt Holmes ein. »Doch halt – schon wieder haben Sie den Vogel abgeschossen. Sie ver-

sprechen sich einen gewissen Vorteil aus unserer Verbindung – oh, bitte, verstehen Sie mich nicht falsch. Ich unterschätze keinesfalls die Größe Ihrer Freundschaft, die Sie mir, der ich es so wenig verdiene, in überreichem Maße zukommen lassen. Sie *haben* allerdings ein oder zwei Geschichten geschrieben, die aus unserem Zusammensein entstanden sind, so ist es doch, oder? Und Sigerson? Ja, er stellt aus einem ganz bestimmten Grund eine Verbindung mit mir her. Er hegt eine Absicht, die bis jetzt nur er selbst kennt, während wir beide noch völlig im dunkeln tappen.«

»Ich möchte meinen, eine Person von solch überragender Intelligenz, wie er zu sein vorgibt, sollte wissen, daß es viel einfacher ist, Ihnen direkt zu sagen, was er will.«

»Es muß eine höchst delikate Angelegenheit sein. Sie haben selbst miterlebt, wie er mich getestet hat. Zunächst einmal mit dem Lack: er wollte herausfinden, ob ich ich wirklich ein fähiger Chemiker und ehrlich genug sei, Klaus zu offenbaren, daß die Geige keine Guarnerius ist. Anschließend wollte er herausfinden, wie ich reagiere, wenn er mir die Geige gerade in dem Augenblick vor der Nase wegschnappt, in dem ich mein Interesse am Kauf bekundet habe. Der Test in der Kneipe zielte zum einen auf mein Wohlwollen, zum anderen auf meine Auffassungsgabe. Daß er von meiner Intelligenz längst überzeugt war, zeigt seine Bereitschaft zum Risiko, die bei der Zurschaustellung seiner telepathischen Kräfte gefordert war. Alles hing von einem einzigen Satz ab, den ich verstehen mußte.«

»Nur ein einziger Satz?« frage ich erstaunt.

»Ja, vielleicht ist es Ihnen nicht aufgefallen.«

»Welcher Satz?«

»Ach, Sie wissen schon. Der, mit dem er mich fragte, ob ich die schwarze Magie als die Voraussetzung für das Zusammenspiel unserer Sinne akzeptieren würde.« Ein feines

Lächeln tanzt um Holmes' gewöhnlich eher grimmig erscheinende Mundwinkel. »Haben Sie verstanden, worum es geht, Watson?«

»Ich habe nicht die Spur einer Ahnung.«

»Ein Gesellschaftsspiel, ein Spiel für Kinder, mit dem Namen ›Schwarze Magie‹. Sie deuten einfach auf etwas Schwarzes, unmittelbar bevor Sie auf die richtige Lösung zeigen. Sicherlich haben Sie bemerkt, wie ich meine Hand auf die *schwarzen* Locken eines jungen Burschen gelegt und dann auf den wirklichen Besitzer des Taschentuchs gezeigt habe?«

Ich seufze und fühle mich plötzlich matt. Holmes' Geist ist ein Labyrinth von solcher Komplexität, daß er schon Ariadne spielen muß, damit ich wieder herausfinde.

»Was mich interessiert«, fährt er fort, »welches Risiko war Sigerson bereit einzugehen. Er setzte voraus, ich wüßte, daß ein Kennwort notwendig war. Und weiterhin setzte er voraus, mir *würde* die Bedeutung des versteckten Hinweises nicht entgehen, wenn er erst ausgesprochen *wäre*.«

Ich kann Holmes' Neugierde an Sigerson nicht teilen. Wenn dies ein Fall wäre, der mir als Grundlage für eine Geschichte dienen könnte, dann allerdings würde ich mich ihm mit aller Energie widmen. Klaus' kleiner Betrug ist keines Aufhebens wert, und er hat uns nur die Bekanntschaft mit dem Geiger gebracht.

»Sie *dürfen* sich nicht ausschließlich auf das Sensationelle beschränken«, mahnt Holmes, so als sei er dem Gang *meiner* Gedanken gefolgt.

Abends – es ist ein wirkliches Vergnügen, in der würzigen Luft eines Frühlingsabends mit einem guten Freund in ein gutes Restaurant zu gehen; London ist ruhiger, weniger hektisch; man fühlt förmlich, daß es keinen Sinn macht, weiterzuarbeiten; dies sind die Stunden der Muße vor der Nachtruhe; und es ist gut, nicht allein zu sein – Holmes und ich genießen einen Kidney Pie im Dog and Shepherd und machen uns anschließend auf den Weg zur Oper. Ich habe vorgeschlagen – vielleicht war es aber auch Holmes –, daß wir das Simpsons an einem Abend besuchen, an dem wir viel Zeit haben.

Wir lungern vor dem Eingang des Opernhauses herum, weil Holmes das dunkle Fenster von Sigersons Zimmer beobachten will. Zweimal werden wir von Suffragetten angesprochen. Sie bitten uns, ihre Petition zu unterschreiben, aber Holmes und ich lehnen ab. Unter all den Demonstrantinnen befindet sich nur ein Mann – Pankhurst –, den Holmes mit einem eisigen Blick straft.

»Halten Sie es für logisch«, wendet er sich mit scharfem Ton an Pankhurst, »anzunehmen, Sie würden durch Pöbelei und Peinlichkeiten Sympathie gewinnen, von uns, die nichts weiter wollen, als einen wunderbaren Musikabend zu genießen?«

»Vielleicht sollten die Menschen beschämt über die Tat-

sache sein, daß Frauen nicht wählen dürfen«, antwortet Pankhurst ruhig.

»Ich bin der Überzeugung, Sie sollten sich ausschließlich darauf beschränken, Briefe an den Herausgeber der *Times* zu schreiben. Das ist der geeignete Platz für rationale Überzeugungsarbeit und nicht das Opernhaus. Und sollten Ihre Briefe wirklich überlegt sein – was die wenigsten sind –, werden Sie mehr Aufmerksamkeit auf sich ziehen als mit diesem Spektakel hier.«

Nachdem Holmes seine Meinung so dezidiert kundgetan hat, dreht er sich auf dem Absatz um und läßt Pankhurst keine Chance, zu reagieren. Dieser scheint Holmes' Zurückweisung mit Humor zu nehmen. Fröhlich wendet er sich einem anderen Paar zu, das mit den Karten in der Hand auf den Eingang zustrebt.

In diesem Augenblick deutet Holmes mit dem Kopf auf Sigersons Fenster, das nun hell erleuchtet ist. Klaus ist soeben ins Zimmer getreten. Sigerson und Klaus stehen in Höhe des Fensters und unterhalten sich; sie sind so weit im Innern des Zimmers, daß wir nur ihre Köpfe über dem Fenstersims erkennen können. Noch während wir hinaufschauen, beobachten wir etwas sehr Schockierendes. Ich frage mich, ob ich es nicht falsch verstehe und beschließe auch schon, daß es so sein muß.

Ich sehe oder vielmehr ich nehme an, ich sehe, wie Sigerson sich plötzlich zu Klaus vorbeugt und ihm einen leichten Kuß auf die Wange drückt. Ich würde die ganze Szene als eine optische Täuschung abtun, angesichts der Entfernung, die uns voneinander trennt, spürte ich nicht, wie Holmes augenblicklich zusammenzuckt. Ich schaue zu ihm herüber, doch sein Gesicht ist ausdruckslos. Ununterbrochen starrt er weiter auf das Fenster. Plötzlich wird das Licht im Eckzimmer gelöscht.

»Musiker«, merke ich an.

Holmes verharrt bewegungslos. Ich kann erkennen, wie schmerzvoll er von dieser Szene getroffen ist. An seinen Schläfen sind die Venen deutlich hervorgetreten, und ich fürchte, er könnte Aufsehen erregen. Er sieht so grimmig wie ein amerikanischer Totempfahl aus.

Bald danach verlassen Sigerson und Klaus das Hotel in Richtung Oper. Sie tragen Konzertkleidung, einen schwarzen Smoking, in den Armen halten sie ihre Instrumentenkästen. Holmes zieht mich zur Seite, damit wir nicht gesehen werden, doch er beobachtet sie auch jetzt unaufhörlich, mit nicht nachlassender Intensität. Wie eine Schar Raben strömen die übrigen Musiker auf die Straße.

Die Suffragetten präsentieren auch den Orchestermitgliedern ihre Petition, so wie sie es vorher mit den Zuschauern getan haben. Die meisten der Musiker lachen ziemlich rüde; ihre rosigen Gesichter verzerren sich zu hämischen Grimassen, und die dicken Bäuche hüpfen unter den Smokingjacken auf und nieder. Einer von ihnen zwirbelt seinen Schnurrbart, greift den Stift und schreibt seinen Namen in großen Lettern quer über das Dokument, wodurch er es vollkommen zerstört.

Wir können beobachten, wie Emmeline Pankhurst – ich erkenne sie aus den Zeitungsberichten über die Suffragetten – ihre Hand auf Sigersons Arm legt. Zu unserer Überraschung legt dieser die seine über die ihre und unterzeichnet die Petition.

Noch im Weitergehen ruft er ihr nach: »Ich werde Ihnen eine Unterstützung zukommen lassen.«

»Das ist sehr schön von Ihnen, Sir«, bedankt sie sich.

Holmes' Gesicht hat sich, wie ich sehe, entspannt. Er hat den Schock über das Schauspiel am Fenster des Hotelzimmers überwunden. Sigersons Unterhaltung mit der

Suffragette hat ihn offensichtlich mehr interessiert als erstaunt.

Über die Oper selbst kann ich wenig sagen, außer vielleicht, daß es eine weitere Aufführung der *Zauberflöte* war, in deren Verlauf ich wieder einmal eingeschlafen bin. Holmes weckte mich für den besonderen Part des Flötisten Bachaus, den Klaus vorzugeben versucht hat. Für mich klang es wie ein recht gutes Pfeifkonzert.

Am nächsten Morgen habe ich meine Zweifel, ob Holmes noch einmal für eine Unterrichtsstunde in Sigersons Etablissement einkehren will, doch ich habe mich getäuscht. Holmes ist schon sehr früh aufgestanden und erwartet mich, mit dem Geigenkasten in der Hand, an der Eingangstür zur Wohnung.

Auf dem Weg zu Sigerson befragt er mich erneut zu meinen Beobachtungen vom Vortag. Und wieder erwähne ich das auffallend einfache Mobiliar.

»Doch wie steht es mit seinem Benehmen, Watson? Nun, da Sie es überdenken, was fällt Ihnen dazu ein?«

Holmes' Verhalten ist viel weniger anmaßend als gestern. Anscheinend gehen ihm die unterschiedlichsten Erklärungsmöglichkeiten durch den Kopf. Dieser Vorgang ist wahrscheinlich von der gleichen Monotonie wie die ständige Wiederholung von zwei Noten. Am frühen Morgen hat er den Walzer geübt, doch auch da konnte ich seine fehlende Konzentration bemerken. Seine Musik hat wieder ihren melancholischen Klang, als wäre sie die bloße Begleitung seiner Gedankenarbeit. Tatsächlich hätte ich an einer Stelle fast gesagt: »Spielen Sie leichter, luftiger! Baiser! Können Sie sich nicht an die Instruktionen erinnern?« Doch, da ich weiß, welche Sorgen Holmes umtreiben, habe ich mich zurückgehalten.

»Benehmen?« frage ich. »Er kann während des Spiels Walzer tanzen. Wahrscheinlich kann er auch dabei jonglieren.«

Holmes übergeht meinen Sarkasmus. »Ja, das Walzertanzen«, wiederholt er nachdenklich.

Als wir an dem Blumenstand vorübergehen, erwähne ich, wie ungeniert Sigerson gestern den von mir eher zufällig gekauften Strauß für sich beansprucht hatte.

»Stop«, entfährt es Holmes. »Würden Sie bitte zurückgehen und einen neuen kaufen? Ich wüßte gern, was heute passiert.« Auf einmal ist er ziemlich aufgeregt. Während ich ein paar Fliederzweige auswähle, beobachtet er mich, die Fingerspitzen gegeneinander gepreßt. Normalerweise kündigt sich so die erfolgreiche Lösung eines Falles an.

In ruhigen Worten erklärt er mir: »Sie wissen, eines meiner Prinzipien heißt: Hat man erst einmal alle Möglichkeiten ausgeschlossen, steckt die Lösung in dem Rest, so unwahrscheinlich dies auch scheinen mag.«

Als wir Sigersons Zimmer betreten, ignoriert mich dieser hochmütig. Selbst Holmes begrüßt er kaum.

»Lassen Sie mich die Tonleiter in G-Dur hören«, befiehlt er gelangweilt. Nicht ein Wort zu dem Walzer, den Holmes heute morgen noch geübt hat. Sigerson plaziert sich an der gegenüberliegenden Wand des Zimmers. Während er Holmes ärgerlich fixiert, durchwühlt er die Taschen seines Samtjacketts nach einem Stumpen. Auf seinem Gesicht liegt ein säuerlicher und irgendwie deprimierter Ausdruck.

Eine geschlagene Stunde bin ich der ewigen Wiederholung der G-Dur-Tonleiter ausgesetzt. Ganz offensichtlich hat sich Sigerson darauf versteift, Holmes' Technik in die richtige Form zu bringen. Es ist die reinste Zerreißprobe.

Sigerson hat noch nicht einmal sein Instrument aus dem Kasten genommen.

»Achten Sie auf das, was Sie tun!« fährt Sigerson Holmes scharf an, dessen Augen einen Moment lang unkonzentriert umhergewandert sind. Armer Holmes! Durch das ewige Herunterstarren auf seine Geige während des Vibratos scheint er tatsächlich schon zu schielen. Sigerson hat kein freundliches Wort für ihn, statt dessen pafft er seinen Stumpen. Schließlich nimmt Holmes die Geige vom Kinn, um sich einen Moment auszuruhen.

»Mir scheint«, bemerke ich, nachdem ich eine Stunde geschwiegen habe, »die G-Dur-Tonleiter ist ein schwieriges Unterfangen.«

Sigerson kläfft mich förmlich an: »Das *Leben* ist schwierig und besonders das Spiel auf der Geige.«

»Es tut mir leid, daß ich Sie heute enttäuscht habe«, entschuldigt sich Holmes sanft.

»Ich bin von Ihnen enttäuscht«, fährt Sigerson fort, seine grauen Augen glitzern. »Ich hatte Sie für einen intelligenten Mann gehalten, doch als ich gestern abend aus meinem Fenster blicke, was sehe ich da? Ich sehe, wie Sie sich weigern, die Petition der Suffragetten zu unterschreiben. Ich sehe, wie Sie sich von einem noblen Herrn abwenden, einem Mitglied Ihres Parlaments, der zehnmal mehr Mut hat als Sie selbst.«

Holmes verteidigt sich: »Ich hatte keine Zeit, die Angelegenheit zu überdenken. Ich handle niemals übereilt.«

»Sie werden niemals Zeit finden, die Angelegenheit zu überdenken, weil Sie nicht darüber nachdenken wollen.«

Holmes sieht Sigerson fest an. Seine Lippen umspielt ein feines Lächeln. Ganz offensichtlich ist er weit davon entfernt, aus der Haut zu fahren, und vielleicht ist er sogar erfreut, daß Sigerson sich die Blöße gegeben hat, Gefühle

zu zeigen. Beruhigend sagt er: »Ich gebe Ihnen mein Wort darauf, daß ich die Angelegenheit bedenken *werde*.«

Sigersons Gesicht entspannt sich, und sein Ärger schmilzt dahin.

Holmes fährt in ruhigem Ton fort: »Ich gebe Ihnen mein Wort, daß ich darüber nachdenken werde – mein Wort, sagen wir, nicht als Gentleman, sondern als aufstrebender Musiker.«

In Sigersons Mienenspiel wird Neugierde wach.

»Ja«, fährt Holmes fort, »als ein aufstrebender Musiker, der so etwas, seinem Naturell Widerstrebendes tun wird – Watson wird Ihnen bestätigen, daß ich an Politk nicht interessiert bin –, damit meine musikalische Karriere auf konstruktive Weise fortgesetzt werden kann.«

Sigerson wendet sich abrupt ab. Er scheint beinahe verwirrt. Er geht zu seinem Geigenkasten, läßt die Schlösser hochschnappen und sagt: »Nun will ich Ihnen zeigen, wie die Tonleiter gespielt wird. Ich werde fünf Wiederholungen über vier Oktaven spielen.«

Er spielt schnell und behend. Ist die letzte Note der Tonleiter erreicht, betont er sie, bevor er zu einer neuen Oktave aufsteigt. Ich muß zugeben, ich habe kein Vergnügen an den hohen Tönen des Geigenspiels, selbst wenn sie von einem Experten ausgeführt werden.

Meinen Notizen füge ich folgende Ratschläge hinzu: »Öffnen Sie Ihren Arm am Ellenbogen«, rät Sigerson, während er spielt. »Lassen Sie Ihr Handgelenk beim Abwärtsstrich langsam sinken; winkeln Sie nicht zu stark an, während Sie aufwärts streichen.«

Nach einer Viertelstunde ordnet er eine Änderung in der Bogenführung an. »*Spiccato*«, befiehlt er, und die sanfte Bewegung des Bogens weicht kleinen, ruckartigen Sprüngen. Es stellt sich heraus, daß Holmes' *Spiccato* nur schwer

zu kontrollieren ist, doch jetzt sind Sigersons Anweisungen freundlich, und er lobt sogar Holmes' kleine Fortschritte. Als der gleiche Zeitraum wie gestern verstrichen ist, huste ich unauffällig und hoffe, dies wird als Signal zum Aufbrechen verstanden. Beide wenden mir ihre durchdringenden grauen Augen zu; mir ist, als blicke ich in die Mündungen von vier identischen Pistolen.

Doch schließlich endet auch diese Stunde. Wahrscheinlich aber nur, weil Holmes Mitleid mit mir verspürt.

Bevor wir aufbrechen, sagt Holmes: »Ich muß nun die Frage nach der Bezahlung dieser vier Stunden stellen. Haben Sie einen bestimmten Tarif?«

»Ja«, antwortet Sigerson. »Ich unterrichte in München, und da habe ich einen bestimmten Satz, den ich allerdings nicht von Ihnen fordern werde.«

Er zögert und legt seine Geige weg. »Sie werden selbst herausfinden, was ich von Ihnen erwarte. Etwas, das in Ihrer Richtung liegt, will ich hinzufügen. Eine kleine Detektivarbeit. Werden Sie dabei sein?«

»Ich denke schon«, willigt Holmes ein.

»Ich glaube, Sie wissen bereits Bescheid«, fährt Sigerson vorsichtig fort, »doch wenn Sie den Grund heute noch nicht verstehen, werde ich es Ihnen sagen. Ich werde bald nach Edinburgh aufbrechen.«

Indem er so spricht, schüttelt er uns ganz überraschend die Hand, erst Holmes, dann mir. So etwas hat er vorher noch nie getan.

An dieser Stelle unterbrach ich meine Lektüre und schloß das marmorierte Notizbuch, um aus dem Fenster zu schauen. Inzwischen schneite es heftig, und der von der Straße heraufdringende Verkehrslärm war eigenartig gedämpft. Ein weißer Schleier schien über der Stadt zu liegen.

Der nächste Eintrag in meinem alten Notizbuch bestand aus einem Versuch zu beschreiben, wie ein guter Spürhund seiner Fährte folgt. Wenn eben dieser Spürhund in undurchsichtiges Gelände gerät, muß er seine Nase von Verunreinigungen frei halten, um das gewünschte Objekt überhaupt ausmachen zu können.

Doch wo sollte ich die Witterung meiner Spur aufnehmen? Ich beschloß, in Holmes' Tagebüchern nachzusehen, die noch immer im Kieferntisch verschlossen lagen. Wo aber war der Schlüssel? Ich warf mich in einen direkt am Feuer stehenden Sessel und starrte in die Flammen. Wo befand sich der Schlüssel zu Holmes' geheimsten Gedanken? Mein Blick fiel auf die persischen Hausschuhe. Die Oberseite aus Königspurpur war verblichen. Meine Augen wanderten unaufhörlich an der Brokatstickerei der Zehen entlang. War er vielleicht in deren Futter versteckt? Ich wußte, daß ich unrecht hatte.

Wie man es schon in den frühen Tagen der Menschheit getan haben mag, meditierte ich über den tanzenden Flam-

men im Kamin. An irgendeiner anderen geheimen Stelle vielleicht? Der Geigenkasten!

Noch einmal ließ ich die Schlösser aufschnappen. Die Geige wirkte sehr traurig auf mich, wie eingesargt. Ich nahm sie heraus und hob den Boden des Teils, in dem die Schnecke lag. Dann folgte das Plüschfutter am Unterboden, und da lag er – der immer noch glänzende Schlüssel zur Schublade des Kieferntisches. Als ich ihn mit meiner etwas groben Hand herausnahm, sah ich vor meinem inneren Auge, wie Holmes' elegante Finger den Schlüssel umschlossen, ohne Angst, mich das Versteck sehen zu lassen, weil er auf meinen Respekt vor seiner Privatheit vertraute.

Dieser Gedanke ließ mich innehalten; welches Recht hatte ich, Holmes' Tagebuch zu lesen, das sicherlich sehr viel intimer war als seine anderen, eher beruflichen Aufzeichnungen? Trotz meiner Bedenken öffnete ich die Schublade – meine Finger zitterten – und zog das Tagebuch heraus.

Im Band von 1886 fand ich unter dem Monat April die Eintragung: »*Victor Sigerson, Englische Viola*« und weiter: »*Watson spürt nichts von der Raffiniertheit der Victor Sigerson-Affäre ...*«

Diese Art von Beobachtung in Holmes' eigener Handschrift vor mir zu sehen, erstaunte mich wenig. Von Zeit zu Zeit gestattete er sich, seinen Ehrgeiz anzuspornen, indem er abschätzige Kommentare über mich machte. Viele Male zuvor hatte er mir weit Schlimmeres direkt ins Gesicht gesagt. Als er noch lebte, hatte ich ihm immer wieder vergeben, und auch jetzt machte es mir keine Schwierigkeiten, die kleine Notiz in seinem Tagebuch zu Ende zu lesen. Ich fuhr fort:

obwohl es wahrscheinlich besser so ist, denn er wäre durch die Ereignisse der vergangenen zwei Tage, sprich, des 15. und 16. des Monats, sehr schockiert gewesen. »Hüte dich vor den Iden des März«, war Cäsar gewarnt worden, doch ich bin sicher, mit den Iden des April ist keine Gefahr verbunden. Wäre meine Entdeckung gefahrvoll gewesen, hätte ich Watson mit seinem Dienstrevolver gern an meiner Seite gewußt …

Holmes hatte mir bei anderen Gelegenheiten in unserer Zusammenarbeit häufig große Dankbezeugungen erwiesen. Dieses leichthin gemachte Kompliment war nichts weiter als die Kehrseite seiner unschönen Bemerkung.

Nachdem wir die *Zauberflöte* besucht hatten und Watson wohlbehalten in die Baker Street zurückgebracht war, beobachtete ich, wie Klaus mit einem dicken Freund das Hotel verließ. Welch ein Glück! Sie bemerkten mich nicht, und nun wußte ich, sein Zimmer war leer.

Die Türschlösser von Hotelzimmern sind selbst für das Hotelmanagement ein Witz. Jedes Kind kann sie öffnen. Mit Hilfe eines winzigen, aber widerstandsfähigen Drahts war ich in der Hälfte der Zeit, die ein normaler Mensch mit einem Schlüssel benötigt hätte, in Klaus' Zimmer.

Das Zimmer war durch den einwöchigen Aufenthalt des Musikers verwüstet. Eine der Matratzen war auf den Boden geworfen worden. Kopfkissen (er hatte anscheinend auf einer ungewöhnlich hohen Anzahl bestanden) lagen in den Sesseln. Kleidungsstücke, die jedem Zirkusartisten Ehre gemacht hätten, waren auf den Sekretär und über die Kommode geworfen. Den Spiegel

hatte man aus seiner Halterung über der Frisierkommode genommen und in einen Sessel am Fußende des Bettes gestellt. Die Bettpfosten dienten als Befestigung für eine dazwischen gespannte Schnur, an der unterschiedlich große Würstchen in Reih und Glied hingen. Das ganze Ambiente hätte an einen bayerischen Metzgerladen erinnert, wäre mir beim Anblick der Kleidung und Wäsche nicht der Gedanke an eine irische Wäscherei gekommen.

Mit großer Vorsicht bewegte ich mich durch die Unordnung, damit sie blieb, wie sie war, obwohl ich mir sicher war, niemand hätte etwas bemerkt, wenn ich mit einem Stock alles noch einmal durcheinander gewirbelt hätte. Wie ich vermutet hatte, trennten zwei große Kleiderschränke dieses Zimmer von Sigersons Bleibe. Ich stieg in einen hinein und ließ die Tür ein wenig angelehnt, damit noch genügend Helligkeit von der Straße hereinkam. Diese Hotelkleiderschränke sind erfahrungsgemäß sehr billig gebaut. Die meisten besitzen noch nicht einmal eine eigene Rückwand, statt dessen wird das Mauerwerk zum Nachbarzimmer als Abschluß mißbraucht.

Es war das Einfachste der Welt, einen scharfen, kleinen Bohrer aus der Tasche zu nehmen und ein wenig vom Putz zu entfernen. Der Putz war alt und hart, und Geräusche waren unvermeidlich, so war ich glücklich, als im Nachbarzimmer Sigerson seine Geige nahm, um die »Charconne« von Bach zu proben, die mich beim ersten Hören unter dem geöffneten Fenster so gefangengenommen hatte.

Ich bemühte mich, so wenig Lärm wie möglich zu machen, doch es war wunderbar, bei dieser langweiligen Arbeit solch herrlicher Musik lauschen zu können. Ich

drehte den Bohrer immer dann, wenn ein besonderer Akzent oder ein Crescendo zu erwarten waren. Schließlich vergaß ich allerdings weiterzubohren und hörte einfach nur zu, vollkommen verzaubert, bis ich mich in der Fuge verloren hatte.

Als eine lebhafte Gigue folgte, nahm ich meine mondbeschienene Arbeit wieder auf. Ein lauter Knall in der Straße ließ Sigerson in seinem Spiel anhalten. Ich konnte hören, wie er zum Fenster eilte. Während dieser Unterbrechung gelang es mir, die Abschlußlatte zu durchbohren, was mit einigen Geräuschen verbunden war. Plötzlich war von Sigerson ein hoher Aufschrei zu vernehmen. Ich fürchtete, entdeckt zu sein.

Statt dessen rannte Sigerson aus dem Zimmer, ohne es hinter sich abzuschließen. (Keine sehr intelligente Tat, wenn man den Wert der Stradivari bedenkt. Wäre ich ein Dieb gewesen, hätte ich mit solch einer Aktion bestimmt versucht, Sigerson aus dem Zimmer zu locken.) Ich verließ den Schrank, um meinerseits aus dem Fenster zu sehen. Ein Wagen, der Klaus und seinen dicken Freund zum Hotel zurückgebracht hatte, war in einen Unfall verwickelt worden. Klaus schien sich den Unterarm verletzt zu haben. Er blutete heftig.

Der Anblick des Blutes berührte Sigerson anscheinend kaum. Er war viel weniger empfindlich als die meisten Männer, die sich um die Unfallstelle drängten. Sigerson zog ein großes Schnupftuch aus seiner Gesäßtasche und legte eine Kompresse an. Dann kritzelte er etwas auf ein Stück Papier. Offensichtlich ließ er einen Arzt holen. Ich wußte, daß sie bald alle in dem Zimmer erscheinen würden, doch ich zweifelte, ob der Schrank geöffnet würde. Er enthielt weiter nichts als ein paar Ersatzstiefel, die vor kurzem mit Pfefferminzöl eingerieben wor-

den waren. Die Kleidung war auf dem Boden verteilt. Deshalb arbeitete ich wie ein Biber und biß mich endgültig durch die Wand. Ich fand sogar genügend Zeit, um in Sigersons Zimmer zu laufen und den Rand des Bohrloches wieder anzudrücken. Glücklicherweise lag es in der Mitte einer der Tapetenrosen und war von daher kaum sichtbar. Anschließend versteckte ich mich wieder zwischen den Stiefeln in Klaus' Kleiderschrank.
Als sie Sigersons Zimmer betraten, hörte ich, wie er Klaus und seinem Freund mit beschwichtigenden Worten versicherte, die Wunde sei längst nicht so gefährlich, wie anfänglich vermutet. Die Arterie war unverletzt, und außerdem würde der Doktor bald da sein.
Ich starrte durch das Guckloch und sah niemand anderen als Dr. Watson das Zimmer betreten. Natürlich war Dr. Watson der einzige Arzt, den Sigerson hier kannte. Offensichtlich hatte er aber vermieden, diesen über die Identität des Patienten zu informieren. Da Watson jedoch seine Pflichten als Arzt kennt, machte er sich sofort an die Arbeit. Die Wunde war, wie sich herausstellte, nur oberflächlich, und Dr. Watson führte die wenigen Stiche mit eben der gleichen Geschicklichkeit aus, die jede Hausfrau bei der Reparatur eines Risses in einem Ärmel an den Tag legt. Nachdem Watson einen Verband angelegt hatte, bestand Sigerson darauf, ihn auf der Stelle zu bezahlen.
Als nächstes wurden der Patient und sein dicker Freund in Klaus' Zimmer geleitet, wo ich schweigend und still in dem Kleiderschrank stand. Klaus verfügte über einen ebenso großen Vorrat an Wein wie an Würsten, und bald saßen sie essend und trinkend einige Meter von meinem Versteck entfernt. Während lautes Schmatzen und Schlürfen mein Ohr belästigten, konnte ich durch

das Guckloch in der Wand zum Nachbarzimmer eine Szene ganz anderer Art beobachten.
Sigerson hing schlaff in einem Sessel. Auch er schien angestrengt auf etwas zu horchen – wahrscheinlich auf Geräusche, die ihm anzeigen würden, Klaus und sein Freund wären endlich im Bett. Auf diese Weise verbrachte er ungefähr eine Stunde, bis es nebenan ein wenig ruhiger wurde. Wie eine strahlende Umrahmung erhellte das Licht in Klaus' Zimmer die nur unzureichend schließende Schranktür. Ich wagte nicht, mich zu bewegen und hatte einen Krampf in der Wade. Endlich löschte Klaus das Licht.
Ich suchte mir eine angenehmere Lage, um durch das Guckloch zu linsen. Meine ganze Aufmerksamkeit war auf Sigerson gerichtet, der vielleicht noch eine weitere Viertelstunde herumsaß, bevor auch er sich für die Nacht zurechtmachte. Es muß kurz vor Mitternacht gewesen sein. Ich konnte die Zeit an den Glockenschlägen abmessen, die allzeit und überall in London zu hören sind. Dann löschte auch Sigerson das Licht, und das Zimmer versank im Halbdunkel.
Das hereinfallende Licht war jedoch hell genug, und ich beobachtete ohne Scham, wie der Geiger seine Seidenjacke auszog. Als nächstes zauberte Sigerson ganz hinten aus der Schublade ein unter Socken verstecktes Nachthemd hervor. Wie ein rauschender Wasserfall fiel es wallend aus der schlanken Hand herab: ein gesmoktes Kleidungsstück mit Spitzen und Rüschen, ganz so wie Frauen es für die Nacht bevorzugen. Und nur wenig später wurde mir eben jener letzte Beweis vor Augen geführt, nach dem ich so lange gesucht hatte. Ich wandte meine Augen ab, da es nicht meine Art ist, ungebeten in die Privatsphäre von jungen Damen einzudringen.

Mit einem lauten Knall ließ ich die Aufzeichnungen über *Das Englische Veilchen* zufallen. Man stelle sich vor! Sigerson eine verkleidete Frau! Und Holmes hatte sich nie bemüßigt gefühlt, mich in Kenntnis zu setzen! Was würde als nächstes passieren? Erneut öffnete ich das Tagebuch. Meine Augen rasten förmlich über die Seiten.

> Ich (schrieb Holmes) hätte mich zum Verlassen des Schranks entschließen können. Letztlich hätte das laute Schnarchen der Deutschen jedes Knacken übertönt, falls ich zufällig auf eine lockere Diele getreten wäre. Doch ich wollte nicht gehen. Vorsichtig sank ich auf den Boden des Kleiderschranks und legte mich mit angezogenen Beinen so bequem wie möglich zur Ruhe. Die ganze Nacht hindurch konnte ich Sigersons sanftes Atmen wie einen engelsgleichen Diskant über dem tiefen Baß der beiden Deutschen schweben hören.
> Klaus und sein Freund erwiesen sich als Langschläfer. Es war schon später Vormittag, als sie endlich ihr Zimmer für das Frühstück verließen und ich in die Baker Street zurückkehren konnte.
>
> »Ich weiß nicht, was Sie getan haben«, erzählte Watson, »aber vergangene Nacht hatte ich einen Besuch zu machen, auf den ich liebend gern verzichtet hätte.«
> »Doch nicht bei dem Flötisten?« fragte ich.
> »Aber ja! Wie sind Sie darauf gekommen?«
> »Hatte man Sie wegen einer Armverletzung gerufen?«
> »Sie erstaunen mich. Welcher Arm?«
> »Der rechte. Ein etwa zehn Zentimeter langer Schnitt auf der Innenseite des Unterarms.«
> »Sie haben also den Unfall beobachtet?«
> »Ich war in der näheren Umgebung.«

»Was wissen Sie noch von meiner Eskapade?« Watson sah mich fast ängstlich an. Vielleicht hätte ich Mitleid mit ihm haben müssen.
»Sigerson war so freundlich, Sie gestern abend gleich zu bezahlen«, fuhr ich ungerührt fort.
»Tatsächlich, Holmes, wie konnten Sie das erahnen? Sie haben vollkommen recht.«
»Lassen Sie es mich einfach so ausdrücken: Sie gehören eben nicht zu der Sorte Mediziner, die erst zu einem Patienten gerufen und anschließend nicht anständig bezahlt werden.«
»Vielleicht könnte ich davon entbunden werden, auch bei Ihrer dritten Unterrichtsstunde anwesend sein zu müssen?« fragte er vorsichtig.
Tatsächlich war seine Abwesenheit für den nächsten Schritt meiner Untersuchung dringend notwendig. Schnell griff ich meine Geige und machte mich auf den Weg zum Hotel. Inzwischen fühlte ich mich dort ebenso vertraut wie ein Bewohner. Als sich die Tür des Eckzimmers öffnete, um mir Eintritt zu gewähren, konnte ich zunächst nichts von meinem Lehrer erkennen. Dann schloß sich die Tür hinter meinem Rücken, und da stand sie.
Durch das Kleid war ihr Äußeres vollständig verändert. Sie lachte und erklärte: »Tun Sie nicht so, als wären Sie vollkommen überrascht, Mr. Sherlock Holmes. Ich bin sicher, Sie haben mein Geheimnis längst erraten.«
»Madame, ich denke, Sie haben recht. Sie sind?«
Sie nickte freundlich und lächelte: »Viola Sigerson.«
Ich blickte in ihr Gesicht und entdeckte nur Vertrautes. Natürlich. Im Kontext des taubengrauen Kleides jedoch wirkte der zarte Hals und das Kinn passend und nicht anormal. Dazu hatte sie die unnütze Brille weggelassen,

so daß ihre Augen weniger finster dreinblickten. Das kurze Haar war ganz anders gekämmt und kräuselte sich um die Stirn.

»Trotzdem muß ich Sie beglückwünschen«, fuhr ich fort. »Ich zweifle, ob irgend jemand sonst es erraten hätte.«

Sie bat mich, Platz zu nehmen, was ich tat, obwohl mich der Gedanke, ohne Watson mit einer jungen Dame allein in einem Hotelzimmer zu sein, mehr verunsicherte, als ich vorausgesehen hatte.

»Und natürlich kennen Sie den Grund für meine Verkleidung.«

»In Europa würde kein erstklassiges Orchester eine Frau als Mitglied zulassen. Und ganz gewiß kein deutsches. Es ist wirklich ein wenig *outré*, daß Sie mit ihnen reisen.«

»Mag sein. Seit zwei Jahren bin ich Mitglied des Orchesters der Münchner Oper. Während eines Vorspielens konnte ich mich hinter einem Wandschirm verbergen. Der Dirigent wollte mich sofort engagieren, bis er entdeckte, daß ich eine Frau war. Beim nächsten Vorspielen war ich als Mann verkleidet und kam so zu meiner jetzigen Position.«

»Sind Sie in München geboren?«

»Das glaube ich nicht. Ich bin Waise und weiß nicht, woher ich stamme. Ich bin in England aufgewachsen, in Birmingham, wo ich bis zu meinem dreizehnten Lebensjahr blieb. Anschließend wurde ich in die Familie eines entfernten Verwandten nach München geschickt.«

»Und Klaus ist eine Art Cousin?«

»Ganz richtig. Und natürlich ist er mir im Orchester eine wunderbare Hilfe bei der Geheimhaltung meiner

wahren Identität gewesen. Bis heute hat er es noch nicht einmal seinem Freund erzählt.«
»Trotzdem würde ich sagen, daß Sie Klaus gegenüber sehr großzügig sind. Schon zweimal haben Sie seine Schulden bezahlt.«
An dieser Stelle, so möchte ich festhalten, errötete sie. Dies war sehr erstaunlich. Ich hatte vollkommen vergessen, daß sie so reagieren könnte, denn in Sprache und Auftreten verhielt sie sich ebenso bestimmt und aufrecht, wie sie es als Mann tat.
»Wollen Sie denn auch nach Entdeckung meines Geheimnisses von mir unterrichtet werden?«
Einen Moment lang zögerte ich. Tatsächlich gehörte es nicht zu meinen Vorlieben, von einer Lehrerin unterwiesen zu werden. Ich hätte einen höflichen Ausweg aus meiner Verpflichtung gesucht, wenn ich in ihren Augen nicht diesen gewitzten und kritischen Blick entdeckt hätte. Da ich nicht ebenso borniert wie der Dirigent des Münchner Opernorchesters erscheinen wollte, sagte ich: »Wie wollten Sie mich wohl sonst für meine Dienste entlohnen, die Sie von mir erwarten?«
Sie lachte auf, fügte dann aber doch ein wenig ängstlich hinzu: »Natürlich könnte ich Sie ebensogut auch bezahlen.«
»Selbst noch nach Ihrer großzügigen Spende an die Suffragetten?«
Wieder errötete sie und sagte: »Wirklich, Mr. Holmes, ich denke, Sie wissen alles!«
Ich konnte nur hoffen, daß sie nicht bemerkt hatte, wie ich sie in der vergangenen Nacht beim Entkleiden beobachtet hatte.
»Wie ist Ihnen klar geworden, daß ich Ihre Verkleidung durchschaut hatte?« fragte ich rasch.

»Weil ich zwei gravierende Fehler gemacht habe, die sie beide bemerkten. Zunächst nahm ich Dr. Watsons Bouquet so selbstverständlich entgegen, als befände ich mich in meinem eigenen Salon. Und dann, als ich Sie zum Walzer aufforderte, bewegte ich mich automatisch wie der weibliche Part, nämlich rückwärts. Sie sind ein sehr schlechter Tänzer, Mr. Holmes, doch ich wußte, diese Szene würde in Ihrem Kopf herumspuken, bis Sie herausgefunden hatten, was daran so eigenartig gewesen war. Sie und ich, wir wissen doch beide, daß kein Mann der Welt auf sein Vorrecht, beim Tanz zu führen, verzichten würde. Darüber hinaus sind Sie ein solch begnadeter Beobachter, daß Sie mich nicht andauernd ansehen konnten, ohne in Zweifel über mein Geschlecht zu geraten. Trotzdem frage ich mich, ob Ihr Ohr, aufgrund Ihres persönlichen Vorurteils gegenüber Frauen, in der Lage war, das zu akzeptieren, was Ihr Auge zu sehen meinte.«

»Was für ein Vorurteil könnte das sein?«

»Sie bezweifeln, daß eine Frau so gut Geige spielen kann wie ich.«

Ehrlichkeitshalber muß ich zugeben, daß ich mein Urteil über ihr Spiel bereits überprüft hatte und zu dem Schluß gekommen war, es könne nicht von der herausragenden Qualität sein, wie ich gedacht hatte. Sicher, sie war mir überlegen, eine Meisterin ihres Fachs, und dennoch hatte ich mich geirrt, als ich sie für eine geniale Virtuosin gehalten hatte. Allerdings lag es mir fern, ihre Gefühle zu verletzen, indem ich meine Zweifel äußerte. Ganz offensichtlich war sie eine Frau von außergewöhnlichem Mut, dafür bewunderte ich sie. Während ich noch mein Hirn nach einer freundlichen Äußerung zermarterte, unterbrach sie meinen Gedankenfluß:

»Bitte heucheln Sie nicht, Mr. Holmes. Das paßt nicht zu Ihnen. Ich kann ganz und gar verstehen, was in Ihnen vor sich geht. Sie suchen in sich nach Entschuldigungen, warum Sie mich überschätzt haben. Sie beruhigen sich damit, daß Sie dringend einen guten Lehrer wollten, und als Sie dann an einem Frühlingstag mein Spiel durch das geöffnete Fenster hörten – da war es sicherlich die milde Luft, die Ihre Sinne betörte. Es tut mir leid, Mr. Holmes, daß Sie so fest in den allgemeinen Vorurteilen verhaftet sind.«

Ich zuckte mit den Schultern und erklärte, es gäbe noch vieles, was ich von ihr lernen könnte.

»Das reicht nicht aus«, erklärte sie. »So werde ich nicht weitermachen. Setzen Sie sich also statt dessen hierher und hören Sie meinem Spiel aufmerksam zu. Wenn Sie wollen, schließen Sie von Zeit zu Zeit die Augen, falls Sie von dem, was Sie sehen, abgelenkt werden. Da Sie ein ehrlicher Zuhörer sind, werde ich Sie, Mr. Holmes, nun nicht nur davon überzeugen, daß ich eben die gute Geigerin bin, für die Sie mich immer gehalten haben, sondern daß ich noch besser bin, als Sie dachten.«

»Nun gut«, stimmte ich zu. »Es wird mir eine Ehre sein, Ihnen zuzuhören.« Dazu gehörte Courage! Doch dann erinnerte ich mich, wie ich sie unter großem äußeren Druck hatte Snooker spielen sehen, als sie Lestrade besiegte – Snooker! Eine Expertin! – und mir dämmerte, daß ich an einer außerordentlichen Darbietung teilhaben würde.

»Ich werde ein scharfer Kritiker sein«, warnte ich sie.

Als Antwort ging sie zum Geigenkasten und ließ die Schlösser schnappen. Völlig albern, wie selbst diese einfache Geste sich nun in etwas Anrührendes verwandelte. Ich schloß die Augen.

Es folgte eine musikalische Darbietung von außergewöhnlichen kompositorischen Harmonien. Später erzählte sie mir, dieses Werk sei von dem Geigenvirtuosen Eugene Ysayë und bis dato nicht veröffentlicht. Der erste Takt war Sinnbild der reinsten Einfachheit, leise, süß und sorgfältig gesetzt, nun allerdings über die Maßen gedehnt, um mir, wie ich annahm, den ungewöhnlichen Charakter des gesamten Stücks zu verdeutlichen. Der zweite Takt, ein Drittel höher, wurde zu diesem eigenartig sehnenden Klang gebogen, den dritten jedoch spielte sie mit einem Doppelgriff, und als sich das Spiel bis in die höchsten Regionen emporhob, war jeder hohe Ton mit einem tieferen verbunden. Diese Doppelgriffe waren keine der gewöhnlichen Drittel- oder Sechstel-Takte, wie sie so angenehm den Walzern unterlegt sind; statt dessen bestanden sie aus Viertel-, Fünftel- und Siebtel-Takten. Dieses Werk schien aus einer anderen Welt zu kommen. Ich öffnete meine Augen voller Staunen über diese futuristische Klangführung – der Komponist war ein Jules Verne der Musik.
Viola Sigerson war in die Musik versunken und nahm meine Gegenwart ebensowenig wahr, wie sie Lestrade beim Snooker-Spiel bemerkt hatte. Der den Bogen führende Arm öffnete sich mit exakt der gleichen Sicherheit, die ich schon beim ersten Mal bewundert hatte; mit dem einzigen Unterschied, daß er nun in den dünnen grauen Kleiderstoff des Ärmels gehüllt war, der in einer Manschette aus Organza mit einem glänzend schwarzen Knopf endete. Der Bogen bearbeitete die Saiten mit eben der Heftigkeit, die für diesen vollen Klang notwendig ist, und dennoch war das Ergebnis so überirdisch, daß ich schrecklich erregt war. Jeder einzelne dieser fremdartigen Doppelgriffe wurde mit einer

ungeheuren akkuraten Sicherheit in der Intonation ausgeführt, doch erst die Reinheit der Tonhöhe ließ das Stück verehrungswürdig und bezaubernd erscheinen. Im Spielverlauf wurde der romantisch rhapsodische Charakter des Stückes immer deutlicher; gegen Ende (das Stück dauerte vielleicht acht Minuten) schien es alles Zukunftweisende abzulegen und etwas traditioneller zu werden. Ich konnte sehen, wie sehr sie diese fremdartige Musik liebte, und ich leugnete nicht, daß ihre Darbietung wirklich genial gewesen war.
Als sie geendet hatte, stand ich auf und verbeugte mich vor ihr. »Niemals zuvor habe ich jemanden so Geige spielen hören.«
Sie lachte auf und antwortete: »Wieviel Lob und wieviel Tadel darf ich dieser Beobachtung entnehmen?«
»Ich kann Ihr Spiel nicht genug bewundern.«
»Herzlichen Dank«, war ihre einfache Reaktion. »Ich weiß, es ist Ihnen nicht leicht gefallen, dieser durch und durch modernen Musik ein freundliches Ohr zu gewähren. Ysayë's Kompositionen eignen sich hervorragend für das ausdrucksstarke Spiel auf der Geige, finden Sie nicht auch? Für mich sind die eigenen technischen Möglichkeiten dieses Instruments hervorragend in die Gesamtkomposition eingebettet.«
»Kennen Sie Ysayë persönlich?«
»Ich bin ihm in Brüssel begegnet. Wollen Sie, daß ich noch etwas von ihm für Sie spiele? Wahrscheinlich erscheinen Ihnen die Kompositionen von Vieuxtemps als noch angenehmer.«
»Ich könnte mir nichts Schöneres vorstellen, als daß Sie die Zeit, die Sie für meine Stunde vorgesehen haben, für eigene Darbietungen nutzten.«
»Wir haben noch nicht darüber gesprochen«, warf sie

ein, »warum ich die Dienste eines Detektivs in Anspruch nehmen muß.«

»Das war nicht schwer herauszufinden. Es entspricht ihrer geistigen Natur, den Dingen auf den Grund zu gehen. Wenn Sie eine Geige kaufen, wollen Sie Ihren Ursprung kennen. Sie sprachen von Ihrem Schicksal als Waisenkind, das seine Kindheit in England verbracht hat. Da Sie sich auf einer Tournee durch eben dieses Land befinden, ist es nur logisch, anzunehmen, daß Sie die Suche nach Ihrer Herkunft einleiten wollen.«

»Ja, wenn ich in meinem wahren Ich auftreten könnte, hätte ich es liebend gern selbst getan.«

»Ich denke, es wird mich nur ein paar Tage Zeit kosten.«

Plötzlich blieb mein Blick auf einem anderen Instrument hängen, dessen kurzer Kopf unter dem Bett hervorlugte.

»Was ist das?« fragte ich und zeigte mit dem Finger darauf.

Sie zog den Kasten hervor und nahm ein ungewöhnliches Instrument heraus. Ich kannte es als eine Art Viola, ein Instrument, auf dem Leopold Mozart manchmal gespielt hatte, das aber in der jüngsten Zeit kaum verwendet wurde. »Eine Englische Viola«, sagte ich voller Staunen und fragte mich gleichzeitig, warum sie wohl Freude am Spiel eines solch antiquierten Instruments fand. Ich war erstaunt, als ich mich mit lauter Stimme fortfahren hörte: »Vielleicht haben Sie das Instrument zu Ihrem Hobby erklärt, weil es Ihren Namen trägt.«

Ihre Antwort bestand darin, daß sie sich die Viola unter das Kinn steckte und eine sehr ausgereift klingende Übungsfolge spielte. Das Instrument klang sehr anrührend und weniger hart als eine Geige. Sein Äußeres

hatte etwas von der Süße der weiblichen Formen. Die wie ein Frauengesicht geschnitzte Schnecke erinnerte mich an eine Gallionsfigur. Die sanfte Melodie und die Arpeggios schaukelten mich wie die ruhige See. Nichts als Fingerübungen, doch von solcher Süße, daß ich traurig war, als sie endete.

Für einen Moment lang setzte sie die Englische Viola auf den Knien ab und zeigte mir die zusätzlichen Saitenstränge unter dem Fingerbrett. Sie werden nicht direkt gestrichen, sondern vibrieren durch die Resonanz. Dadurch wird die Klangfülle bereichert und erhält ihre eigenartige Qualität.

Nachdem sie mir das Instrument vorgestellt hatte, begann sie wieder zu spielen, und ihre Musik – diesmal war es ein richtiges Stück – machte mich seltsam ruhelos. Ich fühlte den dringenden Wunsch, aus dem Fenster zu sehen. Doch am Leben und Treiben in der Straße war nichts Ungewöhnliches. Dann zog die Musik meine Aufmerksamkeit wieder in das Zimmer. Ihr Gesicht war von mir abgewandt, und etwas in mir drängte mich, ihr Haar zu berühren! Ich erzitterte wie die unterlegten Saiten in der Viola.

Die Melodie, die Viola dem Instrument entlockte, erinnerte an das morgendliche Gurren der Tauben. Als Kind lag ich morgens häufig im Bett und horchte auf die unter dem Dachvorsprung nistenden Tauben.

In ihrem Gurren und in Violas Spiel klang etwas unaussprechlich Trauriges an, das sich mit den tiefsten Gefühlen in mir verband. Und dennoch befand ich mich in Hochstimmung!

Das Gurren der Tauben vermischte sich mit dem Summen meiner Mutter, als sie die Treppe zu meinem Zimmer hinaufstieg. Sie brachte mir ein Tablett mit Toast

und Tee. An diesem Tag ging sie auf eine lange Reise. Den Grund dafür habe ich vergessen. Zwei riesige Schrankkoffer standen abfahrbereit am Fuß der Treppe. Noch am Tag zuvor hatte ich überlegt, mich in einem davon zu verstecken, um mit ihr zu reisen.

Als Viola geendet hatte, bemerkte ich so ruhig wie möglich, das Joachim-Quartett wäre zu seinem jährlichen Gastspiel in London, und da ich Dr. Watson in den letzten Tagen musikalisch überfordert hätte, wäre ich über ihre Begleitung mehr als glücklich.

Ihre Augen blitzten auf, da bin ich ziemlich sicher. Sie gab sich jedoch gefaßt und antwortete: »Ich werde das Hotel wohl kaum in einem Kleid verlassen können.«

»Natürlich nicht«, versicherte ich ihr. (Ebensogut werden Watson und die Welt sie immer nur als Victor kennen.)

Niemals werde ich die Offenheit vergessen, mit der sie in meine Augen blickte, als ich erklärte: »Die Englische Viola wird auch *Viola d'Amore* genannt.«

ZAUBEREI

Voller Verwunderung las ich diesen Bericht über die Englische Viola zu Ende. Wie er über sie schrieb! Ich selbst hätte den weiblichen Reizen keine höhere Ehre angedeihen lassen können! Und dennoch hatte ich viele, viele Male seine vollkommene Interesselosigkeit gegenüber dem anderen Geschlecht bemerkt.

Weibliche Reize! In Wirklichkeit war sie groß und breitschultrig. In meiner Erinnerung hielt sie sich auch wie ein Mann. Ich mußte daran denken, wie sie den Snooker-Tisch sprichwörtlich beherrscht hatte. Wie sie in ihrem Ärger über Holmes zigarrerauchend am Fenster gestanden hatte. Das konnten nur männliche Lungen verkraften. Ihr Gesicht hatte einen harten Zug: wahrscheinlich hatte sie das männliche Mienenspiel vor dem Spiegel eingeübt. Und auch ihr Gang war der eines Mannes, doch hatten die Rockschöße immer das Becken bedeckt. Und ihre Bestimmtheit beim Geigenspiel! So ganz und gar das Verhalten eines Meisters. Das Fehlen jeglicher Schönheit, zumindest im konventionellen Sinn, tat sicherlich sein Übriges dazu.

Was mochte sich noch zwischen Holmes und Viola Sigerson abgespielt haben? Wieviele Kapitel aus Holmes' Leben waren jahrelang vollständig vergraben gewesen? Ich wollte es wissen – nicht als der zukünftige Biograph, sondern, bei Gott, als sein vertrauter Wegbegleiter.

Mit einiger Aufregung wühlte ich in schon längst vergangenen Auseinandersetzungen. Irgendwie schien es mir, als wäre Holmes unserer Freundschaft untreu geworden. Blödsinn, beschimpfte ich mich. Hatte nicht ich ihn verlassen, um zu heiraten, und das mehr als einmal? Aber ich hatte es wenigstens in aller Offenheit und Korrektheit getan. Er war immer in meine Entscheidungen eingeweiht gewesen. Dann beruhigte ich mich. Es war ja nicht so, daß er mit dieser Frau verheiratet gewesen wäre. Trotzdem fühlte ich eine gewisse Zurückhaltung, ihre Weiblichkeit in Betracht zu ziehen. Die meiste Bewunderung galt eben doch ihrem Geigenspiel.

Schnell schlug ich die Seite zum nächsten Eintrag in Holmes' Tagebuch um:

> V. Sigerson, ein außergewöhnlicher Zauberer,
> Edinburgh
> Für eine amüsante Mißdeutung siehe Watsons
> gesprenkeltes Reisejournal.

»Amüsant!« verärgert warf ich einen Scheit ins Feuer.

Das gesprenkelte Notizbuch war, wie ich mich erinnerte, ein ziemlicher Reinfall gewesen. Holmes hatte vorgeschlagen, ich solle mein Schreibtalent üben, indem ich eine Chronik seiner Reisen anfertigte. Wie sich herausstellte, war mir der Versuch schon nach kurzer Zeit sehr langweilig geworden. Trotz alledem hatte Holmes auf meinen Bericht vertraut und keine eigenen Aufzeichnungen gemacht.

Ich kniete vor dem Schrank mit unseren Notizen nieder, einige waren in Buckram gebunden, andere in Papiermaché und, dort! die gesuchten Buchrücken mit dem gesprenkelten Dekor. Nun, auch ich würde mich auf das gesprenkelte Notizbuch verlassen müssen.

Zwischen den steifen Deckeln fand ich das Gesuchte schnell: »*Edinburgh: Eine Zugreise*«; der Eintrag war übersät mit Hinweisen auf den Geiger. In meinen alten Notizen konnte ich folgendes lesen:

Holmes hat einen Ausflug nach Edinburgh vorgeschlagen. Ich frage ihn, warum er ausgerechnet diese düstere Stadt im Norden aufsuchen will, wenn gleichzeitig in London der Frühling eingezogen ist. Ach, Holmes, wann werden Sie es endlich lernen, den Wechsel der Jahreszeiten zu genießen? Hinter seinem Vorschlag steckt natürlich die Tatsache, daß sich in den vergangenen Tagen kein neuer Klient hat blicken lassen und auch Scotland Yard ihn noch nicht wieder zu einem Fall hinzugezogen hat.

Nun, warum sollen wir nicht nach Edinburgh gehen? Die Königin hat ihr schottisches Refugium in Balmoral. Viele von uns Londoner, die früher keinen Funken Interesse für dieses Verdruß bereitende Land und seine Bewohner aufgebracht hätten, drängen sich dort nun, als gehöre der Duft der Hochlandheide zu den Notwendigkeiten des Lebens.

Als wir in Charing Cross den Zug besteigen, stelle ich fest, daß auch die deutsche Truppe mit auf Reisen geht. Mein Patient, der Flötist Klaus, trägt seinen Arm in einer Seidenschlinge mit rosagrauem Paisley-Muster. »Welche Vorliebe diese Männer für Seide hegen!« bemerke ich mit einiger Verachtung.

»Sie imitieren Richard Wagner«, erklärt Holmes. »Die Wände seines Zimmers in der Briennerstraße in München sollen ganz mit gelber Seide bespannt sein.« Das Zusammentreffen der vielen verschiedenen Züge in diesem Bahnhof beunruhigt mich. Die Kraft und Größe

der Lokomotiven, die fauchenden Dampfwolken, alles erinnert mich an einen Drachen.
»Vollkommen dekadent«, bemerke ich gereizt. »Je näher wir dem Ende des Jahrhunderts kommen, umso offensichtlicher wird der Untergang der Zivilisation.«
»Wagners Farbwelt«, fährt Holmes ungerührt fort, »besteht aus weiß, rosa und grau. In seiner Münchner Wohnung hatte er überall künstliche Rosen arrangiert. Man sagt, die sanften Farben und die angenehmen Düfte wären für das reibungslose Funktionieren seines hochkomplizierten Geistes unerläßlich gewesen.«
»Ich werde mich niemals wieder über den Gestank von Tabak und übelriechender Chemikalien in der Baker Street beschweren«, erkläre ich, als wir den Zug besteigen.
»Glücklicherweise«, erläutert Holmes, »hat meine Haltung einem Musiker gegenüber weniger mit seiner Natur als mit seiner Musik zu tun. Die Musik ist wie die Mathematik ein Reich für sich selbst, und die Persönlickeit derjenigen, die dies für uns bereithalten, ist eher eine unglückliche Beigabe, und alle echten Musikliebhaber tun gut daran, diese zu ignorieren.«
Da Holmes im Augenblick anscheinend von einem erzieherischen Drang erfüllt ist, beschließe ich, seine Aufmerksamkeit auf die am Fenster vorbeifliegende Landschaft zu lenken, doch sie bietet ihm, ich hätte es eigentlich wissen müssen, wenig Zerstreuung.
Nach einem Halt an einer kleinen Station wird unser Abteil mit einer Familie bevölkert, die vergessen hat, ein eigenes zu reservieren. Sie führen mehrere Kinder im Schlepptau, und Holmes wäre normalerweise davon nicht sehr begeistert gewesen. Wie sich herausstellt, handelt es sich bei dem Herrn mit dem wallenden Bart

um Sir Leslie Stephen. Holmes hat von seinem Projekt, der Herausgabe des *Nationalen Biographischen Wörterbuchs* gehört, und augenblicklich beginnen sie eine intensive Diskussion über diese Arbeit.

»Nur die Toten sollten darin enthalten sein«, schlägt Holmes vor. »Ganz recht. Denken Sie nur an die Streitereien, die folgen, wenn Sie die Lebenden berücksichtigen.«

Sir Leslie Stephens Frau ist trotz ihrer Schwangerschaft außergewöhnlich schön, ihre drei Töchter stehen ihr in nichts nach, Stella, Vanessa und ein pausbäckiges, vierjähriges Mädchen mit Namen Virginia.

Vanessa besitzt ein kleines Notizbuch. Mit Unterstützung ihrer Mutter zeichnet sie Blumenbordüren an den Rand der Seiten.

»Zeig doch Dr. Watson deine Arbeit«, schlägt die Mutter in einer sanften, wunderbaren Stimme vor.

Die kleine Vanessa blättert durch die Seiten ihres Notizbuchs, auf denen sie hübsche, aus stilisierten Blumen bestehende Bordüren gezeichnet hat. Auch mit den anderen Kindern unterhält sich die Mutter auf eine sanfte Weise, besonders aber mit einem kleinen Jungen namens Thoby. Virginia betrachtet die Welt mit kreisrunden, großen Kinderaugen. Sir Leslie und Holmes, die tief in ein esoterisches Gespräch verwickelt sind, lassen die Kinder und Mrs. Stephen vollkommen unbeachtet. Mir tut Mrs. Stephen ein wenig leid. Ihre Schwangerschaft macht das Reisen bestimmt zu einer unangenehmen Angelegenheit.

Als ich hierüber eine Bemerkung fallen lasse, erklärt sie mir, sie würden, wann immer es ihnen möglich wäre, ihren gesamten Haushalt an die Küste verlegen, weil es ihrem Mann so gut bekomme. Wir Ärzte, die wir den

Frauen bei der Geburt beistehen müssen, sind manchmal versucht, die Erzeuger großer Familien als Egoisten zu brandmarken.
Zufällig klopft Sigerson an unsere Abteiltür und tritt ein. Holmes stellt ihn als einen begnadeten Virtuosen vor.
»Papa«, fragt daraufhin Virginia, »was ist ein Virtuose? Ein Zauberer?«
Hierauf reagiert Sir Leslie mit einem strafenden Blick, nicht in Richtung seiner Tochter, sondern seiner Frau, die diese Unterbrechung eines Gespräches unter Erwachsenen zugelassen hat, als ob diese wunderbare Frau das unbekümmerte Kind hätte zurückhalten können.
Sigerson fügt schnell hinzu: »Ein bißchen schon!« und sieht das Kind direkt an. Während er so spricht, greift er in seine Tasche und zaubert einen Pfennig hervor, den er für eine Sekunde in der Hand hält und dann wieder verschwinden läßt. Alle Kinder staunen: »Ah!«
Natürlich habe ich diesen Gag schon öfter gesehen.
»Erlauben Sie, Dr. Watson?« fragt Sigerson mich höflich.
»Sehr gern«, will ich sagen, doch kaum habe ich den Mund geöffnet, als Sigerson einen Ball von meinen Lippen zu zaubern scheint.
»Eine Kirsche!« schreit Virginia.
»Ziemlich ungenießbar«, antwortet Sigerson lächelnd.
Er hat eine leichte Hand mit Kindern. Vielleicht weil er selbst ein wenig kindlich wirkt.
Vor meinen Augen tauchen an seinen Fingerspitzen zwei blaue Bälle auf.
»Wie groß sind die Bälle, die Sie hervorzaubern können?« fragt Virginia.
Sigerson sieht sie begeistert an: »Warum fragst du?«
»Ich würde so gerne einen Ball, der so groß ist wie die

Welt, in der Hand halten«, lautet die Antwort des Kindes.

Ich muß leise kichern, doch Sigerson antwortet ganz ernsthaft: »Vielleicht wirst du das auch eines Tages tun. Auf deine Weise.«

Die Kinder hüpfen vor Vergnügen in ihren Sitzen hin und her. Mrs. Stephen lacht voller Freude. Selbst Sherlock Holmes scheint zufrieden. Nur Sir Leslie Stephen sieht so finster drein, als wolle er sagen: »Humbug!«

Dann wirft Sigerson den Ball in die Luft, fängt ihn und zeigt anschließend seine leere Hand – der Ball ist verschwunden. In seinem Ärmel, da bin ich sicher, allerdings wiederholt er diesen Trick mehrere Male, und niemand von uns kann schnell genug herausfinden, wo er ihn versteckt. Dann zeigt er auf Mrs. Stephens Beutel mit dem Strickzeug und fragt, ob er dort nach den fehlenden, von der Luft anscheinend verschluckten Bällen suchen darf.

»Natürlich«, sagt sie mit strahlendem Gesicht und reicht ihm die Tasche mit Gobelinstickerei. Er öffnet sie (wie mir scheint, hält er sie etwas höher, als unsere Augen sehen können), wühlt darin herum, um anschließend den Kindern den Beutel hinzuhalten. Dort entdecken wir drei leuchtend farbige Bälle.

»Sie liegen in einem Nest aus Wolle«, staunt Virginia, »wie die Eier eines Urwaldvogels.«

Sigerson nimmt einen Ball und reicht ihn Virginia. »Vergiß mich nicht!«

»Vielen Dank, Sir. Sie waren sehr freundlich«, bedankt sich Mrs. Stephen in ihrem liebenswürdigen Tonfall.

»Möchten Sie vielleicht meine Zauberaufführung in Edinburgh besuchen?«

Mrs. Stephen blickt ängstlich zu Sir Leslie, der Frau und Kinder vollkommen ignoriert.
»Ich fürchte, wir können unsere Fahrt zur Küste nicht aufschieben«, lehnt sie traurig ab.
Virginia sieht Vanessa in die Augen. »Ich wäre sehr gern gegangen, du nicht auch, ’Nessa?« fragt sie die ältere Schwester.
Ganz abrupt wendet sich Holmes uns zu. »Was für ein einfühlsames Kind!« bemerkt er. »Nun, wenigstens Sie und ich, Dr. Watson, werden das Vergnügen haben. Das heißt, Herr Sigerson, nur wenn Ihre Einladung an uns alle gerichtet war.«

Die Aufführung findet im St. Andrew Square in Edinburgh am 19. April 1886 statt. Von meinem Aussichtspunkt kann ich alles bestens übersehen. Vor dem rauhen Szenario über der Stadt – der mächtigen alten Burg und dem erloschenen Vulkan – wirkt die Bühne fast zwergenhaft.
Holmes bittet mich, während der Zaubershow von Sigerson und Klaus Notizen zu machen.
»Warum tun sie das?« frage ich.
Holmes’ Antwort klingt fast ärgerlich: »Klaus fordert von Sigerson ständig Geld. Sein Verhalten grenzt beinahe an Erpressung.«
»Erpressung? Das müssen Sie mir erklären!«
»Später, mein lieber Freund, viel später.«
Eine ziemlich bunte Gesellschaft hat sich versammelt, und ich entdecke die Tartans von Stewart, Gordon und McCammon. Da die Nacht recht frisch ist, hätte ich auch gern einen ihrer karierten Umhänge, die entfernt an Decken erinnern.
Dadurch, daß die Bühne im Freien steht, hat die ganze

Veranstaltung etwas Wildes und Ungestümes. Die Nacht ist sehr dunkel, und über uns erheben sich die düsteren schottischen Berge. Im Gegensatz dazu ist die Bühne hell erleuchtet. Von dort aus strömt das Licht auf die Wiese, wo die Zuschauer sitzen oder stehen. Die ganze Atmosphäre hat etwas Bedrohliches für mich, vielleicht wegen der kalten Brise.

Wir bekommen mehrere kleinere Kunststücke präsentiert, bevor Sigerson und Klaus auf einem Podium über einem großen Wasserbottich erscheinen. Die Bühnenbeleuchtung spiegelt sich in Sigersons Kostüm: einem weiten Hemd aus weißem Satin, geschmückt mit einem weichen, fast bis zur Taille fallenden Kragen. Auch die Hosen sind bauschig gearbeitet. An den Knöcheln sind die Hosenbeine zusammengebunden und schließen mit einer Rüschenbordüre ab. Klaus trägt ein eng anliegendes, mit vielfarbigen Straßsteinen besetztes Kostüm. Eine Kiste, die so groß ist, daß ein Mensch Platz darin findet, wird auf die Bühne gebracht. Die Seitenwände sind durchlöchert wie Schweizerkäse.

Klaus hält ein großes Schloß für alle sichtbar hoch. »Mein Freund wird in diese Kiste steigen«, erklärt er, »und ich werde sie verschließen. Danach wird sie zu Wasser gebracht.« In diesem Augenblick hebt jemand aus dem Publikum sein eigenes Schloß mit Schlüssel hoch und besteht darauf, daß es zusätzlich zu der an der Tür hängenden Stahlschlaufe angebracht wird.

Klaus versucht, die Anbringung dieses neuen und unbekannten Schlosses zu verhindern. Sigerson jedoch bedeutet dem Skeptiker, auf die Bühne zu kommen. Der kräftige Schotte reicht ihm das Schloß, was er sehr genau untersucht. Dann nickt er und willigt ein, es hinzuzufügen.

»Ich gestehe«, erklärt Holmes, »ich würde einem solchen Schloß nicht zustimmen. Der innere Mechanismus kann einfrieren oder sonstwie kaputt sein.«
»Dieser Mann dort wird hier ins Wasser gehen!« lautet Klaus' Ankündigung. Er beugt sich runter und verspritzt etwas von dem Naß. »Und wie? Gefesselt? Nun gut, gefesselt!« In eine Seite des Wassertanks ist eine Glasscheibe eingelassen, so daß das Publikum alles mitverfolgen kann.
Klaus bindet Sigersons Hände mit mehreren Knoten hinter dem Rücken fest. Die ganze Veranstaltung hat für mich etwas Französisches so, als würde Sidney Carton die Guillotine erwarten. Die Schwärze des Abendhimmels gibt mir das Gefühl, als habe der Ewige seine Augen vor uns und unserer kleinen Aufführung verschlossen.
Holmes' Kommentar: »Natürlich ist es für einen guten Zauberer keine große Sache, sich aus jeder Art von Knoten zu winden. Ich selbst habe es dabei zu einiger Fertigkeit gebracht.«
Sigerson steigt in die durchlöcherte Kiste, und Klaus verschließt die beiden Schlösser. Dann versenkt er sie mit Unterstützung eines Assistenten im Bottich. Ohne Zweifel dringt Wasser in die Kiste. Durch die Glasscheibe kann ich beobachten, wie die Rüschen an Sigersons Clownskostüm im Wasser treiben.
»Armer Sigerson«, sage ich mitleidig.
»Sigerson ist ein Mensch von außergewöhnlicher Nervenstärke«, erklärt Holmes bewundernd. »Trotzdem frage ich mich, ob er nicht mit dem eigenen Untergang kokettiert.«
»Denken Sie, er könnte ertrinken?« frage ich auf meine praktische Art.

»Normalerweise werden bei diesen Tricks die Fässer sofort verschleiert, damit die Zauberer augenblicklich mit ihrem Befreiungsmanöver beginnen können.«
Mehrere Dudelsackpfeiffer beginnen einen Trauermarsch. Der Bottich wird vor der Menge nicht verborgen, Sigerson sitzt immer noch unter Wasser.
»Wie eine exotische Blüte. Die Blätter treiben in der Strömung«, bemerkt Holmes nachdenklich.
Ich muß gestehen, ich fühle einen wachsenden Drang, in das Geschehen einzugreifen.
Holmes fährt fort: »Was für eine Schande, wenn der begabteste Geiger einer ganzen Generation einfach so ertrinken würde.«
Ich fange an, mit meiner Uhr die Zeit zu stoppen. Eine ganze Minute vergeht, und die Dudelsäcke klagen ununterbrochen weiter. Die Kinder unter den Zuschauern werden unruhig. Eines zieht am Ärmel seiner Mutter und fragt, ob die Darbietung beendet ist. Zwei Minuten sind vergangen, und ganz offensichtlich hat Sigerson noch nicht die Knoten an seinen Handgelenken gelöst, geschweige denn, die Schlösser geöffnet.
»Es ist durchaus möglich, daß diese Tricks mißlingen«, unkt Holmes.
»Klaus steht doch daneben. Er würde seinen Kumpel nicht gefährden«, halte ich dagegen.
»Mein lieber Watson«, fährt Holmes fort. »Sie würden *mich* natürlich niemals ertrinken lassen. Aber Sie können sich wohl kaum vorstellen, wie fahrlässig die meisten Menschen mit der Sicherheit ihrer Freunde umgehen.«
Endlich fällt ein Vorhang. Wieder stoppe ich die Zeit. Klaus steht entspannt an der einen Seite des nun verborgenen Bottichs. Wir dagegen starren ängstlich auf die Bühne.

Inzwischen ist Sigerson ganze vier Minuten im Wasser. Einige Zuschauerinnen scheinen zu frieren. Der Wind spielt mit ihren Spitzenkrägen und Stulpen. Ein Trommler beginnt einen Zapfenstreich. Wie eine Gewehrsalve knallt der Lärm auf die Zuschauer nieder.
»Sigerson ist schon seit fünf Minuten unter Wasser«, fährt Holmes fort, »natürlich kann er wohl kaum den Atem angehalten haben. Er muß ein Hilfsmittel haben, wahrscheinlich ein Röhrchen, durch das er atmet.«
In diesem Augenblick fällt der Vorhang zu Boden, und Sigerson steht tropfnaß auf dem Podium neben dem Faß. Die Menge johlt vor Begeisterung.
»Irgendwie sieht er wie ein hilfloses Tier aus. Mehr wie ein Seehund als ein Mensch«, rufe ich aus. Das Haar klebt an seinem Schädel, und das Gesicht ist vollkommen gerötet und wirkt sehr angestrengt.
»Kommen Sie, Watson!« Holmes ist ärgerlich. »Ich will mit Sigerson und Klaus sprechen.«
Der Bereich für die Artisten ist abgesperrt und wird von einem Helfer bewacht. Eine scharfe schottische Brise, die viel mehr an den Winter erinnert als an den Frühling, bläst uns ins Gesicht.
Ich weise darauf hin, wie schnell Sigersons nasse Unternehmung zu einer schlimmen Erkältung führen kann.
»Ich hoffe, Sie haben unrecht«, antwortet Holmes.
Der Wind bläht die Zeltplanen. Endlich erscheint Sigerson, bekleidet mit dem dunkelgrünen Cordjackett im Dandy-Stil, das er gewöhnlich trägt. Klaus geht neben ihm. Wir können nur Fetzen der Unterhaltung verstehen, doch ganz offensichtlich geht es um Geld.
»Ich bin bei Schmidt im Wort«, drängt Klaus, »und er wird zu Bachaus gehen, wenn ich ihn nicht ausbezahle. Du mußt doch wenigstens etwas Geld bei dir haben.«

»In London habe ich eine Spende gemacht«, antwortet Sigerson.
»Was!« schreit Klaus auf und greift Sigerson bei den Schultern. Er schüttelt ihn, bis Holmes aus dem Schatten hervortritt und ihn zurückreißt. Mit einem einzigen Schlag schickt er Klaus zu Boden. Holmes springt auf den Flötisten zu, packt ihn an seinen Rockschößen und zerrt ihn hoch.
»Was, was soll das?« fragt er verwirrt. »Der große Detektiv in der Rolle eines Bodyguard?« Er wendet sich Sigerson zu. »Wie kannst du es wagen? Wie kannst du unser Geheimnis mit einem Fremden teilen?«
»Sie haben recht, Sir«, bemerkt Holmes sehr kühl. »Wie können Sie es wagen? Sie sind ja vollkommen heruntergekommen. Sie begehen ein Verbrechen, wenn Sie Ihren Partner, der sein Leben und seine Gesundheit für Ihr Taschengeld aufs Spiel setzt, derartig mißbrauchen.«
»Und bitte, Mr. Holmes«, hat Klaus die Unverschämtheit zu fragen, »wo ist denn mein Taschengeld? In *Ihrer* Portokasse?«
Ich vermute, wäre Sigerson nicht dazwischengetreten, Holmes hätte ihn gnadenlos zusammengeschlagen.
»Bitte«, besänftigt er, »der Arm meines Freundes ist noch nicht verheilt. Ich habe Angst, Sie könnten ihn dauerhaft schädigen.«
Holmes schreit Klaus an: »Sigerson wird diesen gefährlichen Trick nicht noch einmal aufführen. Niemals. Ich werde Sie zur Rechenschaft ziehen, mein Herr, wenn er sich jemals auch nur die kleinste Verletzung zuzieht. Sie werden ihn *niemals* mehr ausnutzen.«
Selten zuvor habe ich einen solchen Gefühlsausbruch bei Holmes beobachtet!

Sigerson hustet, und mit einem Blick erkenne ich, wie schlecht ihm diese Aufregung bekommt.
»Holmes«, greife ich ein, »Sigerson ist krank.«
Holmes läßt von Klaus ab, der zu seinen Freunden davonrennt. »Karl, sieh in deiner Jacke nach!« ruft Sigerson ihm nach.
Im Lauf greift Klaus in seine Tasche, wo er zu seiner Freude offensichtlich etwas Geld findet. Zufrieden winkt er uns zum Abschied zu.
»Würden Sie mich auf mein Zimmer begleiten, Holmes?« fragt Sigerson. Er scheint schwach wie ein Mädchen und legt seine Hand vertrauensvoll auf Holmes' Arm.
Holmes befreit sich von der Hand, ist aber erstaunlicherweise nicht brüskiert. Zwischen den Zelten suchen wir uns unseren Weg.
»Nun«, erklärt Holmes, »will ich versuchen herauszufinden, wie Sie den Unterwassertrick gemacht haben, doch Sie müssen mir schon sagen, ob ich richtig liege. Zwei Minuten lang, solange die Zuschauer Sie beobachten konnten, haben Sie den Atem angehalten.« Als wir aus dem Schutz der Zelte treten, beginnt Sigerson fürchterlich zu zittern. »Als dann endlich der Vorhang gezogen war, haben Sie ein flexibles Röhrchen benutzt, das vorher in den Falten Ihres Clownkragens versteckt war. An einem Ende ist sicherlich ein kleiner Korken befestigt, der, sobald Sie ihn mit den Zähnen gelöst haben, an die Oberfläche schwimmt.«
»Erstaunlich«, werfe ich ein.
»Auf diese Weise konnten Sie atmen, während Sie sich mit den üblichen Methoden aus den Fesseln lösten und dann die Schlösser öffneten.«
Sigerson kann nur schwer atmen. Er hustet, und seine

Wangen sind gerötet. »Ich muß zugeben, Mr. Holmes«, räumt er ein, »Sie haben vollkommen recht. Was habe ich für ein Glück, daß nicht auch der Rest der Welt meine schäbigen, kleinen Tricks so leicht durchschauen kann.«

»Im Gegenteil«, versichert ihm Holmes. »Ihre Tricks verlangen ungeheure Fähigkeiten, und mehr noch, sie verlangen Mut. Sollte das Manöver mit dem Röhrchen mal mißlingen, sind Sie schneller erstickt, als Ihr Freund eingreifen kann.«

»Einmal *bin* ich fast ertrunken«, gesteht er. »Das Wasser muß vollkommen ruhig sein oder es dringt in das Röhrchen ein. In Amsterdam aber führte irgend jemand drei Elefanten auf die Hinterbühne. Ihr Gewicht versetzte die Bohlen in Schwingungen und diese wiederum bewegten das Wasser. Ich bin fast erstickt.«

»Und Klaus, hat er Sie befreit?« frage ich.

»Nein. Ich verfügte noch über etwas Luft, deshalb ist es mir gelungen, das Wasser aus dem Röhrchen zu pusten. Anschließend konnte ich weiteratmen.«

Weder Holmes noch ich kommentieren diese Geschichte, doch beide wissen wir, wieviel verzweifelter Energie es bedarf, in einer solchen Situation die letzten Luftreserven für einen bloßen Versuch zu opfern.

»Jetzt treffe ich immer Vorkehrungen, damit das Faß durch nichts erschüttert werden kann«, fügt er hinzu.

»Wie sind Sie darauf gekommen, daß ich eine Atemhilfe an meinem Körper versteckt hatte?«

»Das Kostüm eines Zauberers ist seinem Trick normalerweise angepaßt«, erklärt Holmes. »Deshalb war mir, nachdem ich die weite Bluse mit den vielen Rüschen gesehen hatte, sofort klar, wie sie bei Ihrer Darbietung eingesetzt würde.«

»Dieses Pagliacci-Kostüm erfüllt einen ganz anderen Zweck, Mr. Holmes!«

Holmes ist still. Bevor Sigerson seine Äußerung noch weiter ausführen kann, betreten wir das Hotel Kenilworth.

DAS SCHOKOLADENBRAUNE NOTIZBUCH UND EINE GEDÄCHTNISLÜCKE

Hiermit endete meine Aufzeichnung. Ach, Holmes, mein lieber Freund, Sie hatten angebissen! Ob Sie es wußten oder nicht, Sie hatten die Rolle des beratenden Detektivs längst verlassen! Ihr Herz war beteiligt.

Ich setzte mich und blickte mich in der alten Behausung um. Tatsächlich, warum waren diese Räume oder vielleicht bessere niemals von dem Detektiv und seiner Frau bewohnt worden?

In der Rückschau, mit dem Wissen von Jahrzehnten, konnte ich leicht durchschauen, daß Holmes dabei war, sich zu verlieben, doch war auch er damals in der Lage, es zu erkennen? Wußte er, wohin ihn seine Liebe zur Musik bringen würde?

Eine geschlagene Stunde blätterte ich in den Notizbüchern, bis ich das nächste Glied in der Kette entdeckte. Es war mein altes, schokoladenbraunes Notizbuch, was ich dem *Seltsamen Verhalten von Patienten* gewidmet hatte.

Irgendwann hatte Holmes mich ermutigt, Artikel für den *Lancet* oder das *British Medical Association Journal* zu schreiben. Er glaubte, durch Veröffentlichungen über medizinische Themen könnte ich meine Praxis erweitern und einen gewissen finanziellen Nutzen daraus ziehen. Vielleicht wäre es auch tatsächlich so weit gekommen, doch ich

war immer mehr an der menschlichen Seite meiner Patienten als an ihren Krankheiten interessiert. Schließlich nahm ich das Notizbuch, ging zu dem niedrigen Sessel neben dem Feuer, öffnete den braunen Deckel und begann mit meiner Lektüre. Wenigstens hatte ich, während ich endlos das *seltsame Verhalten der Patienten* wiederholte, die fürchterliche Angewohnheit, im Präsens zu schreiben, aufgegeben.

> Heute hatte ich eigentlich geplant, meine Zelte hier in Edinburgh, diesem für einen Ferienaufenthalt viel zu kalten Ort abzubrechen und nach London, ins Land des Flieders, zurückzukehren! Doch, ach, Holmes betrat mein Hotelzimmer mit der schlechten Nachricht, Victor Sigerson sei sehr krank, und ich müßte ihn besuchen. Selbstverständlich würde ich nicht im Traum daran denken, einem Kranken dieses Anliegen zu verweigern. Holmes fürchtete, es handle sich um eine Lungenentzündung. Trotzdem durchkreuzte die berufliche Verpflichtung meine Aufbruchspläne, und ich befand mich in eher geschäftsmäßiger Stimmung, als ich den Patienten besuchte.
>
> Dieser sah, in der Tat, sehr krank aus. Ein bleiches Gesicht, aus dem die geröteten Augen und Nase hervorstachen. Seine Stimme klang ungewöhnlich hoch. Achtunddreißig Grad Fieber. Feuchte Stirn. Als ich allerdings mein Stethoskop herausholen wollte, um Herz und Lunge abzuhören, lehnte er rundweg ab. Seine Augen blickten fast panisch.
>
> »Können Sie diesen Teil Ihrer Untersuchung nicht einfach übergehen?« fragte er schwach.
>
> »Warum? Ich würde mich für grob fahrlässig halten, wenn ich das täte«, antwortete ich ihm.

»Bitte, Victor«, schaltete sich Holmes ängstlich ein, »Dr. Watson ist ein Mann von größter Diskretion. Man kann ihm trauen. Ich werde selbstverständlich den Raum verlassen.«

»Nein, nein«, wehrte sich Sigerson, unruhig wie ein Kind. »Viel zu viele Menschen wissen inzwischen Bescheid.«

»Ganz ruhig«, beschwichtigte ihn Holmes mit großem Ernst und versuchte, mich zur Seite zu ziehen.

»Kein Wort zu ihm«, schrie Sigerson auf. »Verlassen Sie nicht mit ihm zusammen das Zimmer.«

»Benehmen Sie sich wie ein Mann«, wandte ich mich streng an Sigerson. »Es gibt nichts, wovor man sich bei dieser Prozedur ängstigen sollte. Mein Gott, ich kann kaum glauben, daß Ihre Brust noch niemals zuvor abgehört worden ist.« Ich wedelte mit dem flanellumhüllten Stethoskop in der Luft herum. Sigerson zog sich die Decke zum Kinn und rollte mit dem Kopf auf seinem Kissen hin und her.

»Victor«, sprach Holmes beruhigend auf ihn ein. »Armer Victor«, wiederholte er, wobei seine Hand tatsächlich Sigersons Stirn streichelte. Noch niemals zuvor habe ich an Holmes solch fürsorgliches Verhalten bemerkt.

»Nun hören Sie gut zu«, wandte sich Holmes erneut an den Patienten. »Dr. Watson wird keineswegs schockiert sein. Er wird sich mit Ihrer kleinen Besonderheit zurechtfinden, und es kann Ihnen vollkommen gleichgültig sein, was ich ihm erzähle.«

Sigerson starrte Holmes mit fiebrigen Augen an.

»Anscheinend«, fuhr Holmes fort, »hat Sigerson eine fürchterliche Narbe auf seiner … Brust, ist es nicht so, Victor?«

Der Patient nickte.

»Er möchte nicht, daß Sie oder irgendwer sonst das zu sehen bekommt. Sie ist ihm auf eine ziemlich dumme Weise zugefügt worden, und er hat der Mutter Maria einen heiligen Eid geschworen, er ist nämlich Katholik, daß kein Lebender jemals die Wunde und ihre Narbe zu Gesicht bekommen und ihn womöglich dafür bedauern würde. Deshalb, lieber Freund, würden Sie es bitte möglich machen, daß Ihr Patient seinen Schwur halten kann, indem Sie beim Abhören der Brust die Augen schließen? Lassen Sie sich von Dr. Watson Anweisungen geben, wie Sie das Instrument zu führen haben, Victor. Könnten Sie sich damit einverstanden erklären?«

»Und Dr. Watson ist wirklich vertrauenswürdig?« fragte Victor in einer mitleiderregenden Stimme.

Eigentlich hätte ich verletzt sein müssen, doch er schien so schwach und auf uns angewiesen, daß ich mich beeilte, ihn davon zu überzeugen, meine Augen würden fest verschlossen sein. Holmes verließ das Zimmer.

Und so konnte ich letztendlich doch noch die Brust meines Patienten abhören. Eine Erkrankung der oberen Atemwege. Ich verschrieb absolute Bettruhe, heiße Suppen, Chinin und Acetylsalicylsäure in Pulverform. Was das eigenartige Verhalten von Victor Sigerson betrifft: Ein Mann mit einem teilweise verstümmelten Körper hat sich zu einer Art heiligem Schrein erklärt. Ein Arzt sollte die Gelübde und Geheimnisse seiner Patienten kennen, wenn …

An dieser Stelle reizte mich meine damalige Unwissenheit zu lautem Lachen. Ich fragte mich, ob nicht alle meine, in dem braunen Notizbuch festgehaltenen Fälle auf einem

ähnlichen Verkennen der wahren Umstände beruhten. Wunden auf der Brust, fürwahr! Und wie Holmes die blonde Violet vor der Entdeckung bewahrte! Ach, Holmes, Sie waren verliebt, bis über beide Ohren verliebt – ob Sie es nun wußten oder nicht. Mich wundert nur, daß ich Ihre dummen Ausflüchte nicht sofort durchschaute! Warum aber hatten Sie mir nicht vertraut? Holmes hatte mir doch in tausend anderen Fällen auch vertraut, dort, wo eine Indiskretion viel schlimmere Folgen gehabt hätte – nicht, daß ich überhaupt jemals eine Indiskretion begangen hätte.

Hierüber wunderte ich mich ein wenig. Ich kam zu dem Schluß, daß er nur deshalb so gehandelt hatte, weil er in einer Herzensangelegenheit die Dinge nicht so klar sehen konnte wie gewöhnlich. Andernfalls hätte er mich ins Vertrauen gezogen.

War es möglich, daß ich von Victor oder besser Violet Sigerson angegriffen worden war? Nannerl war allerdings nicht so groß, wie ich Violet/Victor in Erinnerung hatte. Das Alter läßt uns jedoch alle schrumpfen. Ich dachte an Nannerls Augen – grau, durchdringend, schlau. Sie waren mir vertraut erschienen. Ja, die Ähnlichkeit hatte sogar mein Erinnerungsvermögen irgendwie gequält: Nannerl *war* Victor Sigerson. Sie mußte es sein. Hatte Violet Sigerson Holmes' Liebe verschmäht?

Ich sprang aus meinem Sessel auf und rannte durch das Zimmer. Welchen Grund hatte Violet, mir heute zu schaden? Ihre Privatsphäre? Seine? Konnte eine Frau Toby diese Gewalt angetan haben? Als ich an der Tür ein schüchternes Klopfen vernahm, knurrte ich: »Herein!« Nach einigem Hin- und Hergezerre gelang es mir, die Barrikade vor der Tür zu entfernen.

Die Tür öffnete sich zögernd, und herein trat Mary.

»'Tschuldigung, wenn ich störe, gnädiger Herr, doch es

geht schwer auf den Weihnachtsabend zu. Hier's 'ne Kleinigkeit für Sie.« Sie entfernte die Serviette von dem Teller auf ihrem Tablett und zauberte ein geschmolzenes Stück schmackhaften Cheddar-Käses über einem Stück Toast mit herzhaftem Schinken hervor. »Ich geh' jetzt nach Hause. Mrs. Hudson hat gesacht, ich soll fragen, ob Se noch was wollen.«

»Nett, daß Sie fragen. Danke, nein, dies hier wird mir vollauf genügen.«

Sie verschwand ohne ein weiteres Wort. Zu spät murmelte ich »Fröhliche Weihnachten« hinter ihr her. Dieses Mal ließ ich die Tür unverschlossen.

Der Toast war zu heiß, um ihn gleich zu essen.

Es schneite immer noch, die Schneeflocken tanzten gegen mein Fenster. Als ich auf die Straße hinunterblickte, sah ich Mary aus der Tür treten. Mit der Hand an der Mütze kämpfte sie sich gegen den Schneesturm voran. Der Anblick ihrer zierlichen Figur – von hier oben hätte sie ebensogut eine vollkommene Fremde sein können – gefiel mir.

Holmes verliebt! Ich stopfte meine Hände in die Taschen, wo ich mit dem rechten Zeigefinger ein Loch fühlen konnte. Ich war aufs heftigste verwirrt, wie es einem manchmal mit kleinen Dingen geht, wenn man eigentlich von etwas viel Bedeutenderem bedroht wird.

Fast im gleichen Augenblick oder vielleicht auch erst, als mein Finger unvermittelt das Bein durch die Öffnung berührte, erkannte ich, was an meinen Überlegungen falsch war. Victor Sigerson war tot!

Ja, kurz nach den Ereignissen, über die ich eben gelesen hatte, war er gestorben. Ich selbst hatte die Geschichte aufgeschrieben: unsere Begegnung mit Ludwig II., dem König von Bayern. Ich hatte ihr den Titel: »Die Abenteuer des verrückten Königs« gegeben.

Sie war nie veröffentlicht worden. Hatte mich Holmes davon zurückgehalten? Ich konnte mich kaum daran erinnern. Ich setzte mich vor meinen Toast. Der mit einer Prise Paprika verfeinerte Käse war cremig und schmeckte großartig. Ich erinnerte mich, wieviel Anstrengungen es kostete, Holmes von der Veröffentlichung der »Fünf Apfelsinenkerne« zu überzeugen. Das war eine schreckliche Geschichte für ihn, denn sie berichtete über den unglückseligen Tod seines Klienten John Openshaw of Horsham. Ja, und »Der verrückte König« war ein weiterer Bericht über einen unserer Fehlschläge. Mich berührte dieser Fehlschlag wenig (ich sorgte mich um meine Patienten mehr als um Staatsoberhäupter) – doch was hatte er für Holmes bedeutet?

Glücklicherweise hatte ich eine vollständige Akte über alle meine unveröffentlichten Geschichten angelegt. Als ich die Chronik schrieb, war ich natürlich fest davon überzeugt gewesen, daß Victor Sigerson tatsächlich der Mann war, der er zu sein vorgab.

Seine Stimme klang überzeugend männlich. Seine gekrümmte Nase hatte nichts von weiblicher Schönheit. Ich erinnerte mich an seine großen, selbstbewußten Schritte, mit denen er das Londoner Tabakgeschäft betrat. In seinem Hotelzimmer war Sigerson der Meister gewesen, der Holmes anwies, die einzelnen Sätze aus den »Geschichten aus dem Wiener Wald« zu wiederholen. Holmes. Nur zu gern hatte Holmes sich dem gefügt. Wie ein Prinz hatte Sigerson vor uns gestanden, die Geige unter das Kinn geklemmt, den Bogen großzügig führend! Wie konnte ich damals, als ich über Bayern schrieb, anderes annehmen, als daß der Geiger zweifellos ein Mann war.

Ich öffnete die Kommodenschublade und zog begierig »Die Abenteuer des verrückten Königs« hervor.

Die Abenteuer
des verrückten Königs

REISEN ODER NICHT REISEN

An einem schrecklich heißen Tag Anfang Juni 1886 saßen Mr. Sherlock Holmes und ich in unserer Wohnung in der Baker Street und lasen. Gelegentlich faltete einer von uns seine Zeitung und benutzte sie als Fächer. Trotz meines Protestes bereitete sich Holmes eine weitere Kokainspritze.

»Ich werde mich schon bald fühlen, als säße ich im Treibeis«, behauptete er und rollte seinen Ärmel hoch.

»Hier lese ich«, warf ich ein und zeigte auf den Artikel vor mir, »daß Ludwig II. von Bayern ein ganzes Feld mit Salz hat bestreuen lassen. So konnte er sich einbilden, es läge Schnee.«

»Solchen Luxus kann ich mir wohl kaum leisten«, antwortete Holmes.

Seit zwei Wochen befand sich Holmes in einem beklagenswerten Zustand, einer Mischung aus Langeweile und Depression. Während dieser Zeit waren einige Klienten aufgetaucht, doch er schickte sie alle wieder weg. Mir war es gelungen, den Kreis meiner Patienten zu erweitern, doch Holmes' finanzielle Situation war mehr als angespannt.

Um die Spritze wenigstens noch einige Augenblicke hinauszuzögern, richtete ich erneut das Wort an ihn: »Als Sie im Mai in München waren, müssen Sie doch einige hochinteressante Leute getroffen haben.«

»Ja, einen«, seine Augen wurden schmal. »Albert, einen Jungen von ungefähr sieben Jahren.«

Ich hoffte, Holmes in ein Gespräch verwickeln zu können. Deshalb fragte ich, auf welche Weise sich ihre Wege gekreuzt hätten.

»Er war auch ein Geigenschüler«, antwortete Holmes vorsichtig.

»Ein Wunderkind?«

»Nicht im geringsten. Ich hatte eher ein intellektuelles Interesse an ihm. Er besaß einen Kompaß, Watson. Er bat mich, ihm die Kräfte zu erklären, die die Nadel nach Norden weisen lassen.«

»Magnetismus«, erklärte ich.

Holmes wandte sich verächtlich von mir ab. »Diese Antwort kennt jeder«, bemerkte er, »was ich will, lieber Freund, ist eine Analyse dessen, was Magnetismus ausmacht.«

»Ich fürchte, das kann ich nicht.«

»Ebensowenig konnte ich es«, antwortete Holmes düster. »Niemand ist dazu in der Lage. Doch der Junge fragte trotzdem.«

Ich seufzte. Manchmal setzten sich die einfachsten Fragestellungen in Holmes' Hirn dauerhaft fest.

»Ein richtiges kleines Genie mit dem selbstbestimmtesten und objektivsten Verstand, der mir jemals auf dem Kontinent oder in Großbritannien begegnet ist«, fügte er hinzu.

München war offenbar nicht das Thema, um Holmes aufzuheitern. So lenkte ich statt dessen seine Aufmerksamkeit auf das Geschehen in der Baker Street unter unserem Fenster. »Was können Sie mir über die Leute hier unten sagen?« fragte ich. Tatsächlich befand sich nur eine Person in Sichtweite.

»Ein Reiter, würde ich sagen, aufgrund seiner Haltung und Kleidung«, deutete Holmes. »Und ein Fremder. Der teure Lederkoffer in seiner Hand läßt auf einen gesicherten finanziellen Hintergrund schließen. Warten Sie, Watson, er hält ein Stück Papier mit einer Adresse in der Hand.« Normalerweise kündigten diese besorgten Blicke in Verbindung mit einem Adresskärtchen das Erscheinen eines neuen Klienten an.

»Na, dann«, sagte ich leichthin, »sollten Sie sich besser seine Geschichte anhören, bevor Sie sich eine Spritze setzen.«

Holmes zuckte mit den Schultern. »Wenn Sie es sich so sehr wünschen, lieber Freund. Doch ich warne Sie, durch ein kleines Ansinnen, das ebensogut von Lestrade erledigt werden kann, wird mich niemand ablenken.«

Ablenken wovon? Diese Frage lag mir auf der Zunge. *Von Ihrem eigenen Untergang?* Holmes rollte den Ärmel herunter und legte die Nadel in ihren schmalen, plüschbesetzten Kasten zurück.

Schon bald danach fragte ein Herr in mittleren Jahren, wer von uns beiden Holmes sei. Er sprach mit deutschem Akzent. Sein Haar war schwarz und straff nach hinten gekämmt. Vielleicht, weil es irgendwie länger als gewöhnlich war, machte er einen ungepflegten Eindruck. Das dunkelhäutige Gesicht zeigte unverkennbar die Spuren eines lockeren Lebenswandels. Dennoch verfügte der Besucher über hervorragende Manieren.

»Ich heiße Hornig«, stellte er sich Holmes vor, »aus Oberammergau.«

»Ach, ja«, antwortete Holmes, der diesen Namen ganz offensichtlich kannte. »Eine ziemlich lange Zeit waren Sie der Freund Ludwigs II., sind aber seit einigen Jahren in Ungnade gefallen. Ich habe, glaube ich, in einer Zeitung

gelesen, Seine Majestät habe vorgeschlagen, Ihnen bei den Passionsspielen in Oberammergau den Part des Judas zu geben.«

»Das stimmt«, antwortete Hornig mit einem grimmigen Lächeln. Seine Zähne waren auf eine abstoßende Weise verfärbt. »Seine Majestät ist zu der Überzeugung gekommen, ich sei ein Verräter, doch darin irrt er sich. Achtzehn Jahre lang war ich sein Gefährte, und, obwohl er sich um jüngerer Männer willen von mir abgewendet hat, bin ich nach wie vor einer seiner wenigen verbleibenden Freunde.«

»Ein Mann, der versucht, den Sommer in den Winter zu verwandeln, mag sicherlich auch aus Freunden Feinde machen«, erklärte Holmes.

»Ich bin immer noch sehr mit dem König verbunden«, fuhr Hornig fort, dann sah er auf mich und zögerte.

»Vor Dr. Watson können Sie frei sprechen«, warf Holmes ein. »Er ist mein vertrauenswürdiger Kollege und Freund.«

»Diese Angelegenheit betrifft aber den ersten Prinzen Europas«, widersprach Hornig. Ich beobachtete sein Gesicht und war überzeugt, die von Ludwig vorgeschlagene Rolle hätte gut zu ihm gepaßt.

»Sagen Sie uns jetzt einfach, warum Sie hier sind, oder gehen Sie wieder«, erklärte Holmes entschlossen. »Mir ist es vollkommen gleichgültig.« Er seufzte, voll Verlangen danach, mit seiner eigenen Methode den Sommer in Winter zu verwandeln.

»Sie lassen mir ja keine andere Wahl«, bemerkte Hornig. »Kurz gesagt, ich möchte Ihre Dienste in Anspruch nehmen.«

Wir setzten uns hin. Mit einer Handbewegung bedeutete Holmes dem Gast, sein Problem darzulegen.

»Vielleicht haben Sie schon von Ludwigs Leidenschaft fürs Bauen gehört«, begann Hornig. »Schon bald, nachdem er den Thron bestiegen hatte – er war ein sehr junger König, achtzehn Jahre alt und so schön, daß sein Volk ihn anbetete, glänzend braunes Haar, so füllig, daß es seine Schultern umspielte wie – «

»Ich habe schon Bilder des Schwanen-Königs gesehen«, unterbrach ihn Holmes. »Ich ersuche Sie wirklich dringend, mit der Beschreibung seiner Bauvorhaben fortzufahren.«

Hornig bedachte Holmes mit einem so böswilligen Blick, daß ich darüber fassungslos war. Holmes allerdings preßte nur die Fingerspitzen aneinander, streckte die Füße von sich und saß träge und entspannt in seinem Sessel.

»Im zweiten Stock seiner Residenz, mitten im Herzen Münchens, hatte er einen künstlichen See anlegen lassen. Darin befand sich eine Gondel in Gestalt eines Schwans – ein Lohengrin-Motiv. Die Farbe des Wassers ließ sich durch entsprechende Beleuchtung verändern. Ein unsichtbares Orchester spielte auf, während wir auf dem See trieben.«

»Entschuldigen Sie bitte«, unterbrach ich. »Verstehe ich richtig, daß der See im Innern des Schlosses gebaut wurde?«

»Ausschließlich für die private Nutzung, wissen Sie, und die Pflanzen waren so empfindlich. Oh, natürlich wußte das Volk davon. Sie waren begeistert, solch einen ungewöhnlichen und charmanten Prinzen zu haben.«

»In letzter Zeit hat sich das Blatt allerdings gewendet«, bemerkte Holmes.

»Nun, es gab noch viele andere Projekte. Neuschwanstein ist, wie Sie wissen, Wagner gewidmet.«

»Ich habe es einmal von ferne gesehen«, erklärte Holmes. »Ganz in Weiß, mit unzähligen Ecktürmchen verziert, ragt es aus den nebligen Klüften der Berge.«

»Auf Neuschwanstein folgte Linderhof. Das war *mein* Lieblingsschloß. Nachdem wir Versailles besucht hatten, wollten wir auch etwas Ähnliches besitzen – so ganz im französischen Stil. Wissen Sie, er ist ein Verehrer von Marie Antoinette. Er wollte etwas in der Art ihres Petit Trianon, wo sie ihre Schäferspiele aufführte. Wir spielten in Linderhof. Ich wurde zum Meister der Königlichen Ställe ernannt …«

An dieser Stelle räusperten Holmes und ich uns gleichzeitig. Es war wirklich widerlich, wie dieser dunkelhäutige, eher ältliche Mann versuchte, uns ins Vertrauen über seine Beziehung zum König zu ziehen.

»Und außerdem hatten wir einen maurischen Pavillon in der Nähe, falls wir uns als Araber verkleiden wollten, und dann war da noch Hundigs Hütte aus dem ersten Akt der *Walküre*, falls wir Bärenhäute und ähnliches tragen wollten. Das Volk hielt es für den Schlupfwinkel eines reichen Mannes, und das war es auch. Es hat es nicht weiter gestört. Doch dann kam Herrenchiemsee.«

»Auch im französischen Stil«, unterbrach ihn Holmes.

»Oh, ja, sehr französisch. Linderhof war den Nebengebäuden in Versailles nachempfunden, doch Herrenchiemsee hat dieses langgezogene Mansardendach – eine vollendete Kopie des Schlosses, erbaut auf einer Insel mitten im Chiemsee. Wissen Sie, es war nicht einfach, etwas so Großes auf einer Insel zu erbauen. Tausende von Arbeitern schufteten Tag und Nacht. Die Seidenfabriken in Lyon waren ununterbrochen beschäftigt. Allein dreihundert Frauen nähten sieben Jahre, um die Kissen zu besticken. Es war gewaltig und deshalb natürlich auch unermeßlich kostspielig. Das Volk hielt es für die Ausgeburt eines kranken Hirns.«

»Ich muß zugeben, auch mir erscheint er ziemlich verrückt«, bemerkte ich.

»Ja, und dann hatte er an Herrenchiemsee keine Freude mehr, als es fertig war. In einem der Räume hingen allein sieben Porträts des *Roi Soleil*, in einem weiteren acht von ihm selbst. Aber irgendwie war es doch nicht so wie Versailles. Ludwig liebte es, sich so wie Ludwig XIV. zu kleiden, und wir speisten mit einer Ludwig-Büste am Tisch. Allerdings gab es einfach zu wenig Menschen in Herrenchiemsee, um es wirklich französisch erscheinen zu lassen. Die Franzosen sind schrecklich gesellig, wissen Sie. Einmal haben wir einen Phantomball in der *Galerie des Glaces* veranstaltet. Wir haben dreitausend Wachskerzen entzündet, doch als wir in die Spiegel blickten, waren es nur der König und ich, die vorüberglitten. Und der Friseur, der uns immer begleitete.«

»Herr Hornig, ich bitte Sie«, unterbrach ihn Holmes erneut, »Dr. Watson und ich haben nun genug Abenteuer aus Ihrer Vergangenheit gehört. Sie sagten doch, Sie wollten meine Hilfe. Sagen Sie uns, um Himmels willen, was es ist.«

»Der König ist in Gefahr«, erklärte Hornig etwas pikiert. »Er lebt in der Gefahr, die Krone an seinen Onkel Luitpold zu verlieren, und möglicherweise bis an sein Lebensende als Verrückter eingesperrt zu werden, so wie sein Bruder Otto.«

»Mir wird es kaum möglich sein, die zu Stein gewordenen Beweise seiner früheren Launen wieder verschwinden zu lassen«, bemerkte Holmes. »Was für eine Rolle haben Sie mir in diesem Spiel zugedacht? Nicht, daß ich mich danach dränge, jemanden zu retten, der sich zwanzig Jahre lang bemüht hat, Staatseinnahmen auf möglichst extravagante Art zu verschleudern.«

»Der König hat ziemlich unüberlegt eine Reihe von Briefen an die französische Regierung in Orléans geschrie-

ben. Ludwig möchte sich Geld leihen. Im Austausch für ein Darlehen bietet er Bayerns Neutralität im Falle eines weiteren französisch-preußischen Krieges. Bismarck wäre natürlich höchst ungehalten, wenn ihm dies zu Ohren käme.«

Holmes und ich tauschten wissende Blicke; der König war dabei, sein eigenes Grab zu schaufeln.

»Die Briefe sind zwar entworfen, aber noch nicht abgeschickt worden. Ihr Inhalt ist sehr gefährlich für die Franzosen, doch noch schlimmer wäre es, wenn sie Onkel Luitpold in die Hände fielen. Man könnte den König für regierungsunfähig erklären.«

»Ich will Ihnen nichts vormachen – meine Treue gilt mehr dem König als meinem Land. Ich möchte, daß Sie für den sicheren Transport der Briefe nach Frankreich sorgen. Darüber hinaus sollen Sie gemeinsam mit mir über das Schicksal des Königs wachen, und, falls sich sein Onkel Luitpold tatsächlich gegen ihn wendet, müßten Sie mir helfen, ihn über die Grenze zu bringen. Wenn die Briefe nach Frankreich gegangen sein sollten, werden wir ihn auch dorthin bringen; falls er seine Meinung ändert und die Briefe nicht nach Frankreich sendet – sein Onkel Luitpold dann aber einen anderen Vorwand für die Inhaftierung findet –, werden wir ihn nach Preußen bringen. Früher einmal war er Bismarck sehr verbunden, und deshalb wäre er dort sicher. Und falls Bismarck zu verärgert über uns ist, werden wir nach Österreich gehen.«

Einige Augenblicke lang saß Holmes schweigend in seinem Sessel. Als er dann jedoch sprach, klang seine Stimme so gelangweilt wie seit Monaten.

»Sie müssen verstehen, Herr Hornig, ich bin Detektiv. Ich nehme nur die Fälle an, die mich auch wirklich interessieren. Es liegt kein Grund vor, warum ich mich mit dem Schicksal von Ludwig II. beschäftigen sollte. Außerdem bin

ich erst kürzlich in München gewesen und fühle kein großes Bedürfnis, dorthin zurückzukehren.«

Holmes war tatsächlich erst kürzlich in München gewesen – Anfang Mai für ungefähr zwei Wochen. Nach seiner Rückkehr war er besonders niedergeschlagen, und sein Kokainkonsum stieg bedrohlich. Nichtsdestotrotz würde eine Reise seine Stimmung vielleicht ein wenig heben. Deshalb fügte ich schnell hinzu: »*Ich* jedenfalls finde die bayerischen Schlösser besonders eindrucksvoll.«

Holmes seufzte.

»Natürlich könnten Sie die Schlösser besichtigen«, bekräftigte Hornig. »Darüber hinaus kenne ich auch alle Verließe und Verstecke.«

»Warum verhandelt Ludwig leichtsinnig nur für ein Darlehen?« fragte Holmes.

Hierauf zog Hornig einen großen architektonischen Entwurf aus einer Ledermappe hervor. »Er möchte dies hier bauen.« Vor uns lag die Zeichnung eines riesigen, auf einer Bergspitze thronenden gotischen Schlosses. »Es soll Falkenstein heißen«, erklärte Hornig. »Es hat viel Ähnlichkeit mit Neuschwanstein, nur ist es viel höher, viel größer und viel phantastischer.«

»Sie wollen, daß ich Ihnen helfe, den König zu retten, nur damit dieses Ding da gebaut wird?« fragte Holmes.

Hornig entrollte einen weiteren Plan mit einer blauen Tintenskizze. »Dies ist der Chinesische Palast«, erklärte er. Und mit einer eleganten Handbewegung präsentierte er uns einen Byzantinischen Palast.

Holmes brach in Lachen aus. »Was für eine Phantasie«, lachte er meckernd. Er hatte seit Wochen nicht mehr gelacht, und sein Gefühlsausbruch klang alarmierend. »Doch leider wenig Intelligenz.«

»Wenn ich wieder in seiner Gunst wäre, könnte ich

wahrscheinlich Falkenstein verhindern. Ich mag die Höhe nicht besonders, Sie vielleicht?«

»Und mein dritter Dienst würde ohne Zweifel darin bestehen, Ihnen bei der Rückeroberung der königlichen Gunst behilflich zu sein?« warf Holmes ein. Eigentlich machte sich Holmes wenig aus der ihm gebührenden Anerkennung, Hornig jedoch wollte ganz offensichtlich unsere Erfolge allein für sich verbuchen.

»Kennen Sie Inspektor Lestrade?« Ich konnte mich nicht länger zurückhalten.

»Ja, natürlich«, antwortete er. »Lestrade war so freundlich, mir Ihre Adresse zu geben, Mr. Holmes.«

»Wo wir gerade von Lestrade sprechen«, warf Holmes ein, »wenn ich mich nicht sehr täusche, ist seine Stimme gerade in diesem Moment in der Halle unten zu hören.«

Als Lestrade das Zimmer betrat, bemerkte er erstaunt: »Immer noch hier, Hornig? Ich dachte schon, ich hätte Sie verpaßt. Ich muß dringend etwas mit Holmes allein besprechen, falls Sie nichts dagegen haben.«

Nachdem er die Adresse seiner Londoner Unterkunft hinterlassen hatte, verließ uns Hornig.

»Eine ziemlich schmutzige Angelegenheit, nicht wahr?« bemerkte Lestrade.

»Soviel ich weiß, haben Sie mich ihm empfohlen«, entgegnete Holmes.

»Genau das tat ich. Das ist eine große Sache, Holmes. Eine ziemlich große sogar. Einige Leute im Kabinett hoffen, daß Sie sich damit befassen werden.«

»Was genau wollen Sie damit sagen?«

»Es liegt im englischen Interesse, Mr. Holmes, Europa so zersplittert wie möglich zu halten. Wenn Frankreich Ludwig ein großes Darlehen gibt, wäre das ein Schlag gegen Bismarck und die deutsche Vereinigung. Preußen ist

mächtig, und dennoch ist es auf Bayern angewiesen. Falls Bayern zum Feind wird, gerät das deutsche Kaiserreich ins Wanken. Diese Idee gefällt uns.«

»Uns?«

»Einigen von *denen*. Von ganz oben.«

»Es widerstrebt mir, einem ausländischen Prinzen zu Diensten zu sein, der zwanzig Jahre lang ein unglaubliches Verhalten an den Tag gelegt hat.

»Die Aufregung um ihn scheint sich ein wenig beruhigt zu haben«, fuhr Lestrade fort. »Wie wir hören, ist er einsam. Er lebt vollkommen zurückgezogen – nur ein oder zwei Freunde sind bei ihm. Er ist fast eine tragische Figur. Hornigs Platz ist von einem Major namens Hesselschwerdt eingenommen worden. Für den Kunstgenuß hat er den ungarischen Schauspieler Josef Kainz in seiner Nähe und den Geiger Victor Sigerson.

»Sigerson!« Holmes war wie vom Donner gerührt.

»Ja«, sagte Lestrade und musterte Holmes neugierig.

Ich konnte sehen, wieviel Mühe es Holmes kostete, sich zu beruhigen. Dann wandte er sich mit gespielter Nonchalance an Lestrade und erklärte, da *ich* das Reisen liebte und bestimmte Kräfte im Kabinett sein Eingreifen wünschten, hätte er sich entschlossen, nach Bayern zu reisen.

Nachdem Lestrade uns verlassen hatte, meinte Holmes, zu mir gewandt: »Ich fürchte, wenn Ludwig II. sein Interesse an unserem Freund Victor Sigerson entdeckt hat, ist er in großen Schwierigkeiten.«

»Wie ich hörte, hat Ludwig eine Vorliebe für Musiker«, entgegnete ich.

»Ich bilde mir nicht ein, alles über Sigerson zu wissen«, erklärte Holmes, »ich halte ihn jedoch nicht für degeneriert. Wir werden sofort unsere Sachen packen. Auf zum Dover Expreß.«

EINE TEEGESELLSCHAFT IN LINDERHOF

Das Gut Linderhof mit seinen Wäldern liegt in dem Schwanenland Bayern, nicht weit von Oberammergau. Während wir durch das Land reisten – zunächst mit dem Zug, dann mit der Kutsche und zuletzt zu Fuß –, wurde es immer deutlicher, warum es das Schwanenland genannt wird, denn beinahe jeder See beherbergt diese majestätischen Vögel. Wie in England kann sich nur das Königshaus ihren Besitz leisten, und niemand würde im Traum daran denken, sie zu schießen. Die Wälder allerdings waren voller Wild, und als wir zu Fuß weitergingen, konnten wir in den Zweigen der Bäume heftiges Flügelschlagen hören. Begleitet wurden Holmes und ich von Hornig, unserem unschätzbaren Führer, der alle Pfade durch dieses wilde, schroffe Gelände kannte, wo alles bergan zu laufen schien.

Schon bald hatten wir eine Gartenlandschaft erreicht. Vor uns lag das Schloß, umgeben von breiten Alleen, die von phantastisch geschnittenen Hecken – meist in Form von Schwänen und Pfauen – gesäumt wurden.

Die Außenanlagen waren in Anlehnung an das Rokoko gestaltet. Ein Giebeldreieck mit kunstvoll geschnitzten Figuren schmückte die Frontseite, doch mein Blick verfing sich an einer goldenen Kutsche vor dem Eingang, mit sechs federgeschmückten, weiß schimmernden Pferden.

»Laufen wir nicht Gefahr, Ludwig zu begegnen?« fragte Holmes. »Mir scheint, als wolle er auf Reisen gehen.«

»Oh, nein«, antwortete Hornig, »die Kutsche steht immer abfahrtsbereit.«

Ganz so, als wäre er der Herr im Haus, eilte Hornig wie selbstverständlich die Stufen hinauf und trat durch die Eingangstür, die vollkommen unbewacht war. Holmes und ich folgten ihm in die Empfangshalle, über der majestätisch eine Reiterstatue von Ludwig XIV. wachte. Die Wände waren mit bourbonischen Lilien verziert. Alle Möbelstücke waren von ausgesuchter Qualität – Samt, Bronze und Marmor. Wir hörten, wie sich uns Schritte näherten. Hornig war keineswegs erschreckt, als ein großer, schlanker Mann mit blonden Haaren in die Halle trat. Ebensowenig war dieser überrascht, Hornig zu sehen, der den Hinzugekommenen als Alfons Welcker vorstellte. »Dies ist Sherlock Holmes. Er wird uns helfen, die Interessen des Königs zu wahren«, erklärte er, »und Dr. Watson, sein ständiger Begleiter.«

»Wir könnten vielleicht auch einen Arzt gebrauchen«, kommentierte Welcker.

»Sehen Sie«, Hornig sah uns an, »auch Alfons hat wie ich nur das Wohlergehen des Königs im Auge.«

»Sagen Sie«, Holmes wandte sich an Welcker, »ist der Geiger Sigerson auch hier?«

Welcker tauschte vielsagende Blicke mit Hornig. »Sigerson ist nicht unbedingt einer von uns«, erklärte Welcker. »Ich weiß nicht, ob man ihm trauen kann. Mögen Sie ihn?«

»Ich wäre sehr verärgert, wenn Sigerson irgendwelche Unannehmlichkeiten entstehen würden«, wandte Holmes ein.

»Sie mögen ihn *tatsächlich*«, entgegnete Welcker. »Nun, er scheint nicht fürchterlich glücklich hier. Er möchte nach

München zurück und Geigenunterricht geben. Er ist einer von denen, die Kinder mögen, Sie verstehen, was ich meine?«

»Ich bin sicher, Sie mißdeuten Sigersons Charakter«, entgegnete Holmes scharf. »Dr. Watson und ich können jederzeit für ihn bürgen.«

Tatsächlich war mir Sigerson immer etwas eigenartig erschienen, und ich mochte ihn nicht besonders. Doch ich war glücklich, daß Sigersons Sicherheit Holmes so naheging, denn sein Interesse zeugte von größerer geistiger Gesundheit als die Melancholie der letzten Wochen.

»Nun, der König hält seine Musiker wie Tanzbären an einer Leine. Ich hoffe nur, Sigerson erwartet nicht, mich ersetzen zu können«, brachte Welcker beleidigt hervor.

»Ich habe nicht den geringsten Zweifel, daß diese Vorstellung ein Alptraum für ihn ist«, erklärte Holmes.

»Wo sind sie jetzt?« fragte Hornig.

»Sie sind im Pavillon. Der Major ist bei ihnen. Ich bringe Sie hin«, antwortete Welcker.

Kurz darauf linsten wir durch die Blätter der Orangenbäumchen, die in großen Kübeln um den Pavillon standen. Um einen Tisch mit Kaffeetassen – das würzige Aroma des türkischen Kaffees und der Rauch aus den langen Pfeifen wehte zu uns herüber – saßen drei Gestalten, von denen die schillerndste an Ludwig XIV. erinnerte.

»Das ist Ludwig«, erklärte Hornig.

Neben ihm befand sich eine Büste von Marie Antoinette. Ludwig hielt ihr eine Tasse Kaffee an die Lippen, als würde sie einen Schluck davon trinken wollen.

»*La sainte-reine*«, murmelte Ludwig, »auf Eure Gesundheit. Und ein langes Leben. Möge es voller Trauer sein. Köstliche Trauer.«

Seine Worte verflüchtigten sich unter der Weite des Himmels, der sich unendlich über den Teetisch erstreckte. Die Berge um uns herum schienen karg und weit entfernt. Niemals habe ich eine so einsame Stimme gehört, voll solch trauriger Torheit.

Ludwig trug ein herrliches Kostüm aus golddurchwirktem Satin, über und über mit bourbonischen Lilien bedeckt. Eine kastanienbraune Lockenperücke floß über seine Schultern. Neben ihm saß ein fettleibiger, als Araber verkleideter Mann, Hesselschwerdt. Sowohl Hornig als auch Welcker schienen ihn nicht zu mögen, ja ihn sogar zu fürchten.

»Schauen Sie sich nur seine Manieren an«, flüsterte Welcker. Mit Riesenbissen stopfte Hesselschwerdt eine fette Wurst in sich hinein. Der König aß ein appetitliches Cremetörtchen.

Die dritte Person am Tisch war Victor Sigerson. Er trug Kniebundhosen und eine kleine weiße Perücke mit einem schwarzen Seidenband. »Der König wünscht, daß er Mozart ähnelt«, flüsterte mir Holmes ins Ohr. Auf Sigersons Gesicht lag ein Gemisch aus Langeweile und Angst. Eine große Cremeschnitte lag von der goldenen Gabel unberührt auf dem Teller vor ihm.

»Falls Sie das nicht essen wollen«, wandte sich Ludwig an ihn, »Marie Antoinette würde es wahrscheinlich gern haben.«

»Sehr gern«, entgegnete Sigerson und zog seinen Stuhl näher an die Büste heran. Ich zweifelte an meinem Verstand. Ganz ernsthaft führte Mozart-Sigerson eine volle Kuchengabel zu den Lippen der Statue. Nachdem die Gabel dort einige Momente verharrt hatte, öffnete Ludwig seinen Mund, wobei er gleichzeitig angestrengt in eine andere Richtung blickte, und Mozart stopfte den Kuchen in

des Königs Mund! Er kaute voll Genuß und schluckte. Dieses Ritual wiederholte sich noch mehrere Male.

»Geben Sie ihr doch einfach Brot«, schlug Hesselschwerdt mit einem grausamen Lächeln vor.

Ludwig klatschte in die Hände, und ein Diener erschien. Er war in eine weiße arabische Robe gehüllt, und sein Gesicht war hinter einer fremdartigen, ebenfalls weißen Maske verborgen, so daß kein Zentimeter Fleisch oder Haar hervorlugte. Als ich Hornig fragend anblickte, erklärte er, dies sei ein Diener, den Ludwig für häßlich halte, deshalb schütze die Maske seine Majestät vor dem Anblick des störenden Gesichts. Warum der Diener nicht einfach ausgetauscht worden war, erfuhr ich nie. Sekunden später kehrte der Diener mit einem Baguette zurück, das Hesselschwerdt in Stücke riß, diese der Königin anbot, um sie anschließend zusammen mit seiner Wurst zu essen.

Angesichts dieser erstaunlichen Vorgänge hatte ich meinen Freund Holmes beinahe vergessen. Nun legte er mir seine Hand auf die Schulter. Sie zitterte. Als ich in sein Gesicht sah, waren die Adern an seinen Schläfen deutlich sichtbar. Irgendwie hatte ich angenommen, Holmes wäre von diesen harmlosen Launen eher belustigt als verärgert, doch genau das Gegenteil war eingetreten.

»Ich sorge mich um Victors Sicherheit«, flüsterte er.

»Ist es nicht Zeit«, fragte Ludwig seine Freunde, »eine Gedenkmesse für die Königin zu lesen? Ich denke, dieses Jahr sollte eine kleine Guillotine auf dem Altar stehen.« Er klatschte in die Hände, und wiederum erschien der arabisch gekleidete Diener, nahm den Befehl entgegen und entfernte sich auf dem Gartenpfad.

Holmes flüsterte erregt in Welckers Ohr, und, nachdem sie Hornig und mir mit Handzeichen zu bleiben bedeutet hatten, folgten beide dem Diener.

»Hesselschwerdt«, fragte der König, »hätten Sie etwas dagegen, mir einen winzigkleinen Gefallen zu erweisen?«

»Und was?« gab Hesselschwerdt ziemlich rüde zurück.

»Wie kann er es wagen, den König derartig zu behandeln!« zischte mir Hornig ins Ohr.

»Ich habe einige Briefe geschrieben, die nach Frankreich müssen, doch ich kann in dieser Zeit wirklich niemandem trauen, denken Sie nicht auch?«

»Jedermann liebt Eure Majestät«, brachte Hesselschwerdt wenig überzeugend hervor.

»Was denken Sie, mein schöner Mozart?« fuhr der König fort.

»Ich würde zu Diskretion raten«, antwortete Sigerson verbittert. »Doch warum fragen Sie mich um Rat? Ich bin nichts als ein mittelmäßiger Musiker, der von seinen Schülern in München benötigt wird.«

»Nun, wenn Sie nach München fahren«, wandte sich Ludwig noch einmal an Sigerson, »würde es Ihnen etwas ausmachen –«

»Halt!« unterbrach Hesselschwerdt. »Sie waren dabei, mich um einen winzigen Gefallen zu bitten, und nun bitten Sie auch ihn und zwar direkt vor meiner Nase! Ich bin schockiert und verletzt zugleich.«

»Ich würde Ihre Briefe liebend gern nach München bringen«, wandte Sigerson ein. Er zog sich die Mozartperücke vom Kopf und legte sie auf den Tisch.

»Sehen Sie doch, was für ein hübscher Mann er ist!« Ludwig verhöhnte Hesselschwerdt.

»Er will einfach nur ausreißen«, gab der Major zurück.

»Hmmm. Vielleicht haben Sie recht. Nun, würden dann Sie, mein tapferer Soldat, mein Kurier, mein Hesselschwerdt, die Verantwortung für die Briefe übernehmen?«

Er überreichte Hesselschwerdt ein schmales Bündel aus

Briefumschlägen, die durch ein violettes Samtband zusammengehalten wurden.

»Ich bin überglücklich, daß Sie sich so entschieden haben«, bemerkte Hesselschwerdt. »Und Bismarck geschieht es nur recht. Er hätte uns ja ein Darlehen geben können – schließlich haben Sie ihn zuerst gefragt.«

»Ich habe beinahe jeden gefragt«, antwortete der König traurig, »den Schah von Persien, die Rothschilds, die Erlangers.«

In diesem Augenblick kehrte der Diener zurück. Tatsächlich war er schon zu hören, bevor wir ihn sehen konnten. Er summte ziemlich laut vor sich hin, eine Melodie, die ich kannte – »Geschichten aus dem Wienerwald«.

Sigerson sprang auf und schaute sich aufmerksam um. Nachdem der Diener dem König serviert hatte, ging er ebenso laut summend von dannen. Diese Melodie erkannte ich allerdings nicht.

»Wissen Sie«, schlug Sigerson vor, »ich würde gern einen kleinen Spaziergang unternehmen, falls Sie nichts dagegen haben.«

»Wenn Sie versuchen, wegzulaufen«, drohte Ludwig, »werde ich Ihnen einen Finger abschneiden lassen.«

Unbewußt schnappte ich nach Luft. Alles wirkte so freundlich, wie sie dort im Sonnenschein ihren Tee nahmen. Und plötzlich wurde diese herzlose Drohung ausgesprochen, ohne die geringste Spur von Fröhlichkeit.

»Und ich würde gern direkt nach München reisen«, erklärte Hesselschwerdt, während er vom Tisch aufstand.

»Und ich bleibe ganz allein zurück«, beschwerte sich Ludwig. »Sigerson, holen Sie Ihre Geige und spielen Sie für mich. Sie können später spazierengehen.«

Eine ziemliche Weile mußten Hornig und ich tief unter die Zitrusbäume kriechen, doch als Sigerson zu spielen be-

gann, konnten wir uns davonschleichen, um Holmes und Welcker im Garten zu treffen. Holmes befreite sich gerade aus den arabischen Gewändern.

»Holmes!«, rief ich erstaunt aus. »Das waren Sie?«

»Ja, Watson. Hat sich irgend etwas von Interesse ereignet, bevor ich die Bühne betrat?«

Ich berichtete, wie Hesselschwerdt die belastenden Briefe übergeben worden waren.

»Kann man Hesselschwerdt trauen?« fragte Holmes.

Hornig und Welcker tauschten einen vielsagenden Blick und antworteten dann einstimmig: »Nein!«

»Bitte folgen Sie ihm, Mr. Holmes«, bat Hornig.

»Ich kann nicht«, lehnte Holmes ab, »ich habe eine andere Verabredung.«

»Nein«, entgegnete Hornig sehr ernst. »Das können Sie nicht tun. Sie sind aus eben diesem Grund von mir engagiert worden.«

»Ich muß einen Augenblick mit Dr. Watson sprechen, und zwar allein«, forderte Holmes.

Wir zogen uns auf die andere Seite des laut plätschernden Springbrunnens zurück. »Watson, ich muß Sie bitten, Hesselschwerdt zu folgen. Ich habe ein Treffen mit Sigerson verabredet, und ich darf diese Verabredung nicht versäumen.«

»Mit Sigerson verabredet? Wie?«

»Durch mein Summen. Zuerst habe ich ihn von meiner Anwesenheit in Kenntnis gesetzt, indem ich eine Melodie summte, die ich ihm, wie ich fürchte, auf der Geige schon ziemlich erbärmlich präsentiert habe.«

»Ich habe wohl bemerkt, daß der Diener die ›Geschichten aus dem Wienerwald‹ gesummt hat«, warf ich ein. »Doch ich konnte nicht sehen, daß Sie ihm danach eine Mitteilung zugesteckt haben.«

»Weil ich ihm gar keine gegeben habe, deswegen. Ludwig hat doch zu seinem Vergnügen eine Kopie von Hundigs Hütte aufstellen lassen. Indem ich Hundigs Leitmotiv summte, habe ich Sigerson bedeutet, ihn so schnell wie möglich dort treffen zu wollen.«

»Großartig«, ich war voller Bewunderung.

»Natürlich möchte ich nicht, daß Hornig und Welcker davon erfahren.«

So kehrten Holmes und ich zu den beiden zurück. Holmes betonte, Hornig und ich sollten dem Major folgen. Er gab uns kaum Anweisungen, was genau zu tun sei. Sein ganzes Interesse galt nur seinem Treffen mit Sigerson.

Für Welcker war es einfach, uns aus den Linderhof-Stallungen Pferde und eine Kutsche zu besorgen, und kurz darauf waren Hornig und ich auf dem Weg nach München, dem Major eng auf den Fersen. Wie sich allerdings herausstellen sollte, blieben wir nur bis Oberammergau zusammen, wo uns ein unvorhergesehenes Ereignis zwang, unsere Reisegemeinschaft aufzugeben.

Hornig, der über Holmes' Abwesenheit sehr verärgert war, redete während der Fahrt pausenlos. Sein dunkles Antlitz war sehr lebhaft, nur daß die Gesichtszüge von einer häßlichen Fratze in die nächste überglitten. An irgendeinem Punkt hatte er die Kühnheit zu behaupten, Sigerson sei im Begriff, mich aus Holmes' Zuneigung zu verdrängen. »Ich kann die Zeichen lesen, ich kenne mich mit diesen Dingen aus«, prahlte er.

Ich verbot mir weitere dieser bösartigen Anspielungen über Holmes' Beziehung zu Sigerson. Geschweige denn über mich. Holmes hatte immer besonderes Interesse an bestimmten Musikern gezeigt. »Ebenso wie Ludwig«, spöttelte Hornig.

Als wir Oberammergau erreichten, sahen wir, daß Hesselschwerdts Kutsche an einem Gasthaus Halt gemacht hatte, so taten wir desgleichen. Da der Major mich nicht kannte, betrat ich die Gaststube, um ihn im Auge zu behalten. Dort konnte ich beobachten, wie Hesselschwerdt die Korrespondenz an zwei Herren übergab.

Einer der Hinzugekommenen, offensichtlich ein Mann von hohem Rang, wurde mit Graf Holnstein angesprochen. Der andere war ein kräftiger Mann, ein Arzt, ein gewisser Dr. Gudden. Ich beschloß, Hornig sofort Bericht zu erstatten.

Trotz seiner angespannten Nerven ertrug Hornig meine Beschreibung des Grafen Holnstein mit Gleichmut. Als ich aber den Arzt erwähnte, rief er aus: »Dr. Gudden ist der Leiter der Münchner Irrenanstalt!«

Er müsse den König retten, rief er und rannte leichtsinnig in die Gaststätte, ohne daß ich ihn aufhalten konnte. Ich stand an der Tür und mußte hilflos beobachten, wie Hornig die Briefe aus Holnsteins Hand zu reißen versuchte. Der Graf rief nach seinen Begleitern, gab kurze Befehle, und Hornig wurde ganz offensichtlich in Arrest genommen. Ich schlich mich davon, um Holmes von dieser Entwicklung der Dinge Bericht zu erstatten. Obwohl mir nichts ferner lag, als an Holmes' Vorgehen Kritik zu üben, fragte ich mich, ob sein Treffen mit Sigerson ein kluger Schritt gewesen war.

Es war später Nachmittag, als ich nach Linderhof zurückkehrte und mich zu Hundigs Hütte vorarbeitete. Da ich mich der Hütte von hinten näherte, konnte ich durch ein schmales Fenster hineinsehen. Holmes saß mit dem Rücken zu mir direkt vor der Tür. Die langen Beine hatte er vor sich gekreuzt und die Hände hinter dem Kopf gefaltet. Ich wollte gerade an das Glas klopfen, um ihm meine

Anwesenheit zu verraten, als sich die Tür öffnete und Sigerson hereinstürmte. »Ich bin ein Gefangener hier«, schrie er mit einer Stimme, die ungefähr eine Oktave höher als normal klang. Zu meinem Erstaunen ließ er sich in Holmes' Arme fallen und schluchzte wie eine Frau. »Ich habe solche Angst, daß ich nicht zu schlafen wage.« Wie eine Mutter hielt Holmes ihn und sprach tröstend auf ihn ein. Dieser Anblick erstaunte mich dermaßen, daß ich meinen Blick abwenden mußte.

Da ich mich wie ein Eindringling fühlte, zog ich mich vorsichtig von der Hütte zurück. Ich muß gestehen, daß mich das gerade Erlebte ziemlich verwirrte. Ein Mann, der in Holmes' Armen schluchzte!

Mein Rückzug erwies sich als gnädige Fügung, denn so bemerkte ich, wie sich Ludwig und Welcker, beide mit Bärenfellen bekleidet, der Hütte näherten. Sie wurden von vier bis fünf Bediensteten begleitet, die Trinkschläuche, riesige Obstschalen und ein triefendes Spanferkel trugen. So schnell ich konnte, rannte ich zurück. Als ich die Hütte betrat, saßen Sigerson und Holmes einander an einem roh gezimmerten Tisch gegenüber, offensichtlich in ein ernsthaftes Gespräch vertieft. Ich sagte nur: »Ludwig ist auf dem Weg!«, und beide sprangen augenblicklich auf.

»Ich darf die Geige nicht vergessen«, rief Sigerson.

Während er aus der Tür stürmte und in Richtung Palast lief, verbargen Holmes und ich uns in dem nahegelegenen Wäldchen. Als wir uns sicher versteckt hatten, berichtete ich, wie Hornig und die Briefe aufgehalten worden waren.

»Die Angelegenheit ist also sehr ernst«, bemerkte Holmes. »Es würde mich nicht wundern, wenn man schon bald gegen Ludwig vorginge.«

Ich nickte zustimmend und schwieg.

»Kein sehr angenehmer Ausflug für Sie, oder?« fragte

Holmes. Seine scharfe Beobachtungsgabe hatte ihn meine Verwirrung entdecken lassen.

»Es ist ein eigenartiges Land«, antwortete ich.

»Ja, Sie sehen aus wie jemand, der etwas Unerwartetes, wenn nicht gar Schockierendes gesehen hat.«

Ich wußte kaum, wie ich das Thema anschneiden sollte. »Ich war erstaunt, Sigerson weinen zu sehen«, erklärte ich.

»Dann, mein lieber Watson, muß ich Ihnen etwas erklären. Die Person, die Sie gesehen haben, war nicht Victor Sigerson, sondern seine Zwillingsschwester.«

Ich schnappte nach Luft: »Die Ähnlichkeit ist überaus erstaunlich.«

»Victor hat ihr seine Kleider geliehen, wie Sie sehen konnten.«

»Sollte man sie nicht besser nach Hause schicken?«

»So sollte es sein, und ich habe es bereits erledigt«, fuhr er fort. »Es wäre unmöglich, beide zu retten, und so müssen wir uns damit zufrieden geben, Victor mit nach London zu nehmen.«

»Zurück nach London!« wiederholte ich und fragte mich, warum man Sigerson nicht einfach mit dem Mädchen schicken konnte.

»Sigerson hat mir durch seine Schwester die Nachricht überbringen lassen, daß er mit uns kommen will.« Holmes begann auf dem Waldboden hin und her zu wandern.

»Sollten wir Ludwig nicht warnen, daß seine Briefe aufgehalten worden sind?«

Holmes stimmte meinem Vorschlag zu, wenn auch, wie mir schien, nur mit äußerster Zurückhaltung. Noch niemals zuvor hatte er einen Fall übernommen und sich anschließend so wenig darum bemüht, zu einer zufriedenstellenden Lösung zu kommen! Für das Schicksal von Victor

Sigerson zeigte er großes Interesse, für das des Königs Ludwig II. von Bayern fast gar keines.

Und genau dies sagte ich Holmes.

»Sie haben den König genauso wie ich gesehen«, antwortete Holmes traurig. »Was ist Ihre Meinung als Arzt?«

»Er ist geistesgestört«, erklärte ich. Der Anblick der Teegesellschaft von drei ausgewachsenen Männern, die sich wie kleine Mädchen gaben, erschien erneut vor meinem inneren Auge und schien mir in der Erinnerung noch bedrohlicher als in der Realität.

»Ich bin nicht der Meinung, ein Geisteskranker sollte an der Macht bleiben«, wandte Holmes ein. »Auch Georg III. von England hat einmal eine Rotbuche im Park von Windsor für den preußischen König gehalten, doch wir Briten haben unseren wenig kompetenten König mit einer Reihe sehr fähiger Minister umgeben. Aber schauen Sie sich Ludwigs Ratgeber an! Sein Friseur hat offensichtlich die Macht eines Kabinettsmitgliedes.«

»Gibt es denn gar nichts, was wir für ihn tun können?«

»Was würden Sie vorschlagen?« fragte Holmes.

Ich wußte keine Antwort.

Nichtsdestotrotz verkrochen wir uns in dem Wäldchen bei Hundigs Hütte und warteten auf das Ende des Gelages. Ludwig trat unterdessen mehrere Male aus der Hütte und verschwand in den Büschen.

Endlich erschien Welcker allein, und diese wenigen Augenblicke nutzten wir, um ihm das Schicksal seines Freundes Hornig vor Augen zu führen. Doch Welcker war zu betrunken vom Met, als daß er hätte verstehen können, was wir sagten. »Hornig ist von Graf Holnstein gefangen genommen worden. Dr. Gudden ist entschlossen, den König in eine Münchner Irrenanstalt einzuweisen!« wiederholte Holmes und schüttelte ihn.

»Nein«, antwortete Welcker. Er schien sich zu fangen. »Eher gehen der König und ich nach Neuschwanstein.«

»Dann sollten Sie sich auf den Weg machen«, schnauzte Holmes ihn an.

EINE VERFOLGUNGSJAGD IN DEN BERGEN

Nachdem wir unsere Warnungen überbracht hatten, kehrten Holmes und ich zum Pavillon zurück, wo wir Sigerson um Mitternacht treffen sollten. Holmes schien ziemlich aufgeregt zu sein. Mehrmals begann er eine Unterhaltung und beendete jede ebenso abrupt. Die Ehe von John Stuart Mill mit seiner Frau Harriet schien ihn zu beschäftigen. »Eine durch und durch fruchtbare Gemeinschaft«, erklärte er. »Sie waren geistesverwandt, als wären sie Bruder und Schwester.« Ich hatte den Eindruck, Holmes wollte etwas Bestimmtes besprechen, doch jedes Mal, wenn er sich auf ein Thema eingelassen zu haben schien, wechselte er es wieder.

Auf diese Weise verbrachten wir den langen Abend, während wir auf Sigerson warteten. Der fast volle Mond erschien in einer Ecke des Fensters, durchwanderte es und verschwand. Zu irgendeinem Zeitpunkt hörten wir Hufgetrappel, und Holmes unternahm einen kleinen Ausflug zur Erkundung. Als er zurückkam, berichtete er, der König, Welcker und ein in weite Kleider gehüllter Diener hätten die königliche Kutsche bestiegen.

»Eine ungewöhnliche Zeit für eine Reise«, bemerkte ich.

Holmes erinnerte mich an Ludwigs Vorliebe für nächtli-

che Ausflüge durch die Berge. »Manchmal macht er bei einfachen Bauern Rast und hinterläßt zum Dank einen riesigen Topf mit Lilien.«

»Hat er die Kutsche mit Lilien beladen lassen?«

»Nein, aber der Diener trug die Büste der Marie Antoinette.«

Holmes schien über irgend etwas nachzudenken und sagte schließlich: »Ich denke die ganze Zeit, daß der Diener die Büste auf eine eigenartige Weise getragen hat, nämlich verkehrt herum. An was erinnert Sie das, Watson?«

»Verkehrt herum?«

Holmes sprang auf die Füße. »Ein Zeichen äußerster Verzweiflung! Kommen Sie, Watson«, befahl er. »Wir müssen zum Schloß.«

»Aber Sigerson kann jeden Augenblick kommen«, protestierte ich.

»Ich fürchte«, erklärte Holmes grimmig, »daß er schon weggefahren ist.«

Während wir zum Palast jagten, beschimpfte sich Holmes, die Verkleidung selbst ins Spiel gebracht zu haben, die jetzt dazu benutzt worden war, Sigerson zu entführen.

Der Vollmond schien auf die Rokokofassade des Schlosses. Unsere langen Schatten folgten uns auf den Fersen, als wir die Allee überquerten. Ich glaubte hinter uns Fußtritte zu hören, doch als ich zurückblickte, sah ich nur den Pavillon, der wie unwirklich von der Nacht schon halb verschluckt schien. Holmes rannte direkt auf die Eingangstür zu. Sie war verschlossen. Als er sie mit einem Draht zu öffnen versuchte, sahen wir plötzlich jemanden auf den untersten Treppenstufen stehen. Er leuchtete uns mit einer Lampe an, so daß wir uns im Lichtkegel eng an die Wand drückten.

»Mr. Holmes?« fragte die Person mit dem Licht.

Langsam stieg Holmes die Stufen hinab. Der Mann nahm die Lampe herunter. Er war einfach gekleidet.

»Ich nehme an, Sie sind der Stallknecht«, sprach Holmes ihn an. »Osterholzer?«

»Ja, Sir. Welcker hat mir eine Nachricht für Sie gegeben.«

»Lassen Sie hören«, befahl Holmes mit schneidender Stimme.

»Sie haben den Geiger mit nach Neuschwanstein genommen. Welcker glaubte … nun, Sie würden dem König vielleicht nicht helfen, wenn sie ihn nicht mitnähmen.«

»Und?«

»Ich habe eine Kutsche für Sie reisefertig gemacht, und wir können ihnen folgen, wenn Sie wollen, gnädiger Herr.«

»Ich wäre Ihnen sehr verbunden, wenn wir gleich starten könnten«, erklärte Holmes. »Ich nehme an, Sie sind mit der Straße vertraut?«

»Gewiß doch, gnädiger Herr. Zunächst werden wir Hohenschwangau, das kleine Schloß, passieren. Neuschwanstein liegt einige Kilometer dahinter, wesentlich höher in den Bergen.«

Der Stallbursche setzte sich auf den Fahrersitz, und schon bald ratterten wir auf den Spuren der königlichen Kutsche über die Bergstraße. Glücklicherweise leuchtete der Mond so hell, daß er die Straße beschien. Doch die Wälder zu beiden Seiten waren dunkel und hätten eine ganze Armee verbergen können.

Holmes drängte Osterholzer: »Schonen Sie die Pferde nicht! Wir müssen so nah wie möglich an die königliche Kutsche herankommen.«

»Dann müssen wir in Hohenschwangau anhalten, um die Pferde zu wechseln«, gab dieser zur Antwort. Er ließ die Peitsche knallen und jagte die Pferde voran.

Osterholzer schien der Normalste und Netteste aus der königlichen Umgebung zu sein. Er behandelte Holmes mit großem Respekt und hegte ganz offensichtlich eine tiefe Zuneigung für seinen König. »Ein netter Kerl«, flüsterte ich Holmes zu.

Holmes antwortete, er hätte allgemein den Eindruck, die Menschen in den Bergen würden zu ihrem König halten. »Ihr König ist ein Träumer«, fuhr er fort, »und gewiß würden sie lieber für ihn bauen, als gegen die preußische Kriegsmaschinerie zu kämpfen. Wenn er klug genug wäre, diese Quelle der Loyalität richtig zu nutzen, hätte sein Onkel einen schweren Stand mit seinen Absetzungsplänen.«

Die andere Kutsche war vielleicht eine Stunde vor uns losgefahren, doch an einer Stelle, als wir eine kurvige Straße hinunterfuhren, konnte ich auf der Straße im Tal unter uns einen Hauch von Gold und Elfenbein entlangjagen sehen.

Nach einiger Zeit tauchten die Lichter von Hohenschwangau vor uns auf. Wir beschlossen, unsere Pferde gegen frische zu tauschen, obwohl die königliche Kutsche schon auf dem Weg nach Neuschwanstein war. Osterholzer hatte sie auf Holmes' Drängen hin nicht geschont, so daß wir alle fürchteten, sie könnten während der weiteren Verfolgung zusammenbrechen. Als wir in den Hof einfuhren, entdeckte ich eine weitere Kutsche mit den Adelsinsignien. Sie mußte unmittelbar vor uns angekommen sein – es war nun drei Uhr morgens –, denn die Stallburschen waren noch dabei, deren Pferde zu versorgen. Zu dieser Gesellschaft zählten noch weitere Kutschen; diejenige, die ich erkannt hatte, gehörte dem Grafen Holnstein.

Ohne zu zögern, teilte ich meine Beobachtungen Holmes und Osterholzer mit. Nach einem kleinen Schwatz mit den anderen Stallburschen, die Osterholzer alle gut kannte,

erfuhren wir, daß nicht nur Graf Holnstein, sondern auch Dr. Gudden angekommen waren, und daß man davon ausgegangen war, den König in Hohenschwangau anzutreffen. Der Kammerdiener des Königs, der offensichtlich loyalere Gefühle für Major Hesselschwerdt als für seine Majestät hegte, hatte Ludwigs Plan verraten, Linderhof zu verlassen.

Holmes und Osterholzer kamen überein, der Letztere solle zurückbleiben, um mehr über die Vorhaben der Verräter zu erfahren, während Holmes und ich mit frischen Pferden schleunigst weiter nach Neuschwanstein reisen sollten. Kurz darauf saßen Holmes und ich auf dem Kutschbock, und Holmes bediente sich der Peitsche in sehr viel großzügigerem Maße, als es der Stallbursche zuvor getan hatte. Obwohl wir bei unserem Aufenthalt Zeit verloren hatten, waren unsere Pferde nun sehr viel ausgeruhter als die des Königs, und angesichts des abschüssigen Geländes vor uns, war es sogar möglich, daß wir sie überholen könnten. Unsere vier schwarzen Stuten, dunkel wie die Nacht, waren kräftig und sehr willig. Sie stürmten davon, als säße ihnen der Teufel im Nacken.

Holmes hatte die Absicht, Sigerson aus der Macht des Königs zu befreien und diesem dann anschließend mit allen zur Verfügung stehenden Mitteln zu einer Flucht ins österreichische Tirol zu verhelfen, das weniger als eine Stunde entfernt lag. Das Rauschen des Fahrtwinds und das laute Rattern der jagenden Räder machten auf dem Kutschbock ein Gespräch fast unmöglich, doch ich konnte nicht anders und fragte Holmes, ob er letztendlich doch Mitleid mit dem König bekommen habe.

»Er ist von Verrätern umgeben, und langsam schnappt die Falle zu«, antwortete Holmes. »Seine Freunde haben keine Erfahrung darin, was ihm jetzt noch von Nutzen sein kann, ganz egal, wie loyal sie ihm gegenüber sind. Wenn ich

über ein Dutzend so beherzter Männer, wie der Stallbursche einer ist, verfügen könnte, wäre mir wohler, doch wir müssen tun, was wir können.«

Die Straße war sehr kurvenreich, und viele Male fühlte ich mein Herz bis zum Hals schlagen, wenn wir wieder eine scharfe Biegung nahmen. Manchmal war der Vollmond hinter Wolken verschwunden, dann wieder enthüllte sein Licht gähnende Abgründe, die sich direkt neben uns auftaten. Die Pferdehufe knallten so mächtig aufs Gestein, daß die Funken flogen.

Holmes wollte die Kutsche einholen, bevor sie noch Neuschwanstein erreichen würde, um den König allein zu überrumpeln und direkt nach Tirol lotsen zu können. Er fürchtete, daß der König, hatte er erst einmal das Schloß erreicht, dies als den sichersten Ort ansehen und die Flucht ablehnen würde.

Trotz all unserer Anstrengung schien es unmöglich, die königliche Kutsche zu erreichen. Ohne Gnade schlug Holmes auf die Pferde ein, und der Schweiß ihrer mächtigen Hinterteile schlug uns ins Gesicht. Schließlich wurden die Zinnen von Neuschwanstein über uns glänzend weiß im Mondlicht sichtbar. Ein Anblick von atemberaubender Schönheit. Türme, Dachgiebel und Eckpfeiler, alles strebte nach oben. Es schien vollkommen unmöglich, daß dieses steil aufragende Schloß in so luftiger Höhe von Menschenhand erbaut sein sollte.

»Ich kann kaum glauben, daß eine Seele, die zu soviel Schönheit fähig ist, unheilbar krank sein soll«, bemerkte ich. Durch das Schütteln der rasenden Fahrt konnte ich kaum sprechen.

In diesem Augenblick sahen wir die königliche Kutsche – ganz in Gold und Elfenbein, davor sechs weiße Pferde – weniger als zwei Kilometer unterhalb der Einfahrt zum

Schloß, keinen halben jedoch nur von uns entfernt. Unglücklicherweise hatten auch sie uns entdeckt und nahmen offensichtlich an, verfolgt zu werden. Im hellen Mondlicht konnte ich deutlich ausmachen, wie der Kutscher die Peitsche erhob und die Pferde vorantrieb. Und ach, es gab keine Möglichkeit, sie von unseren freundlichen Absichten zu überzeugen.

Holmes verstärkte seine Versuche, und wir rückten an die ermüdeten Pferde des Königs heran. Was waren das für herrliche Tiere! Obwohl unsere Rappen ausgeruht waren, so hatten wir doch nur vier. Die königliche Kutsche dagegen wurde von sechs Pferden gezogen, die man offensichtlich wegen ihrer Ausdauer bei Gebirgsrennen ausgewählt hatte. Nichtsdestotrotz näherten wir uns allmählich.

Ich schrie gerade: »Wir holen sie ein«, als ich mit Schrecken einen riesigen Felsblock sah, der der königlichen Kutsche den Weg versperrte. Mit einer heftigen Bewegung versuchte man auszuweichen und schien auf den Abgrund zuzusteuern. Einen Augenblick lang schwebte die Kutsche über der Kluft, doch dann zogen die sechs starken Pferde sie wieder auf die Straße zurück. Sekunden später jagten sie weiter, und wir versuchten, das Hindernis ebenso erfolgreich zu umfahren. Ich spürte, wie die Räder auf der einen Seite in der Luft hingen, und dann erinnere ich mich nur noch an Holmes' laute Schreie: »Springen Sie, Watson! Springen Sie!«

DIE KATASTROPHE
IN NEUSCHWANSTEIN

Als ich das Bewußtsein wiedererlangte, dämmerte es. Das erste, was ich sah, als ich die Augen aufschlug, war das Schwanenschloß, wie es in der orangenen Morgensonne glitzerte. Mein Körper war gegen eine knorrige Kiefer geschleudert, die mir offensichtlich das Leben gerettet hatte. Tief unter mir konnte ich die verstreuten Kadaver der Pferde und die zerborstene Kutsche entdecken.

Vorsichtig versuchte ich mich zu bewegen. Es schmerzte derartig, daß ich beinahe das Bewußtsein verlor. Doch selbst da war ich mir sicher, keinen Knochenbruch zu haben, obwohl mein Körper durch und durch mit Blutergüssen bedeckt war. Durch das lange Liegen nachts am Abhang war ich vollkommen unterkühlt und steif.

Ich sah mich nach Holmes um. Vielleicht war auch er durch einen Baum oder Strauch gerettet worden oder er hatte sich auf die Straße fallen lassen. Falls er noch lebte und bei Bewußtsein war, suchte er nun nach mir.

Plötzlich hörte ich fremdartige Geräusche, als würde ein Schwadron auf der Straße unter mir marschieren. Ich versuchte zu sehen, was genau vor sich ging. Obwohl das Morgenlicht bereits die Giebel erhellte, war der untere Teil des Schlosses noch in dunkles Grau gehüllt. Ich horchte angestrengt auf die Geräusche der Männer. Kurz darauf sah ich

eine Horde von Bauern mit Fackeln den Berg hinaufstiegen. Sie waren mit Sensen, Äxten und sogar ein paar Gewehren bewaffnet. Auf die Kittel hatten einige die groben Umrandungen von Lilien und Schwänen gemalt.

In diesem Augenblick konnte ich mir das Phänomen nicht erklären, doch später erfuhr ich, daß der gute Osterholzer die Stallburschen und ihre Angehörigen dazu angestachelt hatte, in die Berge zu steigen, um ihren König vor den Schergen seines Onkels zu verteidigen. Als sie den direkt unter mir liegenden Teil der Straße erreicht hatten, versuchte ich mich durch Zeichen bemerkbar zu machen, was mir jedoch nicht gelang. Die Anstrengung war zu groß, und wieder fiel ich in das Dunkel der Bewußtlosigkeit.

Ich glaube, es war die Morgensonne, die mich erwärmte und endgültig aufweckte. Ich fühlte mich kräftiger und war nach einigen schmerzvollen Anläufen in der Lage zu stehen. Überall suchte ich nach Zeichen von Holmes, doch es gab keine. Als ich die Straße erreichte, erkannte ich durch die vielzähligen Fußspuren, daß die Bauernarmee hier vorbeigezogen war. Mir schien es das Beste, wenn auch ich mich zum Schloß begab, und so folgte ich ihren Spuren.

Noch ehe ich fünf Meter gegangen war, fand ich ein mir vertrautes Objekt auf der Straße. Holmes' karierte Mütze. Das Unterholz war durch den Fall seines Körpers ziemlich niedergedrückt, und ich war mir sicher, auch er war durch den Aufprall auf einen Baum gerettet worden. Zumindest gab es keine Anzeichen für einen tödlichen Absturz. Dann entdeckte ich ein weiteres Kleidungsstück. Einen lavendelfarbenen Schal, wie ich ihn um Welckers Hals gesehen hatte.

Diese Entdeckungen schienen mir Anlaß zur Freude, denn ich glaubte aus ihnen den sicheren Schluß ziehen zu können, daß Ludwig – der gutherzige König – nach dem

Absturz unserer Kutsche die seine anhielt und Welcker geschickt hatte, damit dieser die Umstände genauer untersuchte. Vielleicht hatte man Holmes schon ins Schloß gebracht, wo er medizinisch versorgt wurde.

Die letzten fünfzig Meter bis zum Schloß Neuschwanstein führten über eine Steinstraße auf einem hohen, mit Pfeilern gestützten Grundgestein. Während ich auf das Portal zuhumpelte, türmte sich das phantastische Gebäude hoch über mir. Alle Mauern waren mit Zinnen versehen, und Standarten flatterten auf den Giebeln der Türmchen. Das gelungene mittelalterliche Erscheinungsbild gab mir das Gefühl, als würde ich eine Traumlandschaft betreten.

Oder zumindest *versuchen*, sie zu betreten, denn ich stand an dem Tor und schlug mehrere Minuten dagegen, ohne daß irgend jemand Notiz davon genommen hätte. Während ich dort stand und wartete, erhob sich ein Schwan aus einem See, der in einer Kluft nahe des Schlosses gelegen war. Mit schneeweißen, in der Morgensonne glänzenden Schwingen glitt der Vogel über die bewaldeten Gebiete. Ich beobachtete ihn, bis er nur noch ein Fleckchen am Himmel war, und erst dann nahm ich mein Klopfen wieder auf.

Irgendwann ließ man mich eintreten, und ich wünschte, entweder Welcker oder Osterholzer zu sprechen. Der Vorplatz war voll mit Bauern, die in kleinen Gruppen diskutierten, was man gegen jene unternehmen sollte, die den König absetzen wollten. Einer mit einem Schwan auf der Tunika bekräftigte, er sei bereit, für Ludwig zu kämpfen.

Welcker war glücklich, mich zu sehen.

»Mein Lieber, ich hatte keine Ahnung, daß auch Sie in der Kutsche waren. Wir brauchen dringend ärztlichen Rat«, erklärte er.

»Holmes?« fragte ich.

»Er liegt bewußtlos im Krankenzimmer.« Während wir durch die Korridore eilten, erklärte mir Welcker, er hoffe, ich könne den König zur Flucht nach Tirol überreden.

»Ja«, stimmte ich zu, doch ich konnte nur die drohende Gefahr bestätigen: »Graf Holnstein wird sicherlich bald hier sein.«

»Unglücklicherweise glaubt Seine Majestät, er könne auf der Straße leichter festgenommen werden. Hier verteidigen ihn die Bauern.«

»Was haben Sie für Holmes getan?« fragte ich.

»Wir wußten nicht, was wir tun sollten.« Er unterbrach sich eine kleine Weile. »Sagen Sie, Dr. Watson, was denken Sie, sollte Ludwig unternehmen, wenn er es ablehnt, zu fliehen?«

»Hat er irgendwelche Maßnahmen gegen München geplant?« Die Korridore im Schloß schienen unendlich.

»Er hat nach Graf Dürckheim, seinem einzigen Freund unter den Adeligen, schicken lassen, und er hat beschlossen, Graf Holnstein verhaften zu lassen.«

Holmes lag sorgfältig zugedeckt auf einem schmalen Bett. Er war bleich wie der Tod, doch er atmete leicht. Ich fühlte seinen kräftig schlagenden Puls und zog ein Augenlid hoch. Er hatte ein Schädeltrauma erlitten. Der Schläfenbereich war blutunterlaufen und entzündet. Ich sprach ihn an und schüttelte ihn, doch er lag in tiefer Bewußtlosigkeit.

In solchen Fällen bleibt die Medizin relativ machtlos. Man muß warten, bis das Hirn von selbst abheilt und der Patient das Bewußtsein wiedererlangt. Welcker hatte ein blondes Mädchen mit Namen Ilse an seiner Seite stationiert, die eine fähige Krankenschwester zu sein schien. Sie erklärte mir, sie habe von Zeit zu Zeit Holmes Arme und

Beine gerieben, um die Zirkulation voranzutreiben. Aus ihren Antworten auf meine Fragen konnte ich schließen, daß sie alles Menschenmögliche für ihren Patienten getan hatte. Ich schlug Welcker vor, im Krankenzimmer zu bleiben.

Welcker hielt es für eine gute Idee, wenn ich mich ein wenig ausruhen würde, doch er fügte hinzu: »Ich hoffe, Sie werden mit Seiner Majestät, Graf Dürckheim und mir über den Verlauf der Ereignisse diskutieren.«

Ich blickte in Holmes' unbewegliches Gesicht. »Ich wünschte, er wäre bei dieser Konferenz dabei«, antwortete ich und legte meine Hand auf Holmes' Stirn.

Dann fiel mir Sigerson ein, der bis dahin unerwähnt geblieben war.

»Sigerson geht es nicht gut«, antwortete Welcker ausweichend.

»Wie das?« fragte ich. »Ist er nicht hier?«

»Doch«, erklärte Welcker. »Aber, um es genau zu sagen, befindet er sich im Gefängnis.«

»Im Gefängnis?«

»Als ich nach Ihrem Mißgeschick Herrn Holmes in unsere Kutsche brachte, regte sich Sigerson fürchterlich auf. Seiner Majestät hat das zutiefst mißfallen. Sigerson beschuldigte uns, Holmes getötet zu haben, dabei wollten wir ihm nur helfen. Außer Ludwig persönlich bin ich noch nie einem so impulsiven Mann wie Sigerson begegnet.«

»Und deshalb hat Ludwig ihn eingesperrt?«

Welcker nickte.

Nachdem ich Welcker weggeschickt hatte, legte ich mich auf das schmale Bett gegenüber von Holmes. Ich hatte die Absicht, wach zu bleiben, doch ich schlief sofort ein, so erschöpft war ich.

Ich erwachte, als mich jemand am Ärmel zog und meine Hand schüttelte. Zu meiner Überraschung war es Sigerson. Er sah blaß und matt aus, schien aber bei Sinnen.

»Wie geht es Ihrem Patienten?« fragte er mit großer Besorgnis.

So gut es ging, erklärte ich ihm Holmes' Zustand und betonte, ich hoffte, er würde bald von selbst aufwachen.

»Wie ich sehe, hat man Sie entlassen«, bemerkte ich.

»Nein. Ich habe mich selbst befreit. Ich kann ja ziemlich gut mit Schlössern umgehen, wie Sie wissen. Diese hier waren echte Spielzeuge, mehr für die Opernbühne als für ein Verlies gedacht, obwohl ich glaube, daß eine weniger bewanderte Person als ich wirklich große Schwierigkeiten damit hätte.«

Als ich Sigerson danach fragte, was er als nächstes zu tun gedenke, erklärte er, er würde in sein Gefängnis zurückkehren.

»Dort bin ich sicherer«, fügte er hinzu.

»Sicherer vor wem?«

»Seine Majestät. Er hat ein Faible für mich.« Sigerson errötete, als er diese Worte hervorbrachte.

»Dann auf jeden Fall ins Gefängnis zurück«, bestärkte ich ihn, nachdem ich mir den Weg zum Verlies hatte beschreiben lassen.

Er streckte seine Hand aus, als wolle er Holmes berühren, doch er zögerte. »Das ist ein schrecklicher Bluterguß, dort an seinem Kopf«, sorgte er sich.

Ich erklärte ihm, aufgrund der erhöhten Blutzufuhr am Kopf würden diese Blutergüsse viel gefährlicher aussehen als sie wirklich waren.

Sigerson sah mich ängstlich an. »Und dennoch ist er seit Stunden ohne Bewußtsein. Stellen Sie sich vor, er wachte niemals wieder auf!«

Natürlich war dieser Gedanke auch schon mir gekommen, doch ich wollte Sigerson nicht noch zusätzlichen Kummer bereiten. »Wenigstens«, beruhigte ich ihn, »hat Holmes keine Schmerzen.«

Wir standen nebeneinander und beobachteten einige Augenblicke lang Holmes' flachen Atem. Plötzlich beugte sich Sigerson vor und streichelte Holmes' Handrücken. Er sah mich an und sagte mit sanfter Stimme: »Sobald sich irgend etwas ändert, suchen Sie einen Weg, mir Nachricht zu geben.«

Dies hörte sich mehr wie ein Befehl als eine Bitte an. »Natürlich«, murmelte ich zustimmend.

In diesem Augenblick konnten wir das Getrampel vieler Füße von der Straße unterhalb des Schlosses vernehmen. Als wir durch die Glastür auf einen kleinen Balkon traten, sahen wir, wie eine Gruppe von Bauern einige Städter vor sich hertrieb. Man hatte den Grafen Holnstein und die Kommission aus München verhaftet. Da man sie offensichtlich gezwungen hatte, von Hohenschwangau nach Neuschwanstein zu Fuß durch die Berge zu laufen, waren die Adeligen staubig, schmutzig und erschöpft.

Wir beobachteten, wie sie im Gänsemarsch den Schloßhof betraten, und dann erschien Ludwig selbst an einem hochgelegenen Fenster. Es war das erste Mal, daß ich ihn selbst, ohne das Kostüm Ludwigs XIV. sah.

Er wirkte majestätisch. Seine Stimme – kräftig wie die eines Berufsredners – dröhnte über den Köpfen seiner Feinde. Er hatte den Brustkasten und den Leibesumfang eines Baritons. Ich konnte nicht jedes, an seine deutschen Freunde gerichtetes Wort verstehen, aber Sigerson übersetzte für mich. Ludwig versprach, die Verräter einzukerkern und sie anschließend köpfen zu lassen. Besonders ärgerlich war er auf seinen nahen Verwandten Graf Holn-

stein. Er erinnerte daran, wie Holnstein sechzehn Jahre zuvor als vertrauenswürdiger Kurier zwischen Bismarck und Ludwig fungiert hatte, wie er ihm Bismarcks Brief mit den Plänen für die deutsche Vereinigung überbracht hatte und vieles mehr. Sigerson drehte sich seufzend vom Fenster.

»Nun glaubt er, er wäre Parsifal. Diese Männer da unten haben das Schloß des Heiligen Grals geschändet. Ludwig schwört darauf, daß sich der Heilige Gral im Thronsaal des Schlosses befindet. Da er alle in den Kerker sperren will, sollte ich mich besser auch dorthin begeben.«

Einige Stunden später sah ich mit großem Erstaunen, wie die Kommissionsmitglieder aus dem Gefängnis geholt und in eine Kutsche gesetzt wurden. *Warum, Ludwig?* dachte ich, als sie davonfuhren. *Du hattest alles in der Hand.*

Ich wandte mich wieder Holmes zu, um seine Brust und Gliedmaßen zu massieren. Seine Gesichtsfarbe erschien mir irgendwie frischer, und seine Augenlider zitterten, als bemühe er sich, wach zu werden. Mit der Zeit allerdings wurde seine Atmung wieder tiefer, und er schien in einen gesünderen Schlaf zu verfallen.

Hirnquetschungen konnten durch eine Operation gemildert werden. Im *Lancet* hatte ich über eine neue Methode gelesen – die Auskratzung eines Blutklumpens. Meine Wurstfinger wirkten ungeschickt und denkbar ungeeignet. Meine Hände zitterten.

KÖNIGLICHE MUSIK

Freitag, der 11. Juni 1886, war ein nebliger, düsterer Tag, und Ilse behauptete, es werde in der folgenden Nacht Sturm geben. Den ganzen Morgen verbrachte ich im Krankenzimmer und half ihr, die Bettwäsche zu wechseln. Als sie das Zimmer verlassen hatte, sprach ich auf Holmes ein und mahnte ihn, gesund zu werden. Obwohl er keine sichtbare Reaktion darauf zeigte, hoffte ich dennoch, irgendeine Ecke seines schlafenden Bewußtseins sei in der Lage, mich zu verstehen.

Die Lage des Königs war aussichtslos, und deshalb erschien es mir das Beste, wenn Sigerson sofort abreisen würde. Ich faßte den Entschluß, ihn in seiner Zelle zu besuchen und ihm zuzuraten.

Als ich ihn traf, knabberte er gerade an einem Hühnerbein. Seine Fähigkeit, die Zelle ungehindert zu verlassen, hatte sich für ihn als Gnade erwiesen, denn niemand hatte ihm etwas zu essen gebracht. So mußte er sich selbst versorgen.

»Ich bin überrascht. Welcker hat Ihnen nichts bringen lassen?« fragte ich.

Sigerson lachte. »Welcker sieht in mir einen Rivalen um die Zuneigung des Königs.«

Ich setzte mich auf eine der harten Bänke und fragte: »Wäre es nicht eine gute Idee, wenn Sie hier augenblicklich verschwinden würden?«

»Mir geht es doch sehr gut hier.«

»Und die Annäherungsversuche des Königs?«

Sigerson wanderte zum anderen Ende der Zelle und drehte mit großer Dramatik wieder um. »Für wen halten Sie mich, Dr. Watson? Glauben Sie, ich würde Holmes und Sie allein lassen?«

Tatsächlich hatte ich nicht die geringste Vorstellung, welchen Vorteil uns seine Gegenwart würde verschaffen können. »Nun«, fuhr ich fort, »wie werden Sie Ihren Morgen verbringen?«

»Ich habe meine Geige aus dem Gepäck geholt. Ich werde den ganzen Morgen üben.«

Als ich das Gefängnis verließ, konnte ich hören, wie er die Tonleitern spielte.

Nach dem Mittagessen erschien Welcker im Krankenzimmer und erklärte: »Seine Majestät wünscht, Sie bei einer Audienz zu empfangen.«

Zunächst überprüfte ich noch einmal Holmes' Allgemeinzustand und folgte Welcker dann durch die langen Gänge. Die Wände waren mit ungeheuer großen Fresken bemalt, von denen jedes einer anderen legendären Heldengestalt aus der deutschen Mythologie gewidmet war. Alles schien düster und schwer, bis wir die Zimmerflucht des Königs betraten. Hier waren die Wände mit Szenen aus Wagners *Tannhäuser* bemalt, der ganze Raum wirkte wie eine hohe Grotte, die sich zu dem benachbarten Balkon öffnete.

Für einige Augenblicke blieb der König abwartend in einer hinteren Ecke stehen, während ein Herr, den ich für den Grafen Dürckheim hielt, auf kurzen, krummen O-Beinen zu mir herüberkam, um mich zu begrüßen. Der kleine Graf machte trotz seiner ausgesuchten und teuren Kleidung eine recht lächerliche Figur, doch während ich mich

verbeugte und mich für seine Begrüßung bedankte, konnte ich in seine Augen sehen – lustlos, verschlagen und, ja, vor allem weise.

Er begrüßte mich wie einen Bruder und lobte, daß ich den ganzen Weg aus England hierher gekommen wäre, um den König zu beraten. Er hatte von meinem guten Ruf als Berater Ihrer Königlichen Hoheit Victoria gehört. Ich erkannte die mir in diesem Spiel zugedachte Rolle und versuchte, sie so gut wie möglich auszufüllen.

Nachdem Graf Dürckheim mich so überschwenglich begrüßt hatte, quälte sich auch der König lustlos aus seiner Ecke hervor. Als er auf ungefähr zehn Meter an mich herangetreten war, bewegte er sich plötzlich viel selbstverständlicher, hielt mir die Hand hin und sagte einfach: »Ich bin Ludwig.«

Ich verbeugte mich und versicherte, ihm zu Diensten zu sein.

»Sie sind ein neutraler Beobachter«, begann er, »wenn Sie jedoch an meiner Stelle wären, könnten Sie einfach Ihr Schloß aufgeben und in ein häßliches, fremdes Land fliehen – vielleicht für immer?«

Ich wußte kaum, wie ich antworten sollte, um nicht sofort sein Vertrauen zu verlieren.

»Darf ich Eure Majestät etwas fragen?« begann ich. Er nickte, und ich fuhr fort: »Habe ich richtig beobachtet, daß Graf Holnstein und seine Begleitung freigelassen und in eine Kutsche gesetzt wurden? Warum?«

Ludwig zupfte nervös an seinem Kragen, der wie eine schmale Krause eng um seinen Hals lag. »Ich hatte Angst«, erklärte er, »daß ich den Befehl geben würde, sie zu köpfen. Deshalb ließ ich sie gehen. Einmal hätte ich einem Musiker fast die Hände abhacken lassen, nur weil er schlecht gespielt hatte.«

Ich dachte an den armen Sigerson und mir schauderte; wenigstens spielte er gut. Dann wandte ich mich wieder dem König zu: »Was denken Sie, werden die Rebellen als nächstes tun?«

»Wahrscheinlich werden sie mit meinem Onkel Luitpolt sprechen.«

»Glauben Sie, daß sie zurückkehren werden, mit Verstärkung vielleicht?«

Der König antwortete nicht. Langsam und nachdenklich ging er zum Fenster mit den schweren Samtvorhängen, die über und über mit Schwänen bestickt waren. Seine Stimme klang wie durch den Samt gedämpft. »Ich werde mich einfach verstecken, bis sie wieder abziehen.«

Graf Dürckheim schritt energisch auf den Vorhang zu und zog ihn langsam beiseite. »Doch stellen Sie sich vor«, sprach der Graf mit sanfter Stimme, »man findet Sie.«

Ich selbst ging aufgeregt im Zimmer herum und versuchte zu raten: »Das Volk bewundert Eure Majestät. Man würde Euch nicht vergessen, selbst wenn Ihr Euch für eine kleine Weile fortbegeben würdet. Vielleicht würde man Euch sogar genug Geld nach Österreich schicken, um dort ein neues Schloß zu bauen.« Der König trat hinter dem Vorhang hervor und kam schüchtern auf mich zu. »Ja«, fuhr ich fort, »Sie verlieren nichts, wenn sie diese kleine Reise unternehmen – es liegt ja fast vor der Haustür.«

»Kennen Sie meinen Bruder Otto?« fragte der König.

»Ich hatte noch nicht das Vergnügen.«

»Das letzte Mal, als ich ihn sah, hat mich fast der Kummer übermannt.«

»Und Otto?«

»Er lächelte und vergnügte sich mit irgendwelchen Stofftieren. Ich konnte es kaum ertragen, ihn wieder zu verlassen.« Ludwig war durch die Erinnerung fast überwältigt.

»Seine Wärter führten ihn ab.« Er legte den Kopf in die Hände. »Und ich, Dr. Watson, bin ich auf dem gleichen Weg wie Otto?«

»Meiner Meinung nach«, drängte ich, »wäre es Wahnsinn, hier zu bleiben; zu fliehen bedeutet geistige und körperliche Gesundheit und Hoffnung auf eine glückliche Zukunft.«

Der König antwortete nicht, sondern wanderte aufgeregt durch das Zimmer und ging schließlich auf den Balkon. Der Gedanke, ihn dort allein zu wissen, gefiel mir nicht. Graf Dürckheim blickte mich sorgenvoll an, und wir gesellten uns zu ihm. Der kleine Graf war nur die Hälfte von dem schwergewichtigen und kräftigen König, und ich zweifelte, ob er ihn zurückhalten könnte, wenn dieser zum Sprung entschlossen war.

Ludwig legte seine Hände auf Dürckheims Schultern und starrte ihm ins Gesicht. »Sie«, stammelte Ludwig mit einigem Erstaunen, »Sie … ich will Sie nicht. Schicken Sie Dr. Watson zu mir.«

So stand ich anstelle von Dürckheim ruhig neben Ludwig.

»Sind Sie ein Musikliebhaber?« fragte er mich.

»So ist es«, antwortete ich.

Gemeinsam starrten wir an den Türmchen und Mauern des Schlosses vorbei in die zerklüftete Landschaft, die in Nebel und graue Wolken getaucht war. Ganz in der Ferne schien es zu regnen.

»Dann summen Sie für mich«, forderte er, »die Ouvertüre der *Walküre*.«

Dieser Vorschlag ließ mich verstummen. Ich blieb ganz ruhig stehen und hoffte, er würde seine Idee vergessen.

Mit einer heftigen Drehung wandte er sich mir zu. »Summen Sie«, befahl er mit blitzenden Augen.

»Ich scheine sie vergessen zu haben«, entschuldigte ich mich.

»Als Siegmund und Sieglinde sich in Hundigs Hütte treffen – was macht da die Musik?«

»Nun, mein Interesse liegt mehr im Bereich der angelsächsischen als der germanischen Mythologie. Wenn es eine Oper gäbe, die auf Beowulf basierte –«

»Angeber!« schrie mich der König an. »Sie sind ein Falschspieler. Sie wissen nichts über die Musik! Wie können Sie es wagen, mir Rat zu geben?«

In einem heftigen Wutanfall rügte er Dürckheim und Welcker, mich in Dienste genommen zu haben. Ohne zu zögern, war er ihrem Rat gefolgt und mit welchem Ergebnis? Ludwig rief nach einer Wache und befahl, mich in den Kerker werfen zu lassen, bestand sogar hartnäckig darauf, mich dorthin zu begleiten – er wollte sichergehen, daß ich es dort bequem hätte. Drei Diener hasteten hinter uns her, die Arme voller satinbezogener und bestickter Federbetten.

Als wir uns dem Gefängnis näherten, war Sigersons Violinspiel zu vernehmen. Der König befahl, mich in Sigersons Zelle zu stecken.

»Bitten Sie ihn um etwas Nachhilfestunde in Sachen Musik. Sie könnten ein echter Kerl sein, wenn Sie etwas Seele hätten.«

Die vergitterte Tür schlug hinter mir ins Schloß. Der König stand eine ganze Weile herum und sah Sigerson schwermütig an. »Sie könnten in Freiheit leben.«

Sigerson drehte ihm abrupt den Rücken zu und ging ganz ans andere Ende der Zelle. Mir schien, er täte gut daran, sich bescheidener zu geben.

Ludwig drehte sich auf dem Absatz um und ging mit großen Schritten davon. Während er den Korridor hinunterging, wurde er vom Knallen der Gittertüren begleitet.

»Wenn seine Stimmung ins Grausame umschlägt, fürchte ich um Ihre Sicherheit.«

»Nur Mut«, beruhigte mich Sigerson, »ich kann jedes Schloß öffnen – wenn ich es will.« Kaum hatte er diese tröstenden Worte ausgesprochen, als zwei Wärter kamen und sich zur Bewachung neben die Zellentür stellten. Sie waren mit echten Streitäxten bewaffnet. Sigerson erblaßte. »Und wer kümmert sich nun um Holmes?« fragte er.

Ich erinnerte ihn, daß dort eine Krankenschwester war, und außerdem konnte nur wenig getan werden, da man der Natur ihren Lauf lassen mußte.

Nach ein paar Stunden wurden unsere Wachen ausgewechselt. Sigerson wurde immer niedergeschlagener. Ich erinnerte mich daran, wie seine Schwester sich weinend an Holmes' Brust geworfen hatte. Es war nicht schwierig, sich auch Victor in einer ähnlichen Situation vorzustellen. Um die Zeit zu vertreiben, versuchte ich ein wenig zu plaudern.

»Ist Ihre Schwester auch musikalisch?« wandte ich mich an ihn.

Er zögerte zunächst und fragte dann: »Wann haben Sie meine Schwester gesehen?«

Ich erklärte, Holmes habe sie in Hundigs Hütte getroffen und zufällig habe ich durch das Fenster geschaut. Wie verzweifelt sie gewirkt hatte, verschwieg ich.

»Woher wußten Sie, daß es meine Schwester war?«

»Die Ähnlichkeit ist einfach verblüffend«, antwortete ich. »Holmes sagte mir, Sie hätten ihr Kleider geliehen.«

»Holmes hat Ihnen das erzählt?«

»Wir haben nur wenig Geheimnisse voreinander«, teilte ich ihm mit.

»Ganz recht!« antwortete er und wanderte durch unsere Zelle. Nach einiger Zeit nahm Sigerson seine Geige und spielte. Die Musik vermischte sich mit dem Geräusch der

fallenden Regentropfen. Donner krachte dazu die Begleitung, und Blitze leuchteten hell auf. Ich wünschte, ich hätte mir Holmes' Zustand genauer ansehen können.

Sigersons Gesichtsausdruck wurde immer melancholischer, fast so wie bei Holmes, wenn seine Gedanken alle alternativen Lösungen eines Falles durchspielten. In der Zelle wurde es dunkler, und außer in den Momenten der hellen Blitze konnten wir kaum etwas sehen. Weit in der Ferne hörte ich eine Tür schlagen und dann eine andere, diesmal etwas näher an unserer Zelle. Dieses Geräusch überzeugte mich zunehmend, daß wir bald einen Besucher bekommen würden.

Sigerson legte die Geige auf den Knien ab. Er schien gelassen, doch ich spürte seine Beunruhigung.

Die Schlüssel drehten sich in der Tür, und sie sprang auf – und enthüllte Ludwig XIV. Hinter seinem Kopf hielt ein Diener einen vielarmigen Leuchter. Die kastanienbraune Perücke hing unordentlich herunter, und der steife Kragen des königlichen Mantels reichte beinahe bis zu den Augen. Er bedeutete, den Leuchter auf den Boden der Zelle zu stellen. Anschließend entließ er den Diener und die Wächter.

Sigerson und ich standen auf, um uns vor Seiner Hoheit zu verneigen. Er hielt sein Gesicht vom Licht abgewandt. Nur sein Kostüm glänzte im Kerzenschein.

Mit einem behandschuhten Finger zeigte er auf Sigerson und befahl: »Sie! Sie kommen mit mir.«

Ich trat vor und erklärte: »Ich verlange, freigelassen zu werden. Ich bin hierher als ein Botschafter vom Hofe Ihrer Majestät, Königin Viktoria, gekommen. Ich lasse es nicht zu, einfach ignoriert, eingesperrt und schlecht behandelt zu werden – und ebensowenig darf man sich meinem Freund gegenüber so verhalten.«

Der König trat vor die Zelle und blickte den Gang hinunter, als wolle er prüfen, ob wir beobachtet würden. In diesem fürchterlichen Kostüm erschien er, trotz seines offensichtlichen Wahnsinns, so majestätisch wie kaum jemand. Glücklicherweise war von Verstümmelungen nicht mehr die Rede.

»Schätzen Sie Ihr Leben?« fragte der König Sigerson herablassend.

Es schien, als brauche Sigerson eine Ewigkeit für seine Antwort. Schließlich entgegnete er mit einer gewissen Unbekümmertheit: »Schätzen Sie das Ihre?«

Beinahe unerschütterlich schien er den König mit Blicken zu messen – ihn geradezu herauszufordern. Dahinter steckte sicherlich nichts als Angabe, denn Sigerson war schlank, groß und wirkte sehr zart.

»Dann unterrichten Sie mich im Geigenspiel«, befahl der König.

»Sehr gern«, antwortete Sigerson und nahm sein Instrument in die Hand. »Was wollen Sie lernen?«

»Oh, das Stück, was Sie vorhin gespielt haben. Den Walzer, den Ihr Verbündeter vor dem Pavillon gesummt hat.«

Seine wie zufällig wirkende Erwähnung von Holmes erstaunte und beunruhigte mich.

Sigerson spielte ein wenig und reichte anschließend die Geige dem Sonnenkönig herüber. Louis hatte nicht mehr als zwei Takte gespielt, als sich Sigerson auf ihn stürzte, ihn, wie es schien, umarmte und laut: »Holmes!« ausrief.

»So ist es!« antwortete eine vertraute Stimme hinter dem glänzenden Kostüm.

Erst schob er den hohen Kragen des Mantels beiseite, dann zog er die Perücke vom Kopf. Und nun konnte auch ich das Profil des weltbesten Detektivs erkennen.

»Haben Sie mich erkannt, Watson?« fragte er knapp und hielt mir seine Hand hin, die ich ununterbrochen schüttelte. Ich war so erfreut, den guten, alten Holmes zu sehen, der den dramatischen Augenblick von ganzem Herzen genoß, daß ich vollkommen vergaß, ihn für die Art und Weise, wie er uns geängstigt hatte, auszuschimpfen. Doch Sigerson rügte ihn ausgiebig mit einer hohen, schneidenden Stimme.

Kurz nachdem ich zum König gerufen worden war, war Holmes erwacht. Er hatte Ilse leicht dazu bringen können, sich über die Hintergründe meines langen Ausbleibens zu informieren, während er den Nachmittag mit Essen verbrachte, um wieder etwas Kraft zu sammeln. »Ohne die gute Ilse wäre ich tatsächlich verloren gewesen«, erklärte er. »Sie scheint Sie sehr ins Herz geschlossen zu haben, mein lieber Watson, doch war ja das weibliche Geschlecht schon immer Ihre Sache. Ich nehme an, ich sollte mich für mein Erscheinen als Sonnenkönig entschuldigen. Aber nur dadurch konnte ich die Wachen, so wie Sie, glauben machen, ich sei der König. Watson, wie ist es Ihnen gelungen, den Zorn des Königs auf sich zu ziehen?«

Ich berichtete, wie es mir nicht gelungen war, den Anfang der Wagner-Oper zu summen.

In diesem Augenblick hörten wir Schritte im Gang. Ich gab Holmes die Perücke, doch er schüttelte den Kopf. »Niemand von den Höflingen würde es wagen, hier zu erscheinen, wenn ich befohlen habe, wegzutreten. Dies muß einer unserer Freunde sein.«

Holmes hatte recht. Im Türrahmen erschien Welcker, die blonden Haare dunkel verschwitzt.

»Gott sei Dank, Sie haben sich erholt«, wandte er sich an Holmes. »Sie müssen den König augenblicklich retten!«

»Bitte erklären Sie das genauer.«

»Er hat sich in den Besitz des Schlüssels für den hohen Turm gebracht. Nun steht er dort oben auf der Plattform im Sturm. Er könnte springen.«

Ich sah in Holmes' blasses Gesicht. Wie konnte dieser Mann Holmes um Hilfe bitten! Warum stand er nicht selbst dort oben an der Brüstung neben dem König?

»Sein Geisteszustand?« fragte Holmes.

»Irrational, vollkommen verrückt.«

AUF DEM HOHEN TURM

»Wir müssen sein Spiel mitspielen«, erklärte Holmes und legte Perücke und Mantel wieder an. Schnell stürmten wir vier aus der Gefängniszelle. Als wir uns der Abzweigung zum Krankenzimmer näherten, befahl Holmes, Sigerson solle zurückbleiben, und dieser gehorchte bereitwillig. Kein Mann fürs große Abenteuer, dachte ich bei mir.

Holmes und ich folgten Welcker durch endlose Korridore und über viele Treppen. Die Stufen stiegen spiralförmig den hohen Turm hinauf, als würden sie bis zum Himmel reichen. Schließlich blieb Welcker stehen. Er nahm Holmes bei der Hand und erklärte: » Ich kann nicht weiter. Ich habe schreckliche Höhenangst. Nach ein paar weiteren Stufen werde ich wahrscheinlich ohnmächtig zusammenbrechen.«

Holmes sah mich an; ich nickte, und wir stürmten rasch weiter.

Die Mauern des Turms waren von Fenstern durchbrochen, durch die wir wilde Blitze beobachten konnten. Während wir höher und höher stiegen, sahen wir die anderen Türme und Dächer des Schlosses unter uns verschwinden. Der Wind wehte stürmisch, und als wir einmal kurz anhielten, um zu verschnaufen, fühlte ich, wie der Turm leicht hin und her schwankte.

Holmes' Gesundheitszustand war für diesen anstren-

genden Aufstieg eigentlich noch nicht stabil genug, und ich bestand darauf, er solle sich auf mich stützen. Zunächst lehnte er ab, doch bevor wir noch die Hälfte hinter uns hatten, war er gezwungen, seine Hand auf meine Schulter zu legen. Wir stiegen weiter hinauf, doch sehr viel langsamer jetzt. Unsere Schritte hallten im Treppenhaus des Turms, und der Regen klatschte gegen die Fenster. Holmes begann vor Schwäche zu schwitzen. Ich bot ihm an, die Perücke zu tragen, doch diesmal lehnte er strikt ab.

Endlich sahen wir, direkt unterhalb des spitzen Dachs, eine Tür. Sie stand offen, so daß es in den Turm regnete. »Vielleicht kann ich als Geist Ludwigs XIV. ihm einfach befehlen, in seine Gemächer zurückzukehren. Sie müssen sich so weit wie möglich zurückhalten.«

Noch im wütendsten Heulen des Sturmes konnten wir Ludwigs lautstarke Liebeserklärung an das bayerische Volk vernehmen. Wir nahmen an, daß er uns durch die geöffnete Tür nicht sehen konnte. In dem Augenblick, wo wir einen Fuß nach draußen setzten, waren wir vollkommen durchweicht. Die nassen Steine waren äußerst glitschig, doch um die Plattform lief ein hüfthohes Geländer, so daß wir selbst bei einem Ausrutscher relativ sicher waren.

Holmes sprach Ludwig auf französisch an. Dieser war wenig überrascht, seinem Idol in Fleisch und Blut gegenüberzustehen. Von allen Seiten krachten die Blitze auf uns nieder, und ich fürchtete, daß wir getroffen werden könnten. Der Boden schien meilenweit unter uns zu liegen. Plötzlich hörte ich Holmes aufschreien: »*Non! Non!*« Ich warf einen verstohlenen Blick um das Rund des Turms und sah Ludwig auf dem Geländer stehen. Er schlug mit den Armen und forderte Holmes respektive Louis auf, mit ihm wie zwei Schwäne zu fliegen.

Zu meinem Entsetzen trat nun auch Holmes ans Gelän-

der und nahm seine Hand. Er sprach mit großem Ernst zu ihm, wie ein weiser König zum anderen. Ganz offensichtlich konnte Ludwig Holmes' Hand nicht ertragen, und er versuchte, die seine zurückzuziehen. Holmes versuchte, sich festzuhalten. Schauriges Spektakel! Ich wollte gerade hinausstürmen und Holmes' andere Hand fassen, als ich eine neue, eine weibliche Stimme durch den Regen hörte.

Auf der anderen Seite von Holmes und Ludwig erschien die Gestalt von Marie Antoinette auf der Plattform. Ungläubig rieb ich mir die Augen. Sie schien vom Himmel gefallen zu sein. Und doch war sie wirklich da, stand im Blitz und Regen wie Holmes und Ludwig. Sie trug eine üppige, mit Edelsteinen besetzte Krone und eine weiße Perücke. Ein Seidenband lag um ihren Hals. Der Wind versuchte, ihr Kleid wie ein Segel zu blähen. Sie lächelte, dann öffnete sie ihren Fächer, um ihr Lächeln dahinter zu verstecken. Mit schmeichelnder Stimme sprach sie auf den König ein und bat ihn, sie die Stufen hinunter zum Petit Trianon zu begleiten. Sie wanderte auf der Umrandung herum, setzte ihre Füße vorsichtig auf die Kante, lachte verführerisch und riet dem König, langsam herunterzukommen, da sie sich sonst erschrecken würde. Schließlich stieg sie vom Geländer herunter und streckte ihre Hand aus. Langsam kam auch Ludwig herunter und stand sicher auf dem Boden der Plattform.

Holmes folgte Ludwig, und ich verkroch mich, damit sie, ohne mich zu sehen, zur Tür gehen konnten. Konnte dies Ilse sein, als Marie Antoinette verkleidet? Es war nicht Ilses Nase. Sie war gebogen und aristokratisch geformt. Einen Augenblick lang hielt die Königin den Seidenfächer vor ihr Gesicht, und dann schien er sich in der Luft aufzulösen.

»Geisterkönigin«, flüsterte Ludwig.

Diese Fingerfertigkeit hatte nur einer: Sigerson. Klu-

gerweise war er für die Vorbereitung dieses Schauspiels zurückgeblieben. Wahrscheinlich hatte ihm die gute Ilse geholfen, den Kostümschrank aufzustöbern, so wie sie Holmes geholfen hatte. Und er hatte nicht gezögert, sich als Frau zu verkleiden.

Als Marie Antoinette mit dem Rücken zuerst durch die Tür trat, schien der König auf sie zu springen, und beide rollten auf den oberen Treppenabsatz. Holmes und ich stürmten hinterher. Der König war zusammengebrochen. Die Perücke der Königin hatte er vom Kopf gerissen, und sie war das Treppenhaus hinuntergefallen. Sigerson, behindert durch das schwere Kleid, tat sein Bestes, den König vor einem vergleichbaren Treppensturz zu bewahren. Holmes und ich sprangen ihm schnell zur Seite.

»Mein lieber Freund«, wandte sich Holmes an Sigerson, »mein Leben lag in Ihren Händen.«

Holmes war niemals überschwenglich in seinen Dankesbezeigungen, doch es war klar, daß er Sigersons Mut hoch einschätzte, und ich tat es ihm gleich.

Wir brauchten zu dritt fast eine Stunde, um den bewußtlosen König die Treppen hinunter zu transportieren. Holmes war durch seine Krankheit geschwächt; Sigerson verfügte bei all seinem Mut nur über lächerliche physische Kräfte, so daß wir einen beschwerlichen Abstieg zu bewältigen hatten. Schließlich vertrauten wir den immer noch bewußtlosen Ludwig seinem treuen Welcker an. Auf dem Boden am Fuß der Treppe fand ich die weiße Perücke der Marie Antoinette, wobei mir erst da die enorme Höhe bewußt wurde, aus der sie gefallen war.

Holmes, Sigerson und ich hasteten davon. Sobald wir das Krankenzimmer erreicht hatten, bestand Holmes darauf, ich solle mich ausruhen, da er wußte, daß ich die Hauptlast des königlichen Gewichts getragen hatte.

Vollkommen erschöpft streckte ich mich noch angekleidet auf dem schmalen Bett aus. Der Regen hatte aufgehört, doch Blitze jagten immer noch über den Himmel. Holmes und Sigerson nahmen trockene Kissen und zogen sich auf den Balkon zurück, wo sie an einem Korbtisch saßen und sich unterhielten. Durch die Glastür konnte ich noch kurz vor dem Einschlafen die seidenen Kniebundhosen Ludwigs XIV. und einen Zipfel von Marie Antoinettes bauschigem, glänzenden Kleid erhaschen. Während ich langsam in den Schlaf hinübersank, hatte ich wieder das angsteinflößende Bild von Holmes und Ludwig auf der Brüstung vor Augen und dann die überraschende Erschcinung von Marie Antoinette, dem rettenden Engel.

In jener Nacht wurden meine Träume durch zufällig mitangehörte Gesprächsfetzen geprägt. Ich hörte Sigerson, obwohl ich im Traum seine Zwillingsschwester sah: »Meine Loyalität gilt der Schönheit, nicht dem Krieg.«

»Warum sollte man *überhaupt* einem Bayern Loyalität zollen?« gab Holmes zurück. »Schließlich sind Sie englischer Herkunft!«

Sigerson antwortete, die Aufzucht eines Menschen sei für seine persönliche Entwicklung ebenso bedeutend wie seine Abstammung.

»Ich habe mich völlig der Vererbungslehre verschrieben«, schnaufte Holmes wütend. Dann träumte ich, Holmes wäre einer meiner Medizinerkollegen im alten St. Christophers. »Die Gene bestimmen die Zukunft eines Menschen.«

Der Donner rollte durch meine Träume und mit ihm Bruchstücke politischer Spekulationen. Sigerson erklärte mit sanfter Stimme: »... architektonische Phantasien. Ludwig stellt die Alternative zur preußischen Kriegsmaschinerie dar.«

Holmes widersprach, als wäre diese Erklärung schon zu illusionär.

Sigerson fuhr fort: »Preußen könnte ganz Europa in einen Krieg ziehen. Ihr England würde da keine Ausnahme machen.« Seine Stimme klang spitz wie ein Nagel.

Vor meinem geistigen Auge sah ich eine Armee von Männern in Uniform und Helm, und dann traten an ihre Stelle plötzlich Bauern, in erdfarbenen Kitteln mit einem Schwan vor der Brust.

»Ja, sie liebte Musik«, erklärte Holmes mit einer Stimme, die ich noch nie an ihm vernommen hatte.

»Und die Geige?« fragte Sigerson; er schien zu weinen.

Ich träumte, Marie Antoinette habe sich in einen Schwan verwandelt, der auf der Brüstung hockte. Holmes küßte den Kopf des Schwans, und er umhüllte ihn mit seinen Schwingen.

Ich erwachte, weil Holmes sanft meine Schulter schüttelte.

»Sie haben den König geholt«, erklärte er.

»Wer?«, fragte ich verschlafen.

»Dr. Gudden und acht Helfer, verstärkt durch den Münchner Polizeichef und seine bewaffneten Leutnants.«

Welcker und Graf Dürckheim verfolgten sie bereits. Holmes hatte die Neuigkeit von Osterholzer, dem Stallburschen, erfahren, der zurückgeblieben war.

Die Münchner Abordnung war in tiefster Nacht angereist. Es war ihnen gelungen, die Schloßbewachung durch ihre eigenen Männer auszutauschen.

»Sie sind auf dem Weg nach Berg«, fügte Sigerson hinzu, »einem kleinen Schloß am Starnberger See.« Dann unterbrach er sich und blickte Holmes und dann mich an.

»Ich zweifle, daß wir ihm jetzt noch helfen können«, bemerkte ich.

»Wir sollten einfach nach London zurückkehren«, bekräftigte Holmes, » – wir drei gemeinsam.«

Sigerson wanderte in einer Weise im Zimmer auf und ab, die an Holmes erinnerte, wenn er sich mit irgendeinem Rätsel quälte.

Schließlich erklärte er: »Sie müssen ohne mich zurückkehren.«

»Warum?« fragte ich erstaunt.

»Da gibt es viele Gründe«, entgegnete Sigerson sanft.

»Ich hatte angenommen, wir hätten alles ausreichend besprochen«, wandte Holmes ein. »Sie können in London Karriere machen.«

Sigerson schüttelte den Kopf. »Ich will Sie nicht enttäuschen«, fügte er vorsichtig hinzu, »doch es ist nicht richtig, wenn ich mit Ihnen gehe.«

»Erinnern Sie sich an die Hütte«, Holmes sprach in Rätseln, »dort haben Sie versprochen, mit uns zu kommen.«

»Tat ich das?« fragte Sigerson spitz. »Ich denke vielmehr, es war meine Schwester, die das versprach, oder? Ich bin wohl kaum an ihr Wort gebunden.«

Holmes wandte sich an mich. »Verzeihen Sie, mein lieber Watson, wäre es Ihnen möglich, mich einige Worte mit unserem Freund hier allein sprechen zu lassen?«

Als ich der Bitte gerade nachkommen wollte, hielt Sigerson mich zurück.

»Warten Sie, Dr. Watson. Bitte bleiben Sie. Mr. Holmes und ich haben uns schon ausgiebig unterhalten. Ich wünsche kein neues Gespräch.«

Da stand ich nun und blickte ziemlich dumm, wie ich fürchte, von einem Mann zum anderen. Jeder von ihnen sprach in so herrischen, eiskalten Befehlen, daß der eine wie das Spiegelbild des anderen wirkte.

Plötzlich zuckte Holmes mit den Schultern.

»Ich habe es immer als einen Fehler betrachtet, Gefühle für einen Klienten zu entwickeln«, erklärte er.

»Ich bin kein Klient«, gab Sigerson zurück. »Sie sind hierher gekommen, um Ludwig zu helfen.«

»Ich glaube, so ist es.«

Holmes war besorgniserregend blaß geworden. Und trotzdem konnte ich den Grund dafür nicht verstehen. Es war wirklich vollkommen unnötig, darauf zu bestehen, der junge Geiger solle Bayern aus Gründen der Sicherheit verlassen. Nur der König war für ihn eine Bedrohung gewesen. Sollte er doch nach München zurückkehren und tun, was er wollte.

»Da Sie den König im Stich gelassen haben«, fuhr Sigerson fort, »muß ich alles in meinen Kräften Stehende unternehmen, um ihn zu retten.«

»Sie bringen sich damit nur in Gefahr«, entgegnete Holmes.

»Ich kann auf mich selbst aufpassen.« Sigerson drehte sich auf dem Absatz um und stürmte aus dem Krankenzimmer.

Holmes legte sich in seine schmale Koje, kreuzte die Arme vor der Brust und schloß die Augen. »Der Treueschwur zu einem Verrückten ist selbst irgendwie verrückt.«

Ich stand am Fenster und sah Sigerson den Schloßhof überqueren. Für geraume Zeit blieb ich dort oben stehen. Nach einer Viertelstunde passierte eine kleine Kutsche das Portal von Neuschwanstein und bog auf die Straße ein, die durch die Berge führte. Ungefähr eine Stunde lang streifte ich durch das Schloß, während Holmes sich ausruhte. Dann bestellte ich ein Mittagessen ins Krankenzimmer, und Holmes und ich setzten uns in Korbstühle um den runden Tisch auf dem Balkon.

Die gesamte Atmosphäre in und um das Schloß schien von dem Geist beraubt, der sie geprägt hatte. Ludwig, der Schwanenprinz, war gefangen. Konnte solch ein Schwan in einem Käfig überleben? Denn, welche Art der Arretierung Dr. Gudden sich auch ausgedacht haben mochte, für Ludwig würde es immer ein Käfig sein. Genau dies sagte ich auch zu Holmes, der allerdings nicht zu Gesprächen aufgelegt war.

Wir beschlossen, noch eine weitere Nacht im Schloß zu verbringen, um früh am kommenden Morgen unsere Rückreise nach London anzutreten.

EIN SCHICKSALHAFTER TAG IN BAYERN

Der Morgen des 13. Juni 1886 dämmerte grau und neblig in Bayern herauf. Ganz offensichtlich hatte Holmes eine sehr schlechte Nacht verbracht, während ich hervorragend geschlafen hatte – keine verwirrenden Träume über Politik und feindliche Armeen. Holmes' Gesicht wirkte angespannt. Er war übernervös und höchst empfindlich.

»Sie haben kaum geschlafen«, bemerkte ich.

»Eine hervorragende Beobachtung«, antwortete er sarkastisch.

»Dieses Wetter erinnert mich irgendwie an bestimmte Frühlingstage zu Hause in England«, sagte ich freundlich.

»Außer, daß Sie normalerweise nicht in einem Schloß inmitten von Bergen und Seen erwachen.«

Jeder weitere Versuch, eine freundliche Unterhaltung zu beginnen, würde ebenso verächtlich ausgeschlagen werden, deshalb schwieg ich.

Nach einer Pause sprach Holmes mich an. »Die Wahrheit ist, ich bin noch nicht so weit, daß ich abfahren könnte. Ich denke, wir sollten für einen letzten Versuch nach Berg fahren.«

»Tatsächlich?« fragte ich. »Ein Versuch, um was zu vollenden, wenn ich fragen darf?«

»Natürlich dürfen Sie«, antwortete Holmes sanft, und

ich verstand, daß dieser neue Tonfall als Entschuldigung für seine vorhergehende Entgleisung gedacht war. »Wir sind nach Bayern gekommen, um dem König zu helfen und Victor Sigerson vor der drohenden Gefahr zu schützen. Beides ist uns nicht gelungen. Deshalb werden wir jetzt nach Berg aufbrechen und dann dort entscheiden, was wir unternehmen können.«

Ich war sehr erstaunt, Holmes von den veränderten Plänen sprechen zu hören. Das war ganz und gar untypisch für ihn. Normalerweise konnte ihn nur eine neue Information dazu bringen, aber ich war mir sicher, daß solch eine Nachricht während der Nacht nicht gekommen war. Vielleicht hatten der Schlag auf den Kopf und die lange Bewußtlosigkeit seine bekannte Entschlossenheit beeinträchtigt.

Wir fanden Osterholzer im Stall und konnten ohne Schwierigkeiten eine kleine Kutsche mit zwei kastanienbraunen Pferden bekommen. Wieder bot er sich an, uns zu fahren.

Als wir Neuschwanstein verließen, konnte ich nicht umhin, zurückzublicken. Die weißen Türme glänzten vor Nässe. Ich betrachtete die kleine Plattform an der Spitze des höchsten Turms und erinnerte mich, wie wir erst vor wenigen Stunden dort oben inmitten von Blitz und Donner gestanden hatten. Ganz allmählich hüllte der Nebel die Türmchen ein, dann die Türme und die tieferen Mauern. Das ganze Schloß schien sich in Nichts aufzulösen. Ich wandte meinen Blick wieder der kurvenreichen Straße zu, die unsere Kutsche ins Tal leitete, und lauschte dem dumpfen Pferdegetrappel.

Die regnerische und neblige Fahrt von Neuschwanstein zu dem kleinen Schloß am Starnberger See, wo man den König gefangen hielt, dauerte fast einen ganzen Tag. Je mehr Zeit verstrich, umso offensichtlicher ermüdete Hol-

mes, und ich sorgte mich um seine Gesundheit. Als wir zu einem Gasthaus kamen, bestand ich auf einer Unterbrechung für eine warme Mahlzeit. Die Besucher des Lokals unterhielten sich über die neue Regentschaft von Ludwigs Onkel Luitpold. Holmes saß kerzengerade am Tisch, die Augen geschlossen. Er schien zu schlafen, doch als ein Wiener Schnitzel vor ihn hingestellt wurde, öffnete er sie. »Sie haben ohne Zweifel bemerkt«, wandte er sich an mich, »daß niemand die Verschwendungssucht des Königs erwähnt. Keine Beschwerden über seine Musikbesessenheit oder seine Bausucht.« Daraufhin wandte er seine ganze Konzentration dem Essen zu. »Wundert Sie diese Zurückhaltung?« fragte er mich. Weil ich Holmes nicht mit bloßem Geplauder belasten wollte, blieb ich stumm und lauschte den Gesprächen unserer Tischnachbarn. Die Dorfbevölkerung stellte Vermutungen an über ein vereintes Deutschland unter Bismarcks Führung.

Als wir das Dorf in der Nähe von Berg erreichten, war Holmes so geschwächt, daß Osterholzer ihm in das Gasthaus helfen mußte, wo wir uns ein Zimmer nahmen. Doch sobald uns der Bursche verlassen hatte, holte Holmes tief Luft, als würde er daraus Kraft schöpfen, und forderte mich auf: »Nun, Watson, auf zum Schloß!«

Da es leicht regnete, liehen wir uns Schirme vom Wirt und wanderten – Holmes ging, so schnell er konnte – in Richtung Schloß. Es war klein und irgendwie bezaubernd, wie ein Lebkuchenhäuschen, in der unteren Etage waren die Fenster allerdings vergittert. Wie alle bayerischen Seen war auch der Starnberger See wunderbar gelegen, und seine Nähe zu dem gepflegten Schloß und Garten machten den Ort noch attraktiver. Holmes schwieg während unserer Wanderung. Etwas weiter draußen sah ich im Wasser die Insel, die Osterholzer als Roseninsel bezeichnet hatte. Der

Name gründete in den fünfzehntausend Rosenstöcken, die dort gepflanzt waren. In der Mitte der duftenden Insel stand einer von Ludwigs kleinen Pavillons. Ich hatte das Gefühl, als könne ich etwas von den Rosen in der feuchten Luft erschnuppern.

Am Portal des Schlosses fragte Holmes nach Victor Sigerson , der nach wenigen Minuten erschien.

»Sie haben nicht getan, was ich gesagt habe«, wandte sich Sigerson an Holmes. »Kommen Sie hier herein.«

Wir folgten ihm in eine Art Schuhzimmer im Untergeschoß. Das kleine, vergitterte Fenster ohne Glas war hoch oben in die Wand eingelassen.

»Ich bitte Sie – «, begann Holmes.

»Das haben Sie bereits getan. Ich habe keine Zeit, mich mit Ihnen zu unterhalten. Ich bin gerade dabei, einen Spaziergang mit dem König zu unternehmen.« Sigerson ging zum Fenster, durch das ein kleiner Teil des Gartens und des Sees zu sehen war. »Kommen Sie her«, forderte er Holmes auf.

Dieser ging zu Sigerson und nahm die Hand, die er ihm entgegenstreckte. Mit einer Bewegung, so schnell, daß ich sie kaum wahrnehmen konnte, fesselte er Holmes mit Handschellen an dem Fenstergitter!

»Was tun Sie?« wetterte Holmes.

»Ich habe Sie festgesetzt«, erklärte Sigerson.

»Ich möchte behaupten«, gab Holmes zurück, »daß ich ebenso gut bin wie Sie, wenn es um Schlösser geht.«

»Mein lieber Freund«, antwortete Sigerson sanft, »denken Sie, ich würde Sie unterschätzen? Dies ist kein gewöhnliches Schloß, sondern eines, das ich selbst gebaut habe. Leben Sie wohl. Nun werden Sie Frieden haben.«

Bevor ich irgend etwas sagen konnte, verließ er uns. Holmes war fest an das Fenster gekettet. Mit seiner freien

Hand zauberte er ein Stück Draht hervor, womit er versuchte, sich von der Handschelle zu befreien. Mit einem Ausdruck höchster Konzentration widmete er sich dem Innern des Schlosses.

»Kann ich Ihnen helfen?«

»Ruhe«, murmelte Holmes. Er lauschte auf die feinen Geräusche des Mechanismus'.

Durch das hochgelegene Fenster konnte ich sehen, wie der König, Sigerson und Dr. Gudden durch den Garten gingen. Holmes nahm sich nur einen kurzen Augenblick Zeit, hinauszusehen. »Erzählen Sie, was sie machen«, befahl er mir und wandte sich wieder seiner Arbeit zu.

Anscheinend war zwischen den dreien ein Streit ausgebrochen. Der König zeigte auf den See. Dr. Gudden zog ein Paar Handschellen hervor. Ludwig wurde immer aufgeregter, und Sigerson flüsterte etwas in sein Ohr. Dr. Gudden fesselte sie aneinander, doch beinahe augenblicklich rannten sie zum See, und Dr. Gudden blieb nichts weiter, als hilflos hinterherzusehen.

»Was tun sie?« fragte ich erstaunt.

»Das Schloß ist unmöglich«, schimpfte Holmes.

»Ganz gewiß nicht«, beruhigte ich ihn.

Durch das Fenster beobachteten wir, wie Sigerson und der König, an den Händen aneinander gefesselt, ins Wasser rannten. Sie begannen, ziemlich ungeschickt zu schwimmen.

Holmes rüttelte an den Handschellen. »Halten Sie sie auf!« schrie er mich an.

Ich rannte aus dem Zimmer. Als ich aus dem Schloß in den Garten stürzte, sah ich, wie Sigerson und der König sich draußen im Wasser abstrampelten. Gudden riß sich den Mantel vom Körper und sprang in die Wellen. Er erreichte sie schnell. Was dann geschah, ist schwer zu berich-

ten. Die drei kämpften miteinander im Wasser. Ich rannte den Pfad zum See hinunter.

Plötzlich blockierte ein riesiger Schwan meinen Weg. Die weißen Schwingen wie Segel gespannt, den Hals gestreckt, zischte er mich bedrohlich an. Unsicher trat ich einen Schritt vor. Ungefähr eineinhalb Meter breit und hoch umschloß er mich wie ein Gitter aus Federn. Ich versuchte, um ihn herumzugehen, doch der Schwan ging aggressiv auf mich los. Seine Augen blitzten vor Wut, und sein Schnabel schnappte laut nach mir. Ich griff mir Kies vom Pfad und bewarf ihn damit. Die weißen Federn wirkten wie ein Panzer, der die Steinchen abprallen ließ.

Der Schwan rückte immer näher an mich heran. Er zwang mich, einen Schritt zurückzutreten. Sein Kopf schien noch höher gereckt zu sein. Er ähnelte dem einer Kobra, so wie ich sie in Indien gesehen hatte. Ganz überraschend biß mich der Vogel ins Bein. Durch die Hose hindurch wühlte sich der Schnabel ins Fleisch. Blut sickerte durch den Stoff. Ich fiel zurück, und schon war das Tier über mir. Seine flossenartigen Füße drückten auf meine Brust; die scharfen Nägel drangen durch mein Hemd.

Seine Brustfedern bedeckten mein Gesicht wie eine todbringende Wolke, gegen die ich mich vergebens wehrte. Endlich rollte ich unter dem Schwan hervor und rappelte mich auf. Mein Blut hatte das Weiß der Federn an Brust und Schwingen befleckt. Und wieder ging er auf mich los, die Flügel ausgebreitet wie ein Wasserspeier. Ich nahm beide Hände voller Kies, brüllte laut auf und schleuderte die Steine auf das Tier, indem ich von beiden Seiten auf den Kopf zielte. Dieses Mal legte er seine Schwingen an und verschwand hinter einem Felsbrocken.

Ich stürzte zum Wasser, doch die drei Männer waren verschwunden.

Der Regen klatschte ins Wasser. Der Hut des Königs lag am Ufer. Ich watete in den See. Eine ganze Weile stand ich dort, die Wellen schlugen gegen meine Schenkel, doch nirgendwo sah ich aufgewühltes Wasser oder einen anderen Hinweis, der meine Rettungsaktion hätte leiten können.

Vollkommen durchnäßt verließ ich den See und kletterte auf eine Steinbank. Vielleicht konnte ich sehen, wie jemand ans Ufer schwamm. Ich war wie benommen. Hatte ich das Ganze nur geträumt? Der See schien mit den dreien auch die Wirklichkeit verschluckt zu haben. Traurig ging ich zum Schloß zurück.

Mit jedem Schritt fürchtete ich mich mehr, Holmes die Nachricht überbringen zu müssen. Vielleicht hatte er mitangesehen, wie sie ertranken. Mein Oberschenkel schmerzte, und ich wurde fast ohnmächtig vor Kälte.

In dem Augenblick, als ich das Zimmer betrat, erkannte ich, daß die Handschelle von Holmes' Arm verschwunden war. Holmes drehte sich zu mir um und flüsterte: »Sigerson ist tot.«

Ich nickte.

»Und der König?«

»Ertrunken«, antwortete ich.

»Helfen Sie mir«, forderte Holmes mich mit ruhiger Stimme auf.

Ich stützte ihn und half ihm aus dem Schloß, durch den tropfnassen Garten zurück zu unserem Gasthaus. Als ich Holmes zu Bett gebracht hatte, bat er mich, ihn allein zu lassen.

In meinem Zimmer reinigte ich die Wunde und wechselte die Kleidung. Sowohl Holmes als auch ich selbst waren anschließend mehrere Tage krank.

Während meiner Genesung erfuhr ich, daß ein Fischer die Leichen des Königs und Dr. Guddens draußen im See

gefunden hatte. Gudden hatte noch den Mantel des Königs umklammert; sein Gesicht war zerkratzt, und Blutergüsse am Hals ließen darauf schließen, daß er gewürgt worden war. Offensichtlich hatte zwischen den beiden ein heftiger Kampf stattgefunden. Sigersons Leiche wurde niemals gefunden.

Offiziell wurde der Name Victor Sigerson mit keiner Silbe erwähnt, und Holmes beschloß, es wäre unnötig, darüber zu berichten, daß Sigerson gemeinsam mit dem König und Dr. Gudden ins Wasser gegangen war.

Als wir gerade aufbrechen wollten, brachte uns der Wirt einen Brief, der einige Tage herumgeirrt war.

Holmes und ich setzten uns zu beiden Seiten des kleinen Feuers im Gastraum des Wirtshauses. Langsam öffnete Holmes den Umschlag. »Der Brief ist vom 12. Juni datiert.« Seine Augen wanderten über das Blatt, seine Hände zitterten.

Doch als er mich wieder ansah! Nie zuvor hatten seine Augen einen so kalten, fast reptilienartigen Ausdruck gehabt. Er erklärte mir, Sigerson habe seinen Tod vorausgeahnt und ihm, Holmes, die Stradivari vermacht. Er habe die Geige nach München geschickt und wünsche uns ein glückliches Leben.

»Der Brief endet einfach mit V. Sigerson«, murmelte Holmes. Einen Moment lang blickten wir einander starr in die Augen.

Ich schüttelte den Kopf. »Wie konnte er wissen, daß wir nach Berg kommen würden?« fragte ich.

»V. Sigerson.« Holmes faltete den Brief und steckte ihn in seine Brusttasche. »Ein unvergleichlicher Geist.« Er stand abrupt auf und ging zum Feuer, wo er mit der Fußspitze gegen den einzigen Holzscheit stubste, der im Kamin brannte.

Als wir nach München kamen, holte sich Holmes die Stradivari, wie es Sigerson bestimmt hatte. Schon bald befanden wir uns auf einem Zug nordwärts. Holmes stellte den Geigenkasten zwischen seine Knie auf den Boden. Er war schweigsam und mißmutig, trotzdem wirkte er gleichzeitig irgendwie beruhigt. Eigenartigerweise hatte Sigerson vorausgesagt, Holmes würde seinen Frieden finden. Wenn wir erst einmal wieder in unserer vertrauten Umgebung wären, würde er sich noch weiter erholen, da war ich mir sicher.

Während wir über die Gleise ratterten, legte Holmes seine Hand über das runde Ende des Kastens und wandte sich an mich.

»Ich wäre geneigt, das ganze Abenteuer als einen Sommernachtsalptraum abzutun«, erklärte er, »wäre nicht dies hier.« Er machte eine kleine Pause und klopfte auf den Deckel. »›Welche Dummköpfe wir Sterblichen sind‹.« Seine Stimme klang traurig. Er blickte auf das Instrument. »Ich werde es in Ehren halten«, fügte er hinzu.

Noch lange Zeit danach, immer wenn Holmes auf der Geige spielte, tauchten die geisterhaften Türme von Neuschwanstein vor meinem inneren Auge auf, ebenso wie das Gesicht des verrückten Königs Ludwig II., den wir nicht hatten retten können.

Die Gegenwart

DIE DAME IN ROT MACHT EINEN BESUCH

Das Abenteuer um den verrückten König geschah vor sechsunddreißig Jahren. Es wurde niemals veröffentlicht, und ich hatte die Geschichte auch nie wieder gelesen. Für Jahrzehnte vergessen. Von dem Gelesenen war ich wie betäubt. Sigerson war tot und dennoch – ich wußte mit alledem wenig anzufangen. Mir war, als decke ein blankes, kaltes Tuch meinen Verstand sanft zu. Was sollte ich nun tun? Und morgen?

Holmes hatte geliebt und verloren. Mein Mitleid mit ihm wanderte durch die Jahre zurück. Und wiederum schien er mir im Zug gegenüber zu sitzen, den Geigenkasten zwischen den Knien zu streicheln: »Ich werde sie in Ehren halten.«

Ich saß vor dem langsam erlöschenden Feuer und lauschte. Im Korridor unter mir konnte ich Fußtritte hören. Ja, nun waren die Fußtritte auf der Treppe. Nannerl? Ich fürchtete, diese kalten grauen Augen wiederzusehen. Wie konnte ich ihr klarmachen, daß ich nichts Böses im Schilde führte? Doch wer war sie? Sigersons Zwillingsschwester war nur ein Hirngespinst von Holmes. Viola und Victor Sigerson waren ohne Zweifel ein und dieselbe Person. Sie waren – sie war – tot. Angenommen, Nannerl war aus einem ganz anderen Teil von Holmes' Vergangenheit

auferstanden? Ich stellte mir jeden ihrer Schritte vor, und nach eben der Zeit, die sie bis zu meiner Tür brauchte, sprach ich in lautem, ruhigem Ton:

»Wollen Sie nicht eintreten?«

Und herein trat sie. Nicht die knorrige Nannerl. Sondern die Dame in Rot, das weiße Haar umspielte sanft ihr hübsches Gesicht. Eingehüllt in ihren warmen, pelzbesetzten Mantel mit einem Stechpalmenzweig am Revers, schien sie die Kälte kaum gespürt zu haben.

Ich schloß die Tür hinter ihr und verbeugte mich. »Madame, ich stehe Ihnen zu Diensten. Leider habe ich keine Ahnung, wer Sie sind.«

»Früher haben Sie einmal über mich geschrieben.«

»Mein Gedächtnis läßt mich heutzutage manchmal im Stich«, mußte ich leider einräumen.

»Und dennoch befindet sich eine von Holmes hoch geachtete Fotografie von mir in diesem Raum.«

Während sie auf den Sekretär mit ihrem Foto zuging, erklärte ich schnell: »Irene Adler, *die* Frau!«

Sie nahm das Foto und hielt es neben ihr Gesicht, damit ich beides vergleichen konnte.

»›Das Alter bringt deine Schönheit nicht zum Welken, noch die Gewohnheit deine Wandlungsfähigkeit‹«, bemerkte ich treffend.

»Wie nett von Ihnen, Dr. Watson, mich noch um diese Zeit zu empfangen.«

»Wie nett von Ihnen, mich bei diesem Wetter zu besuchen«, entgegnete ich und zog einen Stuhl für sie näher an das Feuer. Mit dem Schürhaken rüttelte ich an den glimmenden Holzscheiten, daß die Funken flogen.

Mit der anderen Hand zeigte ich auf meine Bücher und fragte:

»Sind Sie schon einmal hier gewesen?«

»Nein, nein«, antwortete sie schnell. »Das ist das Werk von Nannerl.«

»Darf ich Ihnen etwas Heißes zu trinken anbieten?«

»Ja, bitte.«

Ich bereitete uns beiden eine Tasse heiße Schokolade. Sie zeigte auf den Ordner mit dem Titel »Die Abenteuer des verrückten Königs« und bemerkte fröhlich: »Wie ich sehe, haben Sie den Weihnachtsabend damit verbracht, etwas über Bayern zu lesen.«

»Und eine eigenartige Geschichte noch dazu. Stellen Sie sich vor, die ganze Zeit, die ich mit Holmes in Bayern verbrachte, war ich felsenfest davon überzeugt, er sorge sich um den König und nebenbei noch um einen Geiger, den ich natürlich für einen Mann hielt.«

»Und jetzt?« fragte sie.

»Jetzt weiß ich, daß der Geiger eine Frau war.«

Irene Adler nippte an ihrer Schokolade und studierte mich mit ihren ruhigen blauen Augen. Wie es manchmal bei weißhaarigen Frauen der Fall ist, hatten auch ihre Augen an Intensität gewonnen. Einen Moment lang sah sie mich sehr ernst an.

»Ich habe immer die größte Hochachtung für Mr. Holmes gehegt«, bemerkte sie vorsichtig. »Wie, denken Sie, konnte ich ihm und dem König von Böhmen entkommen? Wie, glauben Sie, konnte ich gemeinsam mit Godfrey Norton – Gott sei seiner Seele gnädig – dem Netz entgehen, das der große Detektiv für uns ausgelegt hatte?«

»Das weiß ich wirklich nicht«, gab ich ehrlich zu.

»Ich wußte eine Menge von Holmes. Anders als die meisten Kriminellen, zu denen ich natürlich nicht gehörte, habe ich seine Intelligenz niemals unterschätzt. Ich wußte sehr viel von ihm, *bevor* ich überhaupt nach London kam. Ich verfügte über sehr *intime* Kenntnis darüber, wie sein

Verstand arbeitete. Wie hatte ich wohl zu diesem Wissen kommen können, mein lieber Dr. Watson?«

»Auch hier muß ich passen«, erklärte ich wiederum. »Vielleicht durch meine Erzählungen?«

Sie setzte sich wieder, lächelte mich vertrauensvoll an und fuhr dann fort: »Von Victor Sigerson hatte ich eine Menge über Holmes erfahren.«

Ich starrte sie nur an.

Ihre Blicke schweiften zum Feuer und dann wieder zurück. »Sie können mir vertrauen, Dr. Watson, ich kann ein Geheimnis bewahren. Doch es war sie und nicht ich, die Sherlock Holmes Schachmatt setzte.«

»Während des böhmischen Skandals?«

»Und während der Vorkommnisse am Starnberger See. Ihr Wissen von ihm haben wir nur zu seinem Nutzen eingesetzt – sie hat ein großes Opfer gebracht.«

Ich setzte mich gegenüber Irene Adler ans Feuer. Sie wirkte sehr gefaßt. Vieles von der ehemaligen Grandezza einer Opernsängerin hatte sich in Sanftmut und reine Freundlichkeit verwandelt.

»Ich habe das Gefühl, Sie haben mir viel zu erzählen«, sagte ich. »Doch nehmen Sie sich bitte Zeit. Fühlen Sie sich ganz wie zu Hause. Ich werde Ihnen gern zuhören. Mir scheint, es gab ein Nachspiel zu unserem bayerischen Abenteuer. Gerade habe ich die Lektüre des Manuskripts beendet, doch wie es weitergegangen sein mag, kann ich mir beim besten Willen nicht vorstellen.«

Sie stellte ihre Tasse beiseite, faltete die Hände im Schoß und lehnte sich vor.

»Zunächst einmal möchte ich Ihnen erklären, daß nur zwei Menschen an jenem 13. Juni 1886 im Starnberger See ertranken: Ludwig II. und Dr. Gudden. Viola Sigerson überlebte.« Mit einem offenen Gesichtsausdruck fügte sie

hinzu, »All das ereignete sich 1886, in einem Jahr, wo ich häufig mit dem König von Böhmen unterwegs war.«

Dieses ungeschönte Geständnis machte mich ein wenig verlegen, und ich wandte meinen Blick von ihren blaugrünen Augen ab. Sie bemerkte mein Unwohlsein.

»Dr. Watson, ich bitte Sie«, erklärte sie in einem mitfühlenden, aber selbstbewußten Tonfall. »Wir wollen doch nicht viktorianisch werden. Um es ganz deutlich zu sagen, damals war ich die Geliebte des Königs von Böhmen.«

Ich zwang mich, wieder in ihr Gesicht zu schauen, denn ich wußte, sie würde ihre Geschichte nicht eher fortsetzen, bis ich die Fakten ohne Scham akzeptierte. Sie lächelte mich geduldig an.

»Wie Sie sich gewiß erinnern«, fuhr sie fort, »war ich in jenen Tagen eine ziemlich bekannte Opernsängerin. Ich hatte immer schon einmal in der Münchner Oper oder im privaten Theater der königlichen Residenz singen wollen. Es war allgemein bekannt, daß der König zu diesem Zeitpunkt bereits sehr exzentrisch war. Man erzählte sich, er sei verrückt nach realistischen Effekten. Wenn im Drehbuch ein Wolkenbruch verlangt wurde, befahl er, die Aufführung im Regen stattfinden zu lassen. Er ließ einfach das Dach des Theaters entfernen. Einige behaupteten sogar, er habe in seinen letzten Jahren echte Folter auf die Bühne gebracht, doch daran glaube ich nicht. Tatsächlich aber wurden häufig verschwenderische Produktionen ganz allein für ihn inszeniert. Für die meisten Sänger war es sehr unangenehm, wenn das ganze Auditorium nur aus dem König bestand.

Ich wußte, daß ich ohne meinen damaligen Beschützer nicht vor Ludwig singen wollte, deshalb überredete ich den König von Böhmen, der zu dem Zeitpunkt alles für mich getan hätte, seinen königlichen Nachbarn zu besuchen. Im Juni 1886 waren wir in München. Man sagte uns, Ludwig

sei in einem seiner Schlösser unterwegs – tatsächlich glaubte man ihn in Hohenschwangau, doch er war in Linderhof und später dann in Neuschwanstein. Nichtsdestotrotz wollten wir in München auf seine Rückkehr warten.

Wie es sich ergeben sollte, haben wir ihn nicht mehr lebend gesehen, nur seinen Leichnam bei einem Kondolenzbesuch in der Michaels-Kirche.

Doch ich greife schon zu weit voraus. Während wir in München auf Ludwigs Rückkehr warteten, erzählte man uns von einer kleinen Insel, der Roseninsel mitten im Starnberger See, eine Insel übersät mit Rosenstöcken. Wie Sie wissen, liegt der See nicht weit von München entfernt.

Der König von Böhmen war eng mit der Herzogin Ludovica befreundet, deren Tochter Elisabeth eine gute Freundin von Ludwig war. Es war ein Leichtes für den König von Böhmen, bei der Herzogin vorstellig zu werden und eines ihrer Boote sowie ausreichend Personal für einen Besuch auf der Roseninsel zu bekommen.

Wir beide, der König von Böhmen und ich, verliebten uns auf der Stelle in diese Insel und schickten das Boot mit dem Befehl zurück, erst zwei Wochen später wiederzukommen. Bis auf einige wenige Bedienstete für das Kochen und Sonstiges waren wir ganz allein.

Während solche Unternehmungen häufig sehr idyllisch beginnen, können zwei an Geselligkeit gewöhnte Menschen in der Einsamkeit einander schnell überdrüssig werden. Und auch das Wetter änderte sich, von strahlendem Sonnenschein zu Kälte und Regen.

Ein Spaziergang rund um die Insel gehörte zu meinen liebsten Beschäftigungen, sogar im Regen. Am 13. Juni fand ich bei einer dieser einsamen Wanderungen eine Frau, halbtot vor Erschöpfung, das Gesicht zerkratzt. Sie war ans Ufer geschwemmt worden. Ich wickelte sie in meinen Um-

hang und rannte zurück, um Hilfe zu holen. Schon bald hatten wir sie warm und sicher in unsere Behausung gebracht.

Von Anfang an war ich von der Schnelligkeit beeindruckt, mit der sie Schlußfolgerungen zog. Es war ihr augenblicklich klar, nur Personen königlichen Geblüts konnten auf Ludwigs Insel wohnen. Sie bat mich, sie vor den anderen zu verbergen. Weil es ihr so viel bedeutete, habe ich ihr diesen Wunsch gern erfüllt.

Sie schien mir gemütsmäßig recht instabil. Natürlich wußte ich, daß jeder, der beinahe ertrunken wäre, für einige Zeit recht nervös sein mußte, sie allerdings schien unter einem schwereren Kummer zu leiden. Ganz häufig wirkte sie melancholisch. Ich fand ihren Fall sehr interessant. Zumindest war sie interessanter als der König, der sich als ein entsetzlicher Langweiler herausstellte. Er hatte es sich angewöhnt, sich die Zeit bis zur Wiederkehr des Bootes mit Fischen zu vertreiben. Damit war er für Stunden beschäftigt. So hatte ich viel Zeit, mich mit der jungen Frau zu unterhalten.

Einmal sprach ich sie auf ihr außergewöhnlich kurzes Haar, wie der Haarschnitt eines Mannes, an und darauf, daß sie Männerhosen getragen hatte. Als ich die Hosen erwähnte, fing sie zu weinen an. Ich hatte den Eindruck, sie erinnerten sie an jemanden, der ihr sehr nahe gestanden hatte. Ich fragte sie, ob sie allein in dem Fischerboot gewesen wäre oder ob ihr Ehemann, vielleicht auch Liebhaber vermißt war. Ihre Antwort: ›Ich habe ihn für immer verloren.‹

Einige Abende später entzündete ich ein anständiges Feuer in ihrem Zimmer und bat sie, ihren Kopf in meinen Schoß zu legen. Ich streichelte ihre Stirn und das kurze Haar, und dann fragte ich noch einmal, warum sie es so trug.

Dieses Mal blickte sie mich aus ihren schönen grauen Augen sehr offen an und erklärte: ›Mein Haar ist kurz, weil ich für die Welt ein Mann war.‹

Diese Geschichte beglückte und faszinierte mich. Natürlich ruhte ich nicht, bis ich sie ganz gehört hatte, doch in jener Nacht hielt ich mich noch zurück. Ich hielt es für besser, vorsichtig mit ihr umzugehen, denn ich hatte beobachtet, wie schwankend ihre Gefühle waren. Und meine Einschätzung war richtig, denn ihr seelischer Zustand war tatsächlich gefährlich labil.

Schließlich kam das Boot, und wir konnten die Roseninsel wieder verlassen. Natürlich erzählte man uns, daß Ludwig während unseres Aufenthalts ertrunken war. Sobald ich erfuhr, daß er genau an dem Tag gestorben war, als ich die angeschwemmte Frau gefunden hatte, vermutete ich, die beiden Geschichten müßten etwas miteinander zu tun haben. Schließlich fragte ich sie eines Tages, ob Ludwig ihr Geliebter gewesen wäre. Und wiederum brach sie in Tränen aus, stritt aber vehement ab, Ludwig habe sie jemals angerührt. Ich versuchte, ihr Sicherheit zu geben, sagte ihr, ich würde ihr glauben, doch den Rest des Tages ließ sie den Kopf hängen, als schäme sie sich.

Ein anderes Mal fragte ich sie, ob nicht jemand darüber benachrichtigt werden solle, daß sie lebe und es ihr gut gehe. Hatte sie denn keine Verwandten, keine Familie, deren Ängste beruhigt werden mußten? Sie antwortete: ›Meine Freunde … glauben, ich bin tot. Dafür habe ich gesorgt.‹

›Warum?‹ insistierte ich. ›Warum spielen Sie ein solch grausames Versteckspiel?‹

Sie sah mich verwundert an: ›Weil ich sonst seine Geliebte geworden wäre‹, und fügte dann so leise hinzu, daß ich sie kaum verstehen konnte, ›oder seine Frau.‹

Ich nahm ihre Hand in die meine und drückte sie. In

diesem Augenblick war es nicht gut, weitere Geständnisse zu fordern. Obwohl ich nicht gerade eine konventionelle Person war und bin, war ich dennoch erstaunt. Warum sollte sie nicht die Geliebte des Mannes werden, den sie doch offensichtlich sehr liebte?«

An dieser Stelle unterbrach Irene Adler ihre Erzählung.

»Diese Frau war also Viola Sigerson?« fragte ich. Sie nickte zustimmend. »Sie muß geglaubt haben«, fuhr ich fort, »daß Holmes, wenn er von ihrem Tod überzeugt war, natürlich eine Zeit des Kummers durchleiden, dann aber auch darüber hinwegkommen würde.«

»Richtig«, bestätigte Irene. »Genau damit hat sie gerechnet.«

»Aber wir haben gesehen, wie sie ertrank.«

»Viola Sigerson hatte viele Talente«, erklärte Irene. »Gelegentlich verdiente sie sich etwas durch die Zauberei hinzu –«

»Jawohl«, unterbrach ich sie. »Natürlich, ich war ja selbst bei einer dieser Aufführungen in Edinburgh dabei.«

»Dank ihrer Befreiungskünste konnte sie aus der Handschelle loskommen, die sie an Ludwig gekettet hatte. Offensichtlich ist es für einen Zauberer nichts Ungewöhnliches, einige der unerläßlichen Hilfsmittel immer mit sich herumzutragen.«

Auch Holmes trug immer einen Draht bei sich.

»Da sie annahm«, fuhr Miss Adler fort, »Holmes würde die Wasseroberfläche beobachten, tauchte sie fast die gesamte Strecke.«

Ich erinnerte mich an das aufgewühlte, kalte Wasser. Viola Sigerson hätte unter solchen unwirtlichen Umständen sehr leicht ertrinken können. Sie hatte eine Menge riskiert, um Holmes von ihrem Ableben zu überzeugen. Doch warum? Warum?

»Natürlich wagte sie es nicht mehr, an ihren angestammten Platz im Orchester zurückzukehren. Sie fürchtete, Holmes würde das überprüfen.«

Einen Moment lang schwieg Irene.

»Da ich viele Menschen in der Musikwelt kannte, war es mir ein leichtes, Viola einen Platz im Orchester der Pariser Oper zu vermitteln. Sogar jetzt noch, wo sie Arbeit hatte – natürlich war sie wiederum als Mann verkleidet – war sie unglücklich.« Irene schien von der Erinnerung erschöpft.

»Einmal, als ich nach kurzer Abwesenheit wieder nach Paris zurückkehrte, fand ich Viola Pfeife rauchend und gekleidet wie der berühmte Sherlock Holmes in unserer Wohnung. Anfangs war es für mich nichts mehr als eine Laune. Ich glaube, beide, Holmes und Viola, hatten einen ungewöhnlich starken Hang zu Verkleidungen. Ich selbst habe mich dieser Mittel auch des öfteren bedient.«

1887 beispielsweise, da hatte sich eine verkleidete Irene Adler mit Holmes und mir an unserer Wohnungstür unterhalten. Holmes war die Stimme bekannt vorgekommen, wie ich im »Skandal in Böhmen« vermerkte, damals allerdings konnte er den Mummenschanz nicht durchschauen.

»Deshalb war ich auch durch Violas Verhalten nicht übermäßig beunruhigt«, fuhr sie fort, »doch dann entwickelte sie dafür eine wirkliche Vorliebe. Ich hatte den Eindruck, daß sie auf eine ungesunde Weise von Holmes besessen war. Sie hatte ihn aufgegeben, indem sie ihre eigene Identität opferte; nun versuchte sie ihn zurückzubekommen, indem sie seine Identität annahm. Und sein Verhalten. Während dieser Zeit habe ich sehr viel über Holmes erfahren. Langsam wurde mir deutlich, wie dringend Viola ärztlicher Hilfe bedurfte. Irgendwann konfrontierte ich sie mit dem Vorschlag.

Langsam reifte in ihr der Entschluß, nach London

zurückzukehren. Sie wollte sich selbst in eine psychiatrische Anstalt einweisen lassen. Von Zeit zu Zeit sprachen wir ganz rational darüber. Dann wieder gab es Augenblicke, da hegte sie die Phantasie, daß Holmes, verkleidet als Ludwig XIV., ihr zu Hilfe eilen würde, wenn sie eingesperrt wäre.«

»Doch war sie tatsächlich so krank«, fragte ich, »daß sie in ein Krankenhaus gehörte?«

Irene Adler seufzte und strich sich das Kleid über den Knien glatt. Ihr Gesicht war sehr ausdrucksvoll, doch nun wirkte es alt und voller Bedauern.

»Mein Leben wurde zu dem Zeitpunkt immer komplizierter, weil ich Godfrey Norton getroffen hatte. Mit anderen Worten, ich war verliebt. Ganz spontan entwickelte Viola eine Abneigung gegen Godfrey und er gegen sie. Das machte mich sehr traurig, doch es gelang mir nicht, die beiden miteinander zu versöhnen. In Violas Augen war Godfrey viel zu gewöhnlich für meine Liebe. Ich glaube, der physische Aspekt seiner Attraktivität irritierte sie. Mit der Zeit wurde sie so reizbar, daß der Gedanke, sie in der Obhut ausgebildeter Pfleger zu wissen, eine große Erleichterung schien.«

Sie sah mich mit einem Ausdruck tiefen Kummers und ebenso heftiger Schuld an.

»Ich bin sicher, Sie haben mehr für sie getan als irgendwer sonst«, bestärkte ich sie. »Auch das Zusammenleben mit Holmes war manchmal sehr schwierig. Ich habe diese Räume mehr als einmal verlassen, um zu heiraten. Seinem Andenken tue ich keinen Abbruch, wenn ich betone, daß er häufig arrogant, fordernd und unaufmerksam war. Doch wurden diese Fehler in seinem Charakter durch andere Eigenschaften wettgemacht. Und ganz sicher war er nicht ohne Wärme, trotz seiner scheinbaren Menschenferne.«

»Wenn Godfrey vielleicht später in mein Leben getreten wäre, hätte Viola genügend Stabilität gehabt, ihn nicht als Bedrohung zu empfinden. Doch so ...«

»Wenn ich Ihren Worten Glauben schenken darf«, erinnerte ich sie, »war Viola schon in ihre irrationalen Phantasien verstrickt, bevor Godfrey Norton die Bühne betrat.«

»Ja, das ist richtig«, bestätigte Irene. Doch sie sah nicht sehr zufrieden aus.

»Hier, trinken Sie einen Schluck Brandy«, lud ich sie ein. »Das mache ich häufig, wenn ich hier nachts allein sitze.«

Ich holte ihr ein Glas, und sie nahm es dankbar an.

»Ist es richtig«, fuhr ich fort, »daß Godfrey Norton gestorben ist?«

»Ja, er starb vor zehn Jahren.«

»Wissen Sie, Holmes glaubte, auch *Sie* wären schon vor Jahren gestorben.«

»Als ich mich von der Bühne zurückzog, habe ich Gerüchten um meinen Tod nicht widersprochen.«

»Und was wurde aus Viola Sigerson?« fragte ich weiter.

»Immer wenn ich in all den Jahren nach London kam, habe ich sie besucht. Manchmal freute sie sich, mich zu sehen. Dann wieder war sie schweigsam oder verdrießlich. Einmal hat sie mich nicht erkannt. Seit kurzem ist sie sehr verwirrt. Ich hatte Angst, sie könne Ihnen etwas antun, deshalb schickte ich die Warnung.«

»Sie schrieben an Dr. Wiggins und rieten ihm, meine Nachforschungen nicht zu unterstützen?«

Sie nickte. »Kein Schloß kann sie zurückhalten. Ihre Fähigkeiten als Befreiungskünstler hat sie behalten.«

»Dann ist *sie* die Frau, die Dr. Wiggins und ich als Nannerl kennen.«

»Warum, in Gottes Namen, haben die beiden nicht einfach geheiratet, mein lieber Watson?«

Verwirrt schüttelte ich den Kopf. Ich erinnerte mich an Holmes' kalte, emotionslose Natur. All dies war natürlich nur Fassade gewesen. Niemand wußte es besser als ich, besonders nach allem, was ich an diesem Tag erfahren hatte, daß eben Holmes' Gefühle nur kontrollierter und verborgener waren als die anderer Menschen. Wenn Viola ihn geliebt hatte, mußte sie das erkannt haben.

Es klopfte an der Tür.

»Wer ist da?« fragte ich.

»Dorothy.«

»Wer?«

»Fanny.«

»Was soll das?« fragte ich und stand auf.

»Augusta. Nannerl.« Wie durch Zauberei öffnete sich die Tür, obwohl ich den Riegel vorgelegt hatte.

»Viola!« rief Irene aus, denn dort stand Nannerl – Viola Sigerson – als Sherlock Holmes verkleidet!

Irene sprang auf, stellte sich vor mich und umarmte sie. Viola schien aufgeregt und verwirrt, aber nicht gefährlich. Dann trat Irene einen Schritt zurück und betrachtete Viola mit kritischem Blick.

»Du siehst besser aus«, stellte sie fest.

»Viola, Dorothy, Fanny, Augusta, Nannerl ... sie warten.«

»Warten auf was?« Mein Ton klang aggressiver, als ich es beabsichtigt hatte.

»Ich hatte ...«, ihre Stimme verebbte langsam.

»Was hast du, meine Liebe?« fragte Irene freundlich.

»Ich hatte ... eine Idee.« Mehr sagte sie nicht.

»Bitte«, sagte ich. »Kommen Sie herein.« Vorsichtig trat sie einen Schritt ins Zimmer, ging zum Kamin und nahm den persischen Hausschuh in die Hand. »Wir wollen ein wenig reden«, fügte ich etwas schwatzhaft hinzu. Dann

setzten wir uns. »Erzählen Sie uns, warum Sie sich diese Namen gegeben haben?«

Violas Verstand schien sich zu sammeln.

»Wer waren diese Frauen?« fragte sie uns.

Irene und ich sahen einander an.

Ganz langsam, aus Gott weiß was für einer Ecke meiner Erinnerung tauchte die Erklärung des Rätsels auf: Dorothy war die Schwester des Dichters William Wordsworth gewesen. »Augusta war die Halbschwester von Lord Byron«, platzte es aus mir heraus. »Und Fanny die Schwester von John Keats.«

»Und Fanny Mendelsohn!« fügte Irene Adler hinzu. »Felix' begabte Schwester.«

»Und Nannerl?« fragte ich.

»Die Schwester des größten Genies von allen«, erklärte Irene. »Wolfgang Amadeus Mozart.«

Ganz ruhig zog ich den richtigen Schluß: »Sie alle waren hochbegabte Schwestern von berühmten Brüdern.«

»Natürlich«, erklärte Irene traurig, »konntest du nicht deinen eigenen Bruder heiraten.«

»Meinen Halbbruder. Wir hatten die gleiche musikalische Mutter.«

Irene ging zu Viola und schloß sie in die Arme. »Was für eine unmögliche Situation«, entfuhr es ihr.

Und wieder hatte ich die letzte Nacht vor Augen, die Holmes und ich auf Neuschwanstein verbracht hatten. Ich hatte ja gerade darüber gelesen. Während ich unruhig im Krankenzimmer schlief, hatte sich für mich die Gestalt der Marie Antoinette in einen Schwan verwandelt, der Holmes unter seinen Schwingen begrub. Viola. Der züchtige Kuß, den Holmes auf ihre Stirn drückte. Und sie hatten sich nicht über Marie Antoinettes Liebe zur Musik unterhalten, sondern über ihre eigene Mutter; ein Bruder, der seiner

Schwester von der Mutter erzählte, die sie nie kennengelernt hatte.

»Und wußte Sherlock«, fragte ich, »daß Sie seine Schwester waren?«

»Ich kam zuerst dahinter«, erzählte sie. Violas Augen glitzerten vor Tränen, die nicht herabfallen wollten. »Ich versuchte, die Wahrheit vor ihm zu verbergen. Ich entband ihn von dem Fall. Natürlich war ich das verborgene, illegitime Kind. Er folgte mir nach München. Ich zerstörte alle Beweise, doch irgendwann hat er die Wahrheit einfach herausgefunden. Wir gestanden uns gegenseitig unsere Liebe. Wir besprachen alle möglichen Alternativen.«

»Es gab keine«, stellte ich fest.

»Doch, es gab Alternativen, mein lieber Dr. Watson«, erklärte Irene Adler geduldig.

»Ja«, fuhr Viola fort, »denn schließlich sind wir nicht als Geschwister aufgewachsen. Wir hätten die Wahrheit einfach leugnen können.«

»Niemals«, behauptete ich.

»Nein«, bekräftigte Irene nachdenklich. »Sherlock hätte niemals die Wahrheit geleugnet. Was das anging, fürchte ich, war er sehr konventionell.«

Ich erinnerte mich, wie Sherlock im Mai 1886 aus München zurückgekehrt war und sich im Kokain verloren hatte. Wie er in eben diesem Raum gesessen hatte, verloren in Melancholie und von Injektion zu Injektion versuchte, die innere Düsternis zu bezwingen. Er hatte kein anderes Heilmittel gekannt. Dann war Hornig erschienen, und wir waren nach Neuschwanstein gefahren.

»Warum sind Sie heute zu mir gekommen?« wandte ich mich an Viola.

Sie hatte mir eine Information gegeben, die ich niemals hätte erraten können.

Viola rückte nah an mein Gesicht heran. Sie hatte schwarze Ringe unter den Augen, die mich stechend ansahen. Ihre Wangen waren hektisch gerötet. Sie erinnerte an den Geist einer alten Frau.

»Ich will etwas zurück«, erklärte sie.

»Was?« fragte ich. »Die Stradivari?« In meinen Augen hatte Viola sie verdient.

Sie schüttelte den Kopf. »Nein, nicht die Geige«, bekräftigte sie. »Mein Leben.«

Irene und ich sahen einander verwundert an. Sicherlich entdeckten Irenes Augen auch auf meinem Gesicht die Spuren der Zeit, die ich bei ihr gesehen hatte. Aber da waren ihre Augen: voller Mitleid. Sie konnten nicht lebendiger oder schöner sein, obwohl die Haut darum trocken und faltig war. Sie senkte die Lider.

»Wir können die Jugend nicht zurückgeben«, sagte sie tröstend.

Doch Viola sah uns immer noch erwartungsvoll an.

»Warum haben Sie mich angegriffen?« Es war kaum vorstellbar, daß dieser Mensch vor mir die Kraft hatte, andere zu verletzen.

»Du hast versucht, Holmes zu schützen, nicht wahr?« sprach Irene beruhigend. »Seinen Ruf.«

»Dies hier hätte ich niemals veröffentlicht«, beruhigte ich sie. »Sie hätten doch einfach mit mir reden, mir aus dem St. Giles schreiben können. Meine Lippen wären versiegelt gewesen.«

Nun studierte Viola mein Gesicht. Langsam wich die Spannung aus ihren Zügen. Statt dessen machte sich etwas wie Vertrauen breit, etwas wie Frieden. Zu meiner großen Überraschung schien sie mich um einen besonderen Gefallen bitten zu wollen und sie würde ihn, sofern es in meiner Macht stünde, erfüllt bekommen.

»Ich möchte es zurück«, erklärte sie geduldig und freundlich.

Meine Hilflosigkeit tat sich wie ein Abgrund vor meinen Füßen auf. Ich konnte nur stammeln.

»Das ... das ... ist unmöglich.«

In diesem Augenblick entdeckte ich ihre Ähnlichkeit mit Sherlock. Sie wußte die Antwort! Sie wartete, bis auch ich sie herausfand! Wie ruhig sie blickte! Kein Schatten der Verwirrung in ihrem Gesicht. Nur Geduld.

»Dr. Watson?« fragte sie spitz. »Würde ich etwas Unmögliches verlangen?«

Sie ging zu dem kleinen Tischchen, auf dem zwischen Chemikalien, Flaschen und Flakons die Geige lag. Von hinten sah sie wie Holmes aus. Sie schien ebenso groß wie er zu sein. Wenn sie sich jetzt umdrehte – dann würde uns Holmes ansehen und uns auslachen über unsere Bereitschaft, auf die phantastische Verkleidung reinzufallen.

Doch nein.

Violas Hand strich über die Chemikalien und Becher. Sie nahm die Flaschen hoch und las die Aufkleber. Plötzlich öffnete sie einen Deckel und hielt sich das Glas unter die Nase. Sie schnupperte an dem roten Puder. »Immer noch scharf«, stellte sie fest.

Sie ließ die Schlösser des Geigenkastens hochschnappen. Die Fingerspitzen wanderten über die Saiten. Doch dort schien es keine Musik mehr zu geben. Die Saiten hingen schlaff herab. Mit einer eleganten Handbewegung nahm sie die Geige und klemmte sie sich auf professionelle Weise zwischen Kinn und Schulter. Nachdem sie den Bogen gespannt und mit Kolophonium bearbeitet hatte, stimmte sie die Geige. »Und wie haben Sie Ihr Leben verbracht, mein lieber Dr. Watson?« fragte sie mich.

»Als Arzt«, gab ich zur Antwort.

»Ja. Und …«

»Als Freund Ihres Bruders –«

»Und sein Chronist.« In diesem Augenblick begann sie sich von Saite zu Saite hochzuarbeiten. Sie begann bei der tiefsten – ein warmer, voller Klang –, dort spielte sie die Tonleiter, dann folgte die nächste und wieder die nächste, der Klang stieg höher und höher; ihre Hand wanderte langsam am Fingerbrett hoch, bis der höchste und zarteste Ton erreicht war.

»Ich habe dem Büro von Dr. Wiggins einen Besuch abgestattet«, erklärte Viola. »Fast den ganzen Nachmittag habe ich dort verbracht.«

»Was haben Sie dort gemacht?« fragte ich sehr ernst.

»Ich habe gelesen.«

Ich starrte sie an. Sie legte die Geige in den Kasten zurück und kam auf mich zu.

»Ich habe Ihre Geschichte gelesen. Dr. Wiggins hatte sie liegengelassen. Ich habe auch ein wenig von dir gelesen, Irene. Und es hat mich fröhlich gemacht, ich fand Gefallen an Ihrer Intelligenz. An unserer Intelligenz, da ich, wie jeder Leser, mich als einen Teil der Erzählung empfand.«

Ich errötete vor Freude. Die alten Geschichten, meine lang schon vergangenen Arbeiten hatten überlebt, waren von Erfolg gekrönt.

»Und zwischen den Zeilen, Dr. Watson, konnte ich Ihre Großzügigkeit erspüren, Ihre Bereitschaft, meinem Bruder zu helfen, einfach sein Freund zu sein.«

Sie trat vor mich hin, legte ihre Hände auf meine Schultern und küßte mich leicht auf die Wange. »Sie haben meinen Bruder wieder zum Leben erweckt. Ich konnte ihn sehen und hören.«

Sie trat einen Schritt zurück und sah mich so intensiv an, daß ich fast die Berührung zu spüren glaubte. Als sie ihren

Blick von mir wandte, hatte sie eine Idee in mein Hirn eingepflanzt.

»Ich kann Ihnen Ihr Leben zurückgeben, auf meine eigene bescheidene Weise, indem ich über Sie schreibe«, schlug ich vor.

»Ich bin zu dem Entschluß gekommen, daß ich ein Teil der Geschichte sein möchte«, erklärte sie einfach. »Geben Sie mir mein Leben zurück!«

NACHWORT

Daß ich dies versucht habe, können Sie, liebe Leser, bestätigen. Damals habe ich geschworen, daß Violas Geschichte die richtige Form bekommen sollte, damit ihre Musikalität, ihre Geschicklichkeit, ihr Mut und ihre heroische Tat als Marie Antoinette im Sturm auf dem hohen Turm von Neuschwanstein nicht vergessen würden – all das wollte ich Ihnen berichten.

Nun habe ich bis tief in die Nacht geschrieben.

Viola beendete den Abend sehr dramatisch. Sie drehte die Gaslampe herunter, entzündete das rote Pulver und spielte wie besessen auf der Geige. Sie bot uns Bachs »Chaconne«, die Holmes so verhext hatte. Ich erinnerte mich daran, wie er unter dem offenen Hotelfenster gestanden hatte – unwissend wer spielte –, das Gesicht der Musik zugewandt, die so viel von Himmel und Erden in sich birgt. Als Viola für Irene und mich spielte, konnte ich den Fliederduft in der Luft wahrnehmen, und ich sehnte den Frühling herbei.

Als ein echter Chronist muß ich mit einem Brief enden,

der teilweise auch traurig ist. Viola Sigerson ist in der vergangenen Woche an Lungenentzündung gestorben. Ich habe sie als Arzt betreut. Obwohl sie ihre Freundschaft zu Irene wieder hatte aufleben lassen, blieb sie im St. Giles, weil sie es als ihr Zuhause empfand. Ich konnte ihren Entschluß nachvollziehen: obwohl sich auch in meinem Leben immer wieder Veränderungen ergeben haben, entschloß ich mich, in dem Haus 221 B zu bleiben. Und mein Leben hat sich verändert. In den vergangenen Monaten sind wir drei sehr häufig miteinander ausgegangen, haben im Simpson gegessen oder Kinder beim Schlittschuhlaufen auf dem Serpentine beobachtet.

Dort fragte ich sie, ob sie Mycroft treffen wolle, der eben auch ihr Halbbruder war. Da erzählte sie mir, daß sie ihn schon vor Jahren getroffen und kein Bedürfnis hätte, die Bekanntschaft wieder aufleben zu lassen. Dann erkundigte sie sich, ob ich Mycrofts Zorn fürchte, wenn ich ihre Geschichte veröffentliche, was ich nur verneinen konnte. Unter welchen Umständen die beiden einander begegnet waren, erfuhr ich nie.

Als sie starb, erzählte mir Viola, sie habe lange Jahre ein Tagebuch geführt. »Sie haben sehr ehrlich und gut über Sherlock und mich geschrieben«, erklärte sie. »Allerdings habe ich ein wenig meiner eigenen Geschichte aufbewahrt. Den Rest verbrannte ich. Er war unwichtig. Doch dieser Rest …« sie hielt ein wenig inne und ruhte sich zwischen den Sätzen aus. »Man soll von …, von meiner Liebe zu ihm erfahren – wie ich gefühlt habe. Ihn zu kennen, einfach nur meinen Bruder zu kennen, war eine Quelle tiefsten Glücks für mich.«

Ich nickte.

»Würden Sie diesen Rest als eine Art Postskriptum zu Ihrem Buch veröffentlichen?«

1. Februar 1888

Die Bücherei
St. Giles Hospital, London

Der Teppich ist sauber. Du bist nicht in dem Teppich, Sherlock, ich sehe ihn durch deine Augen. Ich sehe mir seine helle Struktur an, das erhabene Fischgrätmuster, ich denke »Sherlock« und bin glücklich.
Ich möchte die ganze Welt umarmen, weil du in ihr lebst. Als ich vom Kontinent nach London zurückkam, konnte ich wieder atmen. Plötzlich wirkte die Luft in meiner Nase wie ein Stimulans. Du lebtest. Du erholtest dich. Meine Ohren waren plötzlich wie verdoppelt – deine und meine. Ich konnte nicht mehr sagen, was dein oder mein war.
In München wollten wir Mozart spielen – die »Sinfonia Concertante« für Geige und Viola. Damals sagtest du: »Ach Viola, gäbe es doch nur eine Möglichkeit, daß du beides gleichzeitig spielen könntest!« Meine Antwort: »In einer Zeitvorstellung, wo alles nacheinander geschieht, kann nichts simultan ablaufen.« Und unser kleiner Freund Albert erklärte uns, Zeit wäre nicht das, was wir uns darunter vorstellen würden. Er war so drollig, irgendwie unser Kind, nicht das unserer Körper, sondern unseres Geistes. Er hielt die »Sinfonia« für Mozarts größtes Violinkonzert.
Heute wünsche ich mir Klaviermusik – Chopins zweihändige Partituren, die rollenden Wellen eines großen Klangerlebnisses – die »Ozean«-Étude, die Étude »Winterwind« oder die »Revolutionsétude«. Es sollte eine für dich geben, mit Namen »Auferstehung«.
Hinter den vergitterten Fenstern der Bücherei heult der Wind. Baker Street liegt im Norden, und dorthin starre

ich durch die Nacht. Hier scheint die Lampe sanft, und du wirst ebenso bei Lampenschein sitzen. Du denkst an etwas Angenehmes, und ich lächle. Wir sind miteinander verwoben, obwohl ich für dich ein Stück Vergangenheit bin. Ich will nur so erinnert werden – als diejenige, die dich wirklich geliebt hat.

Als ich heute morgen allein in meinem schmalen Zimmer erwachte, schien mir die Sonne ins Gesicht. Ich setzte mich im Bett auf, strich über mein Batistnachthemd und betrachtete die Schönheit, die mein Zimmer erfüllte. Das ist die Liebe, dachte ich bei mir. Das Gefühl, jemanden zu haben. Auch wenn, dich zu haben, nur als ein Produkt meiner Erinnerung existiert. Doch du bist! Irgendwo fällt auch dir die Sonne ins Gesicht. Manchmal verläßt mich die Phantasie: dann ist die Welt kein Kontinuum mehr, und wir sind nicht mehr verbunden. Dann sitzt die Depression wie eine dunkle, schwarze Kappe über meinem Kopf, bedeckt mein Gesicht, meinen Körper. Ich weiß, ich werde im Laufe der Zeit langsam in ein schwarzes Loch fallen. Vielleicht wird dann auch die Morgensonne ihre Kraft verlieren. Ich glaube, Männer und Frauen sind füreinander als Gefährten geschaffen. Ich war dazu bestimmt, mein Talent zu nutzen, für meine Musik geachtet und geehrt zu werden. Ich habe keinen Gefährten, keine Anerkennung. Doch du hättest niemals Frieden gefunden, wenn du mich nicht für tot gehalten hättest. Die schwarze Kappe lauert überall: »Verleugne dich selbst und betrete das dunkle Vergessen!« ist wie ein Banner darum gelegt. Keiner Frau würde ich zu solch einer Entscheidung raten, wie ich sie um deinetwillen getroffen habe. Doch es lag in meiner Natur, dies zu tun. Und ich bin sowohl ein menschliches Wesen als auch eine Frau.

Manchmal denke ich an das Verbotene, an das Unmögliche. Mein Körper denkt. Mein Körper sehnt sich …
Hier allerdings schlummert der wirkliche Wahnsinn. Und zwar schneller, als es zu wünschen wäre.
Zur Zeit durchlebe ich wahre Gefühlsstürme. Worauf auch mein Auge fällt, ich freue mich, es zu sehen. Weil wir einander getroffen haben, durchlebe ich diesen Augenblick, wie niemals zuvor: ich liebe die Struktur des Teppichs, den sanften Schein der Lampe, der auf meine Hand fällt.

Gerade eben habe ich die Feder beiseite gelegt, bin vom Tisch aufgestanden und über den Teppich geschritten, dessen Schlichtheit meine Freude und Aufmerksamkeit erregt hat. Der Rock schlug mir gegen die Knöchel.
Ich bin voller Leben und voller Sehnsucht nach dir, Sherlock. Ich möchte in die Luft beißen. Ich möchte mit den Zähnen die Bücher aus den Regalen reißen. Wo ist der Frieden in meinem Opfer?
Fühlte sich meine Mutter ebenso, als sie zu ihrem Geliebten schlich? Meine Mutter, die ich verfluche und segne. Sie hat mir den Spiegel meiner Seele geschenkt, meinen Bruder, meinen Liebling. Und sie hat mir die Erfüllung meines Glücks unmöglich gemacht.
Ich werde diesen Ort niemals mehr verlassen. Das schwöre ich. Niemals mehr werde ich in dein Leben treten. Doch ist unser Problem – unser Fall – wirklich nicht zu lösen? Könntest du nicht einfach zu mir kommen, Sherlock? Laß uns noch einmal gemeinsam darüber nachdenken.

Das sind Violas Worte, niedergeschrieben in der Irrenanstalt von St. Giles.

Ich habe sie einfach nur abgeschrieben.

Die Seite vor mir wird heller, ich blickte auf und sehe Irene, die eine Lampe in der Hand hält. Sie lächelt mich an, und ich weiß, sie will mich ins Bett holen. Schon viele Nächte hat sie mir so den Weg gewiesen, denn wir sind verheiratet.

»Noch einen Augenblick, Liebes«, sage ich.

Ich möchte noch den Traum der vergangenen Nacht aufschreiben.

Ich träumte, ich würde die vertrauten Stufen zu diesen alten Räumen in der Baker Street hinaufsteigen, doch alles hatte sich verändert: alles war viel größer, wie der Palast eines Königs. Schließlich hatte ich das obere Stockwerk erreicht und öffnete die Tür, hinter der ich die bekannten Zimmer erwartete. Doch statt dessen lag ein See vor mir. Ein riesiger, zugefrorener See. Am Ufer, nahe der Stelle, wo ich stand, war ein Boot in der Form eines Schwans eingefroren. Der Kopf des Schwanes schien im Eis gefangen. In der dunstigen Ferne konnte ich die weißen Türme eines geisterhaften Schlosses erkennen.

Ich hörte einen Schlittschuhläufer herankommen, der sich als Sherlock Holmes herausstellte. Er hatte die Hand ausgestreckt, als halte er jemanden, und ich streckte ihm die meine entgegen. Doch er übersah mich dort am Ufer. Er blickte suchend über das Eis nach einem anderen Läufer.

Und dann sah ich sie. Sie war wie Holmes gekleidet, in seinem Mantel und mit seiner Kappe, dies war zweifellos seine Schwester. Sie bewegte sich auf den Schlittschuhen so wie er, furchtlos und graziös, und ebenso wie er, schien sie eine einsame, zu Eis erstarrte Figur zu sein. Doch sie lief auf Sherlock zu.

Sie streckte ihm die Hand entgegen – plötzlich waren beide wieder jung –, und Hand in Hand fuhren sie über den See.

Danksagung

Ein ermutigendes Wort zur rechten Zeit von meiner Freundin, der Malerin Corie Rouse Neumayer, erleichterte es mir, diesen Roman zu beginnen. Darüber hinaus gilt mein besonderer Dank Linda Beattie, Marcia Woodruff Dalton, Rob LaFreniere, Robin Lippincott, Maureen Morehead, Alan Naslund, Rick Neumayer, Bill Pearce, Jonathan Penner, Deborah und David Stewart, Janet Streepey, Daly Walker und Luke Wallin.

Lucinda Sullivans Kommentare haben die Entwicklung des Romans entscheidend geprägt; ohne Roger Weingarten, seine aktive Unterstützung und sein Vertrauen in mich gäbe es den Roman in der vorliegenden Form nicht; Mark Polizzotti war ein über alle Maßen hilfreicher Lektor.

Karen J. Mann hat durch ihre anhaltende Begeisterung, ihre Einsichten und ihr unermüdliches Lesen dieses Buch letztendlich überhaupt erst möglich gemacht. Als Dank dafür habe ich ihr *Sherlock in Love* gewidmet. Und natürlich meiner zehnjährigen Tochter Flora, die, als ich ihr ein Kapitel des Romans vorlas, mit strahlenden Augen nach »mehr« verlangte.

Jerome Charyn
Tödliche Romanze

AgendaKrimi

Mit Bildern von Loustal
Aus dem Amerikanischen von Eike Schönfeld
144 Seiten, Halbleinen mit Lesebändchen

Spannend, praktisch, schön: ein knallharter und bittersüßer Liebeskrimi, zugleich ein nützlicher Agenda-Kalender (mit Krimikalendarium bis zum Jahr 2000) und ein gut ausgestatteter und »jazzig« illustrierter AgendaKrimi.

»Ein AgendaKrimi – darauf mußte erstmal jemand kommen! Der schickste und intelligenteste Kalender des Jahres. Das Duo Charyn/Loustal harmoniert perfekt, und man vergißt, wie die Zeit vergeht.« *Nice Matin*

Claassen

Laurence Cossé

Der Beweis

Eine göttliche Komödie

Roman

176 Seiten, purpurner Samteinband
mit Goldprägung

»Beaulieu nahm eine Tafel Schokolade
aus der Schreibtischschublade und las.
Nach sechs Seiten begann er zu zittern. Diesmal
war es weder ein arithmetischer
noch ein physikalischer noch ein ästhetischer
noch ein astronomischer Beweis.
Es war ein unwiderlegbarer Beweis.
Die Existenz Gottes war bewiesen.«

Ein doppelbödig-heiterer theologischer Thriller,
angesiedelt im Paris des Jahres 1999. Ein
unterhaltsames Plädoyer dafür, daß der Zweifel
menschlicher ist als jede fundamentale Gewißheit.
Eine göttliche Komödie.

Claassen

Die Hohe Kunst des Mordens
Alles über Krimis

Herausgegeben von Nina Schindler
ca. 550 Seiten, gebunden

Lieber mörderisch gut – als tödlich langweilig! Nach diesem Motto führt ein sensationelles Aufgebot von Krimiautorinnen und -autoren, Kritikern, Fachjournalisten und Fans kenntnisreich und unterhaltsam in die verschiedensten Genres ein und zeichnet ein spannendes Bild des Kriminalromans: von seinen Anfängen über die berühmtesten Autorinnnen und Autoren und launige Überlegungen bezüglich der »Lust an der Leiche«, bis hin zu vielen eingestreuten Krimi-Puzzles und einem kriminalistischen Kreuzworträtsel.

Der unverzichtbare Begleiter für jeden Krimifan. Informatives, Hintergründiges, Kluges und Witziges – alles zum und über den Krimi:

- über 300 persönliche Leseempfehlungen
- über 200 Illustrationen
- über 1 000 besprochene Bücher und Autoren
- über 70 Originalbeiträge von Ingrid Noll, Georg Seeßlen, Regula Venske, Maxim Jakubowski, Sabine Deitmer, Gisbert Haefs, Gabriele Dietze und vielen, vielen anderen

Claassen

W0286082